CHRISTIAN GUDE
Kontrollverlust

DIENSTMÜDE Nachdem Hauptkommissar Karl Rünz zwei Mordfälle im Darmstädter Forschungsumfeld erfolgreich klären konnte, schlägt ihm sein karriereorientierter Vorgesetzter Hoven vor, eine bundesweit agierende Strike Unit Science Crime zu gründen. Doch Rünz hat dafür keinen Sinn. Schließlich arbeitet er gerade auf einer völlig anderen Baustelle: Rünz schreibt an einem Regiokrimi, in dem er zwanzig Jahre Berufserfahrung in der Mordkommission – und ein wenig mehr – verarbeiten will. Diese neue Aufgabe nimmt ihn auch während der Dienstzeit ganz und gar in Anspruch.

Wie dumm, dass just zu diesem Zeitpunkt in einem Nachbarort Darmstadts ein toter Schmied in seiner Werkstatt gefunden wird und sich Rechtsmediziner Bartmann partout nicht dazu überreden lässt, eine natürliche Todesursache zu diagnostizieren. Was zunächst nach einem Routinefall aussieht, entwickelt sich bald zu einem ausgewachsenen Problem für Rünz, an dessen rascher Lösung nicht nur die US Air Force größtes Interesse hat …

Christian Gude wurde 1965 in Rheine/Westfalen geboren. Er studierte Geografie in Mainz und lebt heute in Darmstadt. Für ein international operierendes Consulting-Unternehmen arbeitet er als Marketingexperte. »Kontrollverlust« ist der vierte Band seiner erfolgreichen »Kommissar Rünz«-Serie.

Bisherige Veröffentlichungen im Gmeiner-Verlag:
Kammerspiel (2012)
Homunculus (2009)
Binärcode (2008)
Mosquito (2007)

CHRISTIAN GUDE

Kontrollverlust

Der vierte Fall für Kommissar Rünz

GMEINER

Original

Personen und Handlung sind, soweit im Nachwort nicht gesondert
erwähnt, frei erfunden.
Ähnlichkeiten mit lebenden oder toten Personen
sind rein zufällig und nicht beabsichtigt.

Die automatisierte Analyse des Werkes, um daraus Informationen
insbesondere über Muster, Trends und Korrelationen gemäß § 44b
UrhG (»Text und Data Mining«) zu gewinnen, ist untersagt.

Bei Fragen zur Produktsicherheit gemäß der Verordnung über die
allgemeine Produktsicherheit (GPSR) wenden Sie sich bitte an den
Verlag.

Besuchen Sie uns im Internet:
www.gmeiner-verlag.de

© 2010 – Gmeiner-Verlag GmbH
Im Ehnried 5, 88605 Meßkirch
Telefon 0 75 75/20 95-0
info@gmeiner-verlag.de
Alle Rechte vorbehalten

Lektorat: Claudia Senghaas, Kirchardt
Herstellung / Korrekturen: Julia Franze / Doreen Fröhlich,
Susanne Tachlinski
Umschlaggestaltung: U.O.R.G. Lutz Eberle, Stuttgart
unter Verwendung des Fotos » cartridge« von: © ann triling / fotolia.de
Druck: Libri Plureos GmbH, Friedensallee 273, 22763 Hamburg
Printed in Germany
ISBN 978-3-8392-1083-3

»Sie wollen Männer dazu bringen, Ihre Romane zu lesen? Dann vergessen Sie die Liebe. Schreiben Sie über Flugzeuge, Autos, Kriege und Waffen!«

Bertrand Beaujolais, ›Malmener un Auteur‹
Éditions Fontainebleau, 1972

»The Gatling gun changed everything.«

Julia Keller, ›Mr. Gatling's terrible Marvel‹
Viking, 2008

PROLOG

Ein kleiner, schmuckloser Raum mit großen Sicherheitsfenstern am Ende eines kahlen Ganges. Trist und deprimierend trotz der weißen Wände, mit Schrammen an Türrahmen und Wänden. Ein Blechspind, ein Bett, ein Nachttisch — alle fest mit Stahlwinkeln im Betonboden verankert. An der Wand die grauen Umrisse eines Kleiderschrankes, vier herausgebrochene Dübellöcher, die handtellergroßen Krater im Mauerwerk mit grauer Spachtelmasse provisorisch verschlossen. Er hat versucht, die Tür mit dem Holzmöbel einzuwerfen. So hatte es jedenfalls der Pfleger erzählt. ›Sie sind sicher, dass Sie alleine mit ihm reden wollen?‹ Mehrmals kam die Frage auf dem Weg durch die Korridore des Elisabethenstiftes in der Landgraf-Georg-Straße. Als hätte Rünz beschlossen, das Löwengehege im Frankfurter Zoo zu betreten. Er hatte keine Angst davor, von Brecker angegriffen zu werden, ihm machte etwas anderes Sorgen. Wenn er anfängt zu heulen oder hysterisch wird, dann haue ich sofort ab, dachte Rünz. Greinende Frauen waren ja schon schwer erträglich, aber wenn Männer ihre Schleusen öffneten, geriet sein Weltbild ins Wanken.

Brecker starrte die grauen Putzplacken auf der blanken Wand an, völlig in sich versunken. Er walkte mit seiner linken Pratze wie in Trance eine mandarinengroße, plastische graue Masse und spielte mit der Rechten an einer kleinen Messingfigur herum, die vor ihm auf dem Tisch stand. Er wirkte noch mächtiger als früher, die Speckschicht auf seinem Stiernacken warf Falten wie die Haut eines Flusspferdes.

Seit mehreren Minuten saßen sie sich schweigend gegenüber. Verdammt, warum hatten die keine festen Besuchszeiten hier? Nichts wäre Rünz jetzt willkommener gewesen als ein Pfleger, der ihn bäte, zu gehen. Hatte er die moralische Pflicht, sich um Brecker zu kümmern? Gut, er war nicht nur sein Schwager, sondern auch sein bester Freund. Aber zwischenmenschliche Beziehungen waren für Rünz wie ein Schönwetter-Picknick im Grünen, das man am besten zügig abbrach, wenn dunkle Wolken heraufzogen. Vielleicht half es, wenn er das Schweigen mit ein paar unverfänglichen Themen unterbrach.

»Und, wie ist das Essen hier? Die können doch sicher nicht gleichziehen mit unserer Präsidiumskantine, stimmt's?«

Brecker starrte stoisch an Rünz vorbei und antwortete nicht. Er wirkte nicht mehr depressiv, wie in den Wochen zuvor im Präsidium – er wirkte sediert. Rünz fiel plötzlich ein, dass er drei Jahre zuvor die gleiche Szene schon einmal mit Brecker erlebt hatte, allerdings mit spiegelverkehrter Rollenverteilung. Er hatte nach der Schießerei auf dem Knell-Gelände mit einer Gehirnerschütterung in der Intensivstation der Darmstädter Kliniken gelegen, und Brecker hatte versucht, ihn mit Zoten über die Schwestern aufzumuntern.

»Geben sie dir Medikamente?«, fragte Rünz.

»Nur abends, zum Einschlafen«, nuschelte Brecker abwesend.

Rünz atmete auf. Wenigstens konnte sein Schwager noch sprechen. Eine Stunde schweigend hier abzusitzen – das war für Rünz eine Horrorvorstellung. »Was ist das für ein Zeug, auf dem du dauernd rumdrückst? Knetmasse?«, fragte er.

»Ton«, antwortete Brecker phlegmatisch. »Wir töpfern hier.«

Rünz war einen Moment lang völlig verdutzt und brach dann lauthals in Gelächter aus, aber es klang gekünstelt und unecht, als versuchte er um jeden Preis, die entspannte und ausgelassene Atmosphäre ihrer gemeinsamen Mittagessen in der Präsidiumskantine wiederherzustellen.

»Ist das dein Ernst? Klaus Brecker, der Schrecken der Darmstädter Halbwelt, der Aufräumer vom Dienst, die Planierraupe der hessischen Schutzpolizei – *töpfert*? Mensch, erzähl das bloß nicht den Kollegen, die geben dir sonst ihre Poesiealben, damit du Gedichte reinschreibst.«

Rünz wusste es freilich besser. Die Kollegen hätten Brecker gelyncht, wenn sie ihn in die Finger bekommen hätten.

Brecker verzog keine Miene. Rünz schaute sich die Metallfigur in der rechten Hand seines Schwagers genauer an. Sie stellte einen Cowboy dar. Mit breitkrempigem Hut, die Hand an der Kurbel eines automatischen Maschinengewehrs, das auf einer kleinen fahrbaren Lafette stand. Vielleicht eine Gatling, dachte Rünz. Die konvexen Außenflächen der Messingoberfläche waren von den Berührungen wie blank poliert, in den Vertiefungen schimmerte Grünspan. Wieso hatten sie ihm dieses Metallspielzeug nicht weggenommen, wenn er so unberechenbar war?

Brecker drehte unentwegt an der Kurbel, der Arm der Miniaturfigur folgte der Bewegung, in der Trommel schlug ein einfacher Hammermechanismus gegen einen Feuerstein, sodass bei jeder Rotation kleine Funken aus der Mündung schlugen.

»Hat ja schon ganz schön Patina angesetzt, dein Little Joe. Vom Flohmarkt?«

Brecker brauchte zwei quälend lange Minuten, bevor er antwortete, als wären die Signalwege zum Gehirn mit einem radikalen Tempolimit eingebremst worden.

»Erbstück«, sagte er schließlich, ganz langsam, als kostete ihn das Sprechen große Anstrengung. »Von meinem Urgroßvater.«

»Na, dann kannst du's ja bald an deinen Kleinen weitergeben, wenn du hier rauskommst«, versuchte Rünz, ihn aufzumuntern. »Der wird sich freuen!«

Rünz glaubte selbst nicht so ganz an das, was er da verkündete. Welchen Acht- oder Neunjährigen interessierte schon eine kleine alte Messingstatue, die einen Cowboy an einer Gatling Gun darstellte? Heute war der Nachwuchs scharf auf Bionicles, Transformers und Egoshooter, so ein antiquierter Plunder lockte niemanden mehr hinter dem Ofen hervor.

Brecker starrte Rünz an, legte den Tonklumpen auf die Tischplatte und hörte auf, an der Metallkurbel zu drehen. »Ich komme hier nicht mehr raus«, sagte er.

1

Richard Jordan Gatling war ein Mann der Tat – Tüftler, Erfinder, Ingenieur und Entwickler in Personalunion. Was ihn aus der Masse der begabten Techniker und Visionäre des neunzehnten Jahrhunderts hervorhob, war sein Talent, Innovationen nicht nur zu entwickeln, sondern auch zu verkaufen. Als versierter PR-Stratege und begnadeter Marketingexperte in eigener Sache war er zeitgleich Motor und Profiteur der Industrialisierung des nordamerikanischen Kontinents. Und ein Mann mit einem beeindruckenden Portfolio: Er vertrieb neuartige Propeller für Dampfboote, produzierte Sä- und Verarbeitungsmaschinen für die Landwirtschaft, beschäftigte sich mit der Optimierung von Fahrrädern, pneumatischen Antrieben und Toilettensystemen. Er war ein akribischer Beobachter seiner Umwelt, und wo er Möglichkeiten der Verbesserung und Perfektionierung sah, wurde sein ruheloser Geist aktiv. Und so wunderte es nicht, dass sich sein Augenmerk mit dem Ausbruch des Bürgerkrieges im Jahr 1861 auf die Schlachtfelder von den Appalachen bis zur Mündung des Mississippi richtete.

Die Niederlage gegen die Konföderierten bei der Schlacht von Manassas in Virginia hatte die Hoffnung der Unionsregierung um Abraham Lincoln auf eine zügige Bezwingung der Sezessionsbewegung in den Südstaaten schnell zerschlagen. Eine lange, zermürbende und verlustreiche Auseinandersetzung begann, und Gatling verfolgte bestürzt, wie ein viel zu hoher

Blutzoll auf beiden Seiten die Nation an den Rand ihrer Existenzfähigkeit zu bringen drohte. Bei der Entwicklung einer Lösung für dieses Problem blieb der Erfinder der ihm eigenen Logik und Maxime treu – eine bessere Welt durch bessere Maschinen. Und die Maschinen, mit denen man Krieg machte, waren Waffen.

Konföderierte und Unionisten beschossen sich auf den Schlachtfeldern in Kentucky und Tennessee, in North Carolina, Missouri und Arkansas mit einer bunten Mischung meist antiquierter, störanfälliger und unpräziser Waffen, Vorder- und Einzelladern, Gewehren und Kurzwaffen aller Größen und Kaliber, Herkünfte und Qualitäten. Nicht selten waren sie vom Gegner erbeutet oder aus der Heimat mitgebracht. In einem Gefecht waren oft Schusswaffen aus zwei Jahrzehnten amerikanischer und europäischer Büchsenmacherkunst im Einsatz.

All diese Waffen hatten eine Gemeinsamkeit – in aller Regel erforderte die Nachladung Minuten. Akustisch muss eine nordamerikanische Bürgerkriegsschlacht im Vergleich mit dem gnadenlosen Stakkato des Sperrfeuers in den Stellungskriegen des Ersten und Zweiten Weltkriegs eine seltsam entschleunigte Geräuschkulisse geboten haben. Und so waren es nicht Schussverletzungen, die die meisten Opfer des Sezessionskriegs forderten, sondern Unterernährung und Krankheit, Folgen auch des wirtschaftlichen Niedergangs durch den landesweiten Mangel an Arbeitskräften. Aus ökonomischer Perspektive betrachtet, wurde auf dem nordamerikanischen Kontinent ein extrem ineffizienter, vorindustrieller Krieg geführt.

Was lag also näher, als den Krieg und seine schrecklichen Folgen mit leistungsfähigeren Schusswaffen schneller zu Ende zu bringen? Denn wenn ein einzelner Mann – so Gatlings Gedankengang – mit der Feuerkraft einer Hundertschaft von Vorderladerschützen ausgestattet war, wo war dann noch die Notwendigkeit, alle arbeitsfähigen jungen Männer von ihren Feldern und Familien weg und in den sicheren Tod zu schicken? Ein Krieg mit leistungsfähigeren Schusswaffen würde schneller und mit weniger Verlusten entschieden. ›Leben retten durch leistungsfähigere Tötungsmaschinen‹ – so lautete also Gatlings Devise, und über 80 Jahre später würde mit Robert Oppenheimer ein Bruder im Geiste die Entwicklung einer nicht minder furchterregenden Waffe vorantreiben.

Gatling war nicht der Erste, der an automatisierten Ladesystemen für Schusswaffen tüftelte. Selbst das System rotierender Laufbündel – sie verhinderten die schnelle Überhitzung eines einzelnen Laufs bei Dauerfeuer – war nicht ganz neu. Was Gatlings Waffe zum Meilenstein der Waffenentwicklung und Jahrzehnte später zur Ikone der Waffengeschichte machte, waren ihre kompakte Bauweise, ihre einfache Bedienung, ihre Präzision und ihre Verlässlichkeit im Fronteinsatz. Schon seine ersten Prototypen erfüllten diese Bedingungen, Gatling hatte also allen Grund, optimistisch und guter Dinge zu sein, was die Vermarktung seines neuen Produktes anging.

So trafen ihn, den erfolgsverwöhnten Unternehmer, die Widerstände gegen seine Wunderwaffe völlig unvorbereitet. Entgegen allen Erwartungen reagierten die politischen und militärischen Entscheidungsebenen der Nordstaaten reserviert auf seine Vorführungen. Er stand vor einer paradoxen Situation, mit einem konkurrenzlosen Produkt im Angebot, einem riesigen potenziellen Markt, aber fehlender Nachfrage. Die Zeit schien nicht reif zu sein für seine Erfindung, ganz so, als hätte ein Lebewesen durch Zufall mehrere Evolutionsstufen übersprungen, für die seine Spezies normalerweise einige 100.000 Jahre brauchte.

Gatlings PR-Genie scheiterte an einer schier unüberwindbaren Hürde – dem soldatischen Ethos. Das Niedermähen der gegnerischen Reihen mit einem Gerät, das einer Kaffeemühle mehr ähnelte als einer Schusswaffe und die Kriegsführung also von einem ehrenhaften Duell zu einem maschinellen Verarbeitungsprozess herabwürdigte, schien weder Militärs noch Politikern akzeptabel.

Vielleicht hatte Gatling dem Produktdesign zu wenig Aufmerksamkeit gewidmet. Eine Aufnahme aus dem Jahr 1893 zeigt den Erfinder in Frack, Bowler und glänzenden Schuhen an der Kurbel einer Bullog-Version seiner Wunderwaffe, einem polierten Messingzylinder mit zehn Zentimetern Durchmesser und 40 Zentimetern Länge, montiert auf einem filigranen Dreifuß, obenauf die blecherne Magazintrommel wie die Kassette einer Filmkamera. Jeder Betrachter musste bei diesem Anblick zuerst an einen Metzger am Fleischwolf oder einen Drehorgelspieler auf dem Jahrmarkt denken, nicht aber an einen heroischen Kämpfer auf dem Feld der Ehre.

Die Gatling Gun war also ein Spätzünder, was ihre

Marktdurchdringung anging; gleichwohl stellte sie eine Zäsur in der Geschichte kriegerischer Auseinandersetzungen dar – vom ehrbaren Kampf Mann gegen Mann zur industriell organsierten Massentötung. Es bedurfte einfach einer Anpassungsphase, bis die Akteure bewaffneter Konflikte sich so weit von ihrem soldatischen Ehrenkodex gelöst hatten, dass sie Gatlings Erfindung ohne Skrupel einsetzen konnten.

Die Gatling Gun entwickelte sich zu dem, was man im Computerzeitalter eine Killer-Applikation nannte, und in der Mischung aus Faszination, Ehrfurcht und Angst, die ihr Anblick in späteren, größeren Versionen bei den Menschen erzeugte, glich sie einer Atombombe des ausgehenden neunzehnten Jahrhunderts. Sie war erst nach dem Ende des Bürgerkrieges zur Ikone geworden, zur stählernen Metapher für Donner und Blut und Tod.

Und wenn es lange nach dem Ende des Bürgerkrieges noch eines Testimonials bedurft hätte, eines prominenten Fürsprechers, um den stählernen Feuerspucker in der ganzen Welt bekannt zu machen, hatte Richard Jordan Gatling ihn gefunden – mit William F. Cody alias Buffalo Bill.

2

Rünz' Hände schwebten einige Sekunden regungslos über der Tastatur, dann ließ er sie hinuntersausen wie ein Pianist beim Fortissimo und legte los:

AMOK
von Raoul Rockwell

Prolog

Der Killer senkte den chromglänzenden Stahl des Skalpells mit kalter Präzision in die alabasterfarbene, zarte Bauchhaut der Jungfrau – knapp über der Grenze des zarten blonden Flaums, der ihren Venushügel bedeckte. Sein Opfer wimmerte und zerrte in Todesangst an den Lederfesseln, die sich tief in die grazilen Hand- und Fußgelenke eingruben. Doch er hatte keinen Trost zu spenden. Sein höhnisches Lachen füllte das Verlies tief unter dem Hochzeitsturm, brach sich an den Wänden, vereinte sich mit dem vielfachen Echo zu einem Chor des Schreckens. Er öffnete seine Hose …

Rünz grunzte zufrieden. Fantastisch. Sex, Crime, Blut, Schmerz und Unschuld – alles drin, auf den ersten zehn Zeilen. Ein fulminanter Einstieg. Er ließ sich in die Lehne zurückfallen, köpfte ein Pfungstädter Märzen und trank die halbe Flasche in einem Zug. Das hatte er sich verdient. Und der Cliffhanger mit der offenen

Hose am Ende der Szene! Wer konnte da schon mittendrin aufhören? Ein echter Pageturner. Es lohnte immer, an die niedrigsten Instinkte zu appellieren.

›Raoul Rockwell‹ – der Kommissar freute sich immer noch wie ein Kind über sein Autoren-Pseudonym, er hatte es bereits so verinnerlicht, dass er sich manchmal im Präsidium am Telefon mit ›Rockwell‹ meldete. Tatkräftig rieb er sich die Hände und beugte sich wieder über die Tastatur. Nach der Einführung des Bösewichts brauchte er einen harten Schnitt auf seinen Helden.

Vince Stark, Special Agent der Counter Terrorism Unit Südhessen, wagte nicht, die Augen zu öffnen. Kotzübel war ihm bei der Vorstellung, Licht könnte seine Sehnerven treffen. Na ja, eigentlich war ihm auch so schon kotzübel. Er fühlte sich wie ein alter, angefahrener Fuchs, der bei Starkregen auf der A5 seine Eingeweide hinter sich herschleppte. Die Sonne warf durch das Fenster auf der Westseite einen Fächer Licht ins Zimmer, er spürte sie auf der Haut. Später Nachmittag – er hatte den ganzen Tag verschlafen. Was schnarchte da neben ihm? Er drehte den Kopf, so weit der kleine Typ mit dem Presslufthammer hinter seiner Stirn es zuließ, und blinzelte durch die Lider. Das Wesen auf der anderen Seite der Matratze schien nur aus wasserstoffblonder, zerzauster Dauerwelle, verschmiertem Lippenstift, verlaufener Wimperntusche, Titten, Beinen und Alkoholdunst zu bestehen. Und diese eingetrocknete Kruste an ihrer Unterlippe, war das vielleicht …? Vince versuchte, sich zu erinnern. Er hatte die Schlampe im Capones in der Frankfurter Straße kennengelernt. Sie

*hatten einige Mojitos zusammen versenkt, und weil sie
so nett war, über seine angestaubten Gags zu lachen,
als würde er die Daily Show moderieren, hatte er noch
ein paar Sidecars und Wallbangers auffahren lassen.
Die Quittung für den Exzess, die er gerade erhielt,
war fürchterlich. Wenn er den Rest des Tages irgendwie überstehen wollte, brauchte er unbedingt einen
Drink. Und zwar sofort.*

Yeah, Baby. So richtig ›hard boiled‹ klang das. Mit
Vince Stark als literarischem Alter Ego konnte Rünz
hemmungslos aufdrehen. Das war der Stoff, aus dem
Bestseller gemacht wurden. Eichinger würde ihn mit
Geld zuwerfen, um die Filmrechte abzugreifen. Den
Special Agent konnte man vielleicht ein wenig gegen
den Strich besetzen – zum Beispiel mit Hansi Hinter-
seer. Und wenn man schon mal die Zuschauererwar-
tungen geschickt unterlief, warum nicht gleich Erol
Sander als paranoider Schlitzer?

Dass der Thriller im eher unspektakulären südhessischen Darmstadt spielte, war natürlich ein minimaler
Schönheitsfehler. Aber was war schon perfekt auf dieser Welt? Außerdem konnte man den einen oder anderen Schauplatz etwas aufsexen, er konnte sich jederzeit auf die Freiheit der Künste berufen. Also gleich
noch mal ran an die Tasten, ein kleiner Zeitsprung nach
dem Katerfrühstück würde die Spannung auf dem Sie-
depunkt halten.

*Der eisige und feuchte Herbstwind pfiff durch die
Häuserschluchten, packte ihn im Nacken wie die kalte*

Faust eines riesigen Zuhälters. Vince Stark schnippte seinen Zigarettenstummel auf den nassen Asphalt, die Glut verlosch zischend. Er schlug sich den Mantelkragen hoch. Fast allein war er auf dieser gottverlassenen Rheinstraße, zu dieser gottverdammten Uhrzeit. Die Neonlichter der Bordelle und Spielcasinos spiegelten sich in den Pfützen, und die wenigen Nutten, die sich in den Hauseingängen in ihren Netzstrümpfen die Ärsche abfroren, waren dritte Wahl. Zwei schwarze Crackdealer cruisten den Boulevard auf und ab, in einem aufgepimpten 67er Mercury Cougar.

Rünz zögerte. Er hatte die Rheinstraße literarisch irgendwo zwischen Las Vegas Strip, 18th Street in Los Angeles und Reeperbahn angesiedelt; der eine oder andere Darmstädter würde den Unterschied zur Realität sicherlich bemerken. Aber auf solche provinziellen und kleinkarierten Spießer konnte er keine Rücksicht nehmen. Er war mit seinem Thriller-Einstieg mehr als zufrieden.

Gerade als er Vince Stark zu Recherchezwecken in ein fiktives Bordell gleich neben dem Alnatura-Biomarkt schicken wollte, klingelte es an der Wohnungstür. Verdammt, wer konnte das sein? Er schaute auf die Uhr – 17:30. Seine Frau? Unmöglich, sie kam frühestens in anderthalb Stunden von ihrem Pilateskurs zurück. Vielleicht sein Schwager Klaus mit einer neuen Geschäftsidee, die unter keinen Umständen bis zum nächsten Morgen warten konnte. Oder aber … – Rünz stand auf, schlich leise auf den Socken zur Tür und spähte durch den Spion. Tatsächlich. Der kleine Oskar vom ersten Stock. Also das, was sein Chef Sven Hoven ein ›worst case scenario‹ nennen würde. Wann schritt endlich das Jugendamt ein und steckte den Rotzlöffel in ein geschlossenes Heim? Oskar klingelte noch einmal.

»Ist keiner zu Hause«, rief Rünz, und schlug sich sofort zur Selbstbestrafung für diese dämlichste aller möglichen Reaktionen mehrmals mit der Faust gegen die Stirn. Jetzt gab es kein Zurück mehr, um einen Rest an Glaubwürdigkeit zu bewahren, musste er die Tür öffnen und mit der Keimschleuder direkt kommunizieren.

»Lass mich raten!«, sagte Rünz durch den Türspalt, bevor der Kleine zu Wort kommen konnte. »*Deine* Mutter hat mit *meiner* Frau vereinbart, dass *meine* Frau zwei Stunden auf *dich* aufpasst, damit *deine* Mutter entspannt eine Runde um die Ludwigshöhe drehen kann, mit ihren bescheuerten Nordic Walking-Stöcken.«

Oskar umklammerte eine riesige ausgestopfte Stoffschildkröte und starrte Rünz schweigend an. Seine Füße steckten in viel zu großen Filzpantoffeln, er sah aus, als stünde er in Schlauchbooten.

»Geh wieder runter zu Mutti und sag ihr, dass die Frau Rünz heute Abend nicht da ist und deswegen nicht auf dich aufpassen kann. Tschüss, Oskar! Tschüss, Schildkrötilein!« Rünz zwang sich ein Lächeln ab und winkte der Kröte zu, dann schloss er die Tür, lehnte sich mit dem Rücken ans Türblatt und atmete erleichtert auf.

»Mama ist schon weggefahren«, hörte er Oskar nach wenigen Sekunden im Treppenhaus rufen.

›DANN KLINGEL DOCH BEI DER HEXE GEGENÜBER‹, hätte Rünz gerne geschrien. Er spähte wieder durch den Spion, die Hexe von gegenüber hatte ihre Tür einen Spalt geöffnet, um die Szene optimal beobachten zu können. Na prima, die würde sicher gleich die RTL Explosiv-Redaktion anrufen – ›Südhessischer Polizeihauptkommissar lässt Achtjährigen in Treppenhaus erfrieren‹ – so was ließen die von den Privaten sich nicht entgehen. Es half also nichts – Tür auf, freundlich die Nachbarin grüßen, Keimschleuder rein, Tür zu. Oskar stand verloren im Flur herum. Rünz überlegte fieberhaft, wo er den Knaben kontaminationsfrei zwischenlagern konnte, bis seine Frau kam und sich um ihn kümmerte. Diese Tröpfchen- und Schmierinfektionen waren ja nicht zu unterschätzen. Schlagartig hatte er eine Idee. Er ging in die Küche, schnitt einige frische Mülltüten auf und breitete sie im Wohnzimmer auf der rechten Hälfte der Couch aus. Er bat Oskar, auf den Folien Platz zu nehmen, und setzte sich selbst mit maximalem Sicherheitsabstand in die linke Ecke des Sofas. Eigentlich hätte er gerne an seinem Manuskript weitergearbeitet, aber so hatte er Oskar besser unter Kontrolle. Eine Weile saßen beide schweigend da und starrten in den Raum, dann nahm Rünz eines seiner Waffenmagazine vom Couchtisch und war nach wenigen Minuten völlig versunken in einen Testbericht über das neue Zeiss Victory Diarange Zielfernrohr mit Rapid-Z-Weitschussabsehen. Das einzige Geräusch, das die Stille ab und an störte, war das Knistern der Plastikfolie, wenn sich der Kleine bewegte.

»Darf ich Fernsehen gucken?«, fragte Oskar schließlich.

»Von mir aus …«, grunzte Rünz. »Kika oder DVD?«

»Kika ist Kinderkram«, sagte Oskar. »Lieber Spielfilm.«

Rünz legte die aktuelle ›Caliber‹ zur Seite, stand auf, schlurfte zum DVD-Regal und ging die Titel durch. Da er ausschließlich Filme konsumierte, in denen zwischenmenschliche Konflikte mit Gewalt gelöst wurden, war seine Auswahl an jugendfreien und pädagogisch wertvollen Streifen übersichtlich. Vielleicht konnte er dem Kleinen einen seiner Trash-Horrorstreifen von Roger Corman und Jack Arnold aus den Fünfzigern und Sechzigern vorführen, ›Angriff der Riesenspinne‹ oder ›Der Schrecken vom Amazonas‹. Da konnte er zwei Fliegen mit einer Klappe schlagen: Einerseits würde so ein Film Oskar ausreichend Angst einjagen, um von weiteren Besuchen bei ihm und seiner Frau abzusehen, andererseits waren sie einfach zu lächerlich, um Vorwürfen von Oskars Mutter eine Grundlage zu bieten. Allerdings brauchte *seine* Frau keine stichhaltigen Gründe, um ihm wochenlang wegen seelischer Kindesmisshandlung Vorhaltungen zu machen. Also verwarf er die Idee mit der Abschreckung und ging weiter die Titel auf der Suche nach kinderfreundlichem Material durch – vielleicht fand sich doch noch etwas harmloseres – und blieb bei einem Mitschnitt hängen, den er einige Wochen zuvor von einer Robert Altman-Retrospektive auf ARTE gemacht hatte. Normalerweise scheute er dieses ganze ARTE-Cineasten-Arthouse-Gewese wie der Teufel das Weihwasser, aber ein Filmtitel wie ›Buffalo Bill und die Indianer‹ gab doch zu den schönsten Hoffnungen Anlass. Und Cowboys und Indianer – existierte für einen Achtjährigen eine reizvollere Einführung in die Ästhetik des bewaffneten Konfliktmanagements? Kurz überlegte der Kommissar, ob er Oskar vor dem Fernseher alleine lassen und sich wieder seinem Vince-Stark-Plot widmen sollte, entschied dann aber, ihm Gesellschaft zu leisten, weil er den Film selbst noch nicht angeschaut hatte.

Die Aufzeichnung begann einige Minuten vor dem Vorspann, der französische Moderator, der durch den Themenabend führte, erzählte mit deutscher Synchronstimme etwas über Altman, alles klang furchtbar nach Kultur, Anspruch und Bedeutung. Rünz drückte den schnellen Vorlauf.

Die ersten Filmminuten verwirrten den Kommissar, und der kleine Oskar war so aufgeregt, dass er nervös auf dem Ärmel seines Schlafanzuges herumbiss. Eine Gruppe von Rothäuten griff ein Dorf weißer Siedler mitten in der Prärie an, einige Hütten brannten, einige Schüsse fielen, Frauen schrien, Kinder liefen kreischend durcheinander – aber alles wirkte so lächerlich unrealistisch und billig inszeniert wie Jack Arnolds schreckliche Amazonas-Monster. Und plötzlich, auf das lautstarke Kommando eines Mannes außerhalb des Bildausschnittes hin, erloschen die Feuer auf den Dächern der Hütten. Indianer und Siedler stellten die Kämpfe ein und Freund und Feind versammelten sich friedlich um einen Herrenreiter auf einem stattlichen Schimmel, im edlen Wildleder-Ornat, mit breitkrempigem Hut, perfekt onduliertem, grauem Haupthaar und präzise getrimmtem Victor-Emanuel-Bart. Sie nahmen seine Regieanweisungen entgegen.

»Hey, das ist doch Paul Newman«, rief Rünz.

Oskar schaute ihn verständnislos an.

»Na, der Typ auf dem Schimmel, der den Buffalo Bill spielt«, ergänzte Rünz. »›Der Unbeugsame‹, ›Man nannte ihn Hombre‹, ›Flammendes Inferno‹, klingelt es jetzt bei dir?«

Bei Oskar schien immer noch kein Groschen zu fallen. Rünz musste sich eingestehen, dass er den Altersunterschied zwischen ihm und dem Kleinen vielleicht doch unterschätzt hatte. Jede Generation hatte wohl ihre eigenen Helden, Oskars hießen wahrscheinlich Sponge Bob, GI Joe, Bart Simpson und Kim Possible.

Der Film, so stellte sich allmählich heraus, drehte sich um eine Wild-West-Show, mit der William F. Cody alias Buffalo Bill nach seiner aktiven Zeit als Büffel- und Indianerjäger in Nordamerika auf Tournee gegangen war, um seine Pensionskasse aufzubessern. Altman bot eine Montage aus Nummern der Show und dem Geschehen hinter der Bühne – das Einstudieren neuer Showelemente, Querelen, Intrigen und Eifersüchteleien im Ensemble, Besetzungsprobleme, der Ärger über schlechte Pressekritiken und über die Probleme beim Engagement der Indianer.

Dieser Cody nötigte Rünz Respekt ab – hatte der doch tatsächlich zu Lebzeiten seine eigene Legende vermarktet! Ein Mann ganz nach Hovens Geschmack, vielleicht würde Rünz seinem Vorgesetzten die DVD mal ausleihen.

Der Knabe amüsierte sich ein Loch in den Bauch über die Showtruppe, er nahm zum Lachen sogar ab und zu den Ärmel aus dem Mund. Klopfte jemand aus Bills Showtruppe einen lustigen Spruch, prustete und wieherte Oskar so heftig, dass sein kleiner Körper aufbebte.

Codys Wild-West-Show folgte – sofern man Altmans filmische Bearbeitung für glaubwürdig halten mochte – einer geschickt komponierten Dramaturgie mit stetig ansteigender Spannungskurve. Zur Einführung zeigten Lassokünstler ihre Fertigkeiten, dann folgten Kunstreiter, die stehend auf den Rücken ihrer Pferde durch die Arena fegten. Eine Bisonherde, die quer über den Platz getrieben den Boden zum Beben brachte, riss die Zuschauer auf den Holztribünen im Film und Oskar in Rünz' Wohnzimmer zum ersten Mal von den Sitzen. Und als die legendäre Scharfschützin Annie Oakley, gespielt von Geraldine Chaplin, mit ihrem Compagnon loslegte, schien Oskar die Spannung kaum auszuhalten, hielt sich die Hände vors Gesicht und blinzelte gebannt mit offenem Mund durch die Fingerchen auf die Mattscheibe. Oakley durchschoss rücklings mit Hilfe eines Spiegels Spielkarten, die ihr Partner hinter ihr hochhielt, und Oskar war wie paralysiert, hatte die Augen weit aufgerissen, sogar der Lidreflex schien vor Anspannung zu versagen, sodass ihm bald Tränen die Wangen herunterliefen.

Kinder waren doch leicht zu beeindrucken. Rünz überlegte, wann er zum letzten Mal solche Begeisterung gespürt hatte, so vorbehaltlose und selbstvergessene Hingabe, ohne jede innere Distanz, ohne den

Schutz von kühler Rationalisierung und ironischer Brechung. Hatte er sie *jemals* gespürt? Er konnte sich nicht daran erinnern.

Rünz beobachtete den Kleinen und versuchte, sich alle Stellen auf der Couch und den Kissen einzuprägen, die Oskar mit seinen speichelnassen Fingern jenseits der Mülltüten berührte – er würde sie später mit dem Sagrotanspray bearbeiten müssen.

Zum großen Filmfinale trat die Truppe vor dem US-Präsidenten auf, mit einer Inszenierung der legendären Schlacht am Little Bighorn. Der Showdown war großes Feuerwerk, mit Unmengen von Platzpatronen, Pulverdampf, Soldaten, Indianern, Pferden und brennenden Wagen. Und inmitten des Kampfgetümmels General Custer, gespielt von Cody, im Zweikampf mit Sitting Bull, beide dekorativ ausgestellt auf einem Kunstfelsen im Zentrum der Arena.

Die Kamera fuhr an die beiden heran zum Close-up, der Kampflärm um sie herum ebbte ab, als hätten sich die verfeindeten Parteien wortlos darauf geeinigt, die Auseinandersetzung von ihren Anführern austragen zu lassen. Sitting Bull hatte die Klinge seines Messers an Custers Kehle, ein Aufschrei ging durch die Zuschauerränge auf dem Bildschirm, Oskar hielt den Atem an, die Niederlage des 7. US-Kavallerieregiments schien unabwendbar. In der Sekunde größter Not für General Custer und seine Berittenen zog die Kamera zurück in die Totale, die Tücher, die eine Querseite der Arena abschlossen, öffneten sich. Was war zu erwarten? Mehr Indianer, um – der historischen Wahrheit folgend – Custers Truppe endgültig den Garaus zu machen? Oder Geschichtsklitterung im Sinne William F. Codys, also Verstärkung für die Soldaten, um den Gerechten nachträglich zu ihrem verdienten Sieg gegen die Wilden zu verhelfen?

Der kleine Oskar, fast überfordert von der Dramatik des Films, rutschte auf der Couch zu Rünz hinüber, ohne den Blick vom Bildschirm zu wenden, und umklammerte Rünz' Hand. Der Kommissar war geschockt. Seit drei Jahren wohnte Oskar hier im Haus, und Rünz hatte aus Angst vor Ansteckung bis dato jeden Körperkontakt erfolgreich vermieden – und jetzt das! Aber er wagte nicht, seine Hand wegzuziehen, um Oskars Begeisterung für die wilde Schießerei auf dem Bildschirm nicht zu gefährden. Was Rünz hier betrieb, war schließlich aktive und engagierte Nachwuchsförderung für den Polizeischützenverein Südhessen.

3

»Zeig mal her, was musst du denn da für Hausaufgaben machen?«

»Ach, das hat dich doch noch nie interessiert.«

»Jetzt aber. Los, zeig schon her, was bringen die euch bei auf dieser Wunderschule?«

»Englisch. Kannst du Englisch?«

»Na ja, nicht so richtig.«

»Ich bring's dir bei, wenn du willst!«

»Lass mal, für so was bin ich zu alt. Komm, wir gehen gleich noch eine Runde auf den Schießstand, wir üben ein bisschen mit der Luftpistole«, schlug Brecker vor. Irgendwie musste er seinen Sohn wieder auf vertrautes Terrain locken, eine neue gemeinsame Basis finden.

»Keine Zeit«, sagte Kevin. »Ich muss das hier noch fertig machen. Außerdem kommt Mama gleich, um mich abzuholen.«

Brecker war sprachlos. Vor einem Jahr wäre seinem Sohn noch jede Ablenkung von den Hausaufgaben recht gewesen. Und jetzt hockte er am Küchentisch über seinen Heften, als gäbe es nichts Aufregenderes auf der Welt. Brecker schaute auf die Uhr. Kevin hatte recht, sie hatten nur noch eine knappe halbe Stunde. Aber seit wann achteten Achtjährige so geflissentlich auf die Uhrzeit? Konnte der Kleine es nicht erwarten, zu Breckers Ex-Frau und ihrem neuen Lover zurückzukommen?

»Was heißt ›Koffer‹ auf Englisch?«, fragte Kevin.

»Wen fragst du, mich oder Schannin?«, fragte Brecker.

Janine, Breckers Partnerin seit seiner Scheidung, lehnte im Türrahmen, betrachtete die Szene stoisch und ließ Kaugummiblasen platzen.

»Egal«, sagte Kevin.

Brecker gehörte nicht zu den besonders aufmerksamen und sensiblen Menschen, aber sogar ihm fiel auf, dass sein Sohn ihn seit einiger Zeit nicht mehr mit ›Papa‹ anredete. Und weil es ihm offensichtlich unangenehm war, Breckers Vornamen zu verwenden, vermied er einfach jede direkte Anrede.

»Keine Ahnung«, grummelte Brecker. »Wofür musst du das wissen, du gehst in die zweite Klasse, verdammt noch mal.«

»André sagt, Englisch ist total wichtig«, verkündete Kevin.

Aha, dachte Brecker, diesen Nadelstreifenwichser redet er also mit seinem Vornamen an. Fehlte nur noch, dass er ihn ›Papa‹ nannte.

»Weiß dieser André auch, wie man eine Woche im Wald überlebt ohne Sushi, Blackberry und Satin-Bettzeug?«

»Muss doch heute keiner mehr, im Wald überleben. André sagt, man muss wissen, wie Wirtschaft funktioniert.«

»Ich nehm dich mit ins Rühmanns, dann weißt du, wie 'ne Wirtschaft funktioniert.«

»Nicht *die* Wirtschaft«, widersprach Kevin. »André hat mir letzte Woche gezeigt, wo er arbeitet! In einem riesigen Hochhaus in Frankfurt, ganz oben!«

Toller Typ, dachte Brecker.

»Papa?«, fragte Kevin nach kurzer Pause leise und vorsichtig. Aha, ging also doch noch, das mit ›Papa‹. Klang aber ganz nach taktischem Einsatz.

»Was ist los, brauchst du wieder einen Übersetzer?«

Kevin schlug sein Heft zu, bevor er weiterredete, packte die Stifte in sein Mäppchen, legte die Schulutensilien in die Reisetasche, die neben seinem Stuhl auf dem Küchenboden stand, und nahm eine kleine portable Spielekonsole heraus.

»Ich will in den Herbstferien lieber mit Mama und André nach Amerika fliegen als mit dir an die Nordsee fahren. Mama sagt, sie hat nichts dagegen. Ich soll dich fragen, ob du was dagegen hast.«

Aha, daher wehte der Wind. Brecker kochte, er hatte alle Mühe, sich unter Kontrolle zu halten. »Da muss ich mit Mama noch mal in Ruhe drüber reden«, knirschte er.

Seit einer Stunde lehnte er an der Küchenarbeitsplatte und hielt Kevins Geburtstagsgeschenk hinter seinem Rücken versteckt. Seine schweißfeuchten Hände hatten das Geschenkpapier durchgeweicht, aber er musste noch warten, den richtigen Moment erwischen. Viel hing ab von diesem Präsent. Vielleicht alles. Hatte er schon zu lange gewartet? Noch ein Jahr zuvor hätte der Kleine es ihm aus den Händen gerissen – aber jetzt? Noch nicht mal gefragt hatte Kevin. Als könnte von seinem leiblichen Vater ohnehin nichts Bemerkenswertes mehr kommen.

Brecker war noch nie so unsicher gewesen seinem

Sohn gegenüber. Seit er ihn nur jedes zweite Wochenende sah, hatte die gemeinsame Zeit eine völlig andere Bedeutung. Zwei Wochen Trennung waren eine lange Zeit für so einen Knirps. Wenn Kevin seinen Vater sah, brauchte er jedes Mal eine oder zwei Stunden, um sich wieder an ihn zu gewöhnen. Früher, vor der Scheidung, hatte Brecker den Kleinen erst mal angemosert, wenn er abends nach Dienstschluss nach Hause gekommen war. Einfach so, um Dampf abzulassen. Kevin war damals so etwas wie ein selbstverständlicher, oft nervender Bestandteil der Wohnungseinrichtung gewesen. Aber heute schienen die Rollen wie ausgetauscht. Kevin schien nur darauf zu warten, am Sonntagabend zurück zu seiner Mutter und ihrem neuen Lover zu kommen, und Brecker war in der kurzen gemeinsamen Zeit dankbar für jedes Zeichen von Interesse und Zuwendung von seinem Sohn.

Kevin hatte die Füße auf einen der anderen Stühle hochgelegt und die Konsole in Gang gesetzt. Der kreischende Lärm hochtouriger Rennmotoren füllte die Küche. Brecker betrachtete das Gerät. Es war nicht der Nintendo DS, den er dem Kleinen ein Jahr zuvor geschenkt hatte. Dieses war ein moderneres Gerät – leichter, kompakter, eleganter, und, sofern Brecker das aus zwei Metern Entfernung beurteilen konnte, mit viel größerem Bildschirm.

»Neue Konsole?«, fragte Brecker möglichst beiläufig. Als existierte noch irgendetwas Beiläufiges in der Beziehung zu seinem Sohn.

»Die PSPgo von Sony! WLAN, Bluetooth, Skype, alles drin. Der Hammer! Hat André mir geschenkt«, sagte Kevin hoch konzentriert ohne aufzublicken. Er jagte gerade einen Gallardo über die Nordschleife des Nürburgrings.

»Was ist mit der DS?«, erkundigte sich Brecker.

»Damit wirst du heute auf dem Schulhof ausgelacht. Haben wir bei Ebay vertickt.«

Wer war ›wir‹? Kevin und dieser André? Half dieser Lutscher Kevin inzwischen dabei, die Geburtstagsgeschenke seines leiblichen Vaters im Internet zu verkaufen? Brecker verkniff sich Nachfragen, er wollte auf keinen Fall eifersüchtig wirken. Er wollte nicht den dünnen Faden zerreißen, der ihn noch mit seinem Sohn verband.

Kevin schien seinen Fauxpas mit einem Mal zu bemerken. »Du bist doch nicht böse deswegen, Papa?«

Aha, ›Papa‹ schon wieder, diesmal als versuchte Wiedergutmachung.

»Kein Problem«, sagte Brecker. Plötzlich kam er sich mit seinem schweißnassen Geschenk so lächerlich vor. Was war eine über hundert Jahre alte, kleine Messingfigur, die Buffalo Bill mit einer Gatling Gun darstellte, gegen eine nagelneue PSPgo? Er war ein Idiot. Mit altbackener Tradition und Nostalgie gegen bunt glitzerndes HighTec ins Feld zu ziehen, war ehrenvoll, aber dumm. Warum sollte er sich noch etwas vormachen – der richtige Zeitpunkt war lange vorbei. Die Staffelübergabe war gescheitert, der generationsübergreifende Männerbund aufgelöst. Kevin würde kein Polizist werden, er würde BWL studieren und irgendwann einen Haufen Geld verdienen, indem er andere Leute ganz legal übers Ohr haute. So wie dieser André.

»Oh, ist das mein Geschenk, Papa?«

Brecker war völlig in Gedanken versunken gewesen, hatte das winzige Päckchen nicht mehr akkurat hinter seinem Rücken versteckt. Kevin war schon auf den Beinen und riss es ihm aus der Hand, bevor er sich rühren konnte. Das Kind zerfetzte das Geschenkpapier, fingerte fieberhaft an der Öffnung der Pappschachtel, und Brecker beobachtete gebannt das Gesicht seines Sohnes, die Aufregung und Vorfreude, das kurze Aufblitzen von Enttäuschung, als er die alte Messingfigur in der Hand hielt, der Kontrollblick zu seinem Vater, das schlechte Gewissen, die gespielte Freude.

»Super, die Buffalo-Bill-Figur. Die wollte ich schon immer haben. Danke, Papa!«

Kurze Umarmung. Dann die Figur schnell rein in die Reisetasche, danach – etwas sorgfältiger – die Spielekonsole. Wenn die Nerven blank lagen, registrierte selbst ein roher Zwei-Zentner-Klotz wie Brecker jede Einzelheit, obwohl niemand aus seinem Umfeld diesem Berserker solch empfindliche Antennen zugetraut hätte. Brecker war hart im Nehmen, er hätte es ertragen, von seinem achtjährigen Sohn gehasst zu werden, und irgendwie hätte er auch völlige Gleichgültigkeit überstanden. Aber Mitleid – das war zu viel. An diesem Tag zerbrach etwas in dem Hünen vom zweiten Darmstädter Polizeirevier.

4

Eine plausible Erklärung für Captain Jerome D. Sullivans Flug in den Tod hatte niemand im April des Jahres 1997. Weder die Experten der US Air Force, die für die Untersuchungskommission arbeiteten, noch seine Freunde, Bekannten und Kameraden. Sullivan galt bei allen als zielstrebiger, ehrgeiziger und optimistischer Patriot, ein kerngesunder Mann, der Selbstdisziplin und Risikofreude in dem für Kampfpiloten perfekten Verhältnis in sich vereinte. Der Zweiunddreißigjährige verfügte zum Zeitpunkt seines Absturzes über fünfzehn Jahre Flugerfahrung, davon vier Jahre bei der Air Force. Ein anderer Beruf war für ihn nie infrage gekommen. Er war genetisch vorbelastet – Air-Force-Veteran Colonel Richard Sullivan, Jeromes Vater, hatte seine Orden bei Einsätzen über Korea und Vietnam verdient. Sein Onkel Donald Wilson Hurlburt flog Kampfeinsätze mit der Boeing B-17 im Zweiten Weltkrieg und wurde Namenspatron des Hurlburt Fields in Florida, dem Hauptquartier des Air Force Special Operations Command. Und hätte J. D. Sullivan zu Lebzeiten je Ahnenforschung betrieben, so wäre ihm aufgefallen, wie sich die Neigung zu Berufen, die einen Aufenthalt in großen Höhen voraussetzten, in der männlichen Linie von Generation zu Generation durchgepaust hatte. Sein Urgroßvater war in den 60er-Jahren des neunzehnten Jahrhunderts Wärter des legendären Barnegat Leuchtturms an der Nordspitze von Long Beach Island gewesen. Er hatte dort mit einer einheimischen Hotelbesitzerin einen Sohn gezeugt, Sullivans Großvater, der nach der Jahrhundertwende mehrere Jahre eine gottverlassene Wetterstation am Mount McKinley in Alaska betreute. Diese seltsame genetische Disposition reichte auch in die feineren Verästelungen des Stammbaums – da war ein Cousin, der seinen Lebensunterhalt als Anstreicher in der Truppe verdiente, die die Golden Gate Bridge in Schuss hielt. Ein weiterer gehörte zu der Handvoll verrückter Freeclimber, die die ›Nose‹ am El Capitan, einem über eintausend Meter hohen Granitmonolithen im kalifornischen Yosemite-Park, in weniger als vier Stunden durchklettert hatten. Und dann war da noch ein Halbbruder, der sich in Deutschland als Kranführer auf Hochhaus-Baustellen in Frankfurt am Main seinen Lebensunterhalt verdiente.

Die Irrungen und Wirrungen, die kleineren und größeren biografischen Brüche und Umwege, die Heranwachsende gewöhnlich durchmachten, bis sie ihren Platz in der Welt der Erwachsenen fanden, waren Jerome D. Sullivan zeitlebens fremd geblieben. Im Rückblick betrachtet schien seine gesamte Biografie planvoll und strategisch auf den Dienst am Steuerknüppel ausgerichtet. Sportflugzeuge flog er, bevor er ein Auto fahren konnte. Nach seinem Abschluss in der Wantagh High School im Nassau County studierte er Luft- und Raumfahrttechnik am New York Institute of Technology in Old Westbury. Er nahm dort erfolgreich an einem universitären Ausbildungsprogramm der US-Streitkräfte teil. Nach seinem Abschluss im Jahr 1990 arbeitete er vier Jahre als Fluglehrer auf der Laughlin Air Force Base in Texas. Danach wechselte er nach

Arizona, um einen Vorbereitungskurs für eine Stationierung in Deutschland zu absolvieren. Seine Freunde und Kameraden berichteten übereinstimmend, dass er sich auf seinen Einsatz in Übersee freute. Oft erzählte er von seinem Halbbruder, den er als Zwölfjährigen zum letzten Mal gesehen hatte.

Umgänglich, überaus hilfsbereit und ein wenig schüchtern – so charakterisierten ihn seine Vermieter in Fort Clark, einer Wohnsiedlung nahe der Air Force Base. Abends, nach dem Dienst, habe er meist auf seiner Veranda gesessen und Beethoven oder Mozart gehört. Niemals sei er trinkend oder rauchend gesehen worden.

»Jerome lebte und atmete die Fliegerei«, erzählte Stan Fowler, ein enger Freund Sullivans, einem Journalisten des *People Magazin* einen Monat nach dem Absturz. Und er berichtete von einer Szene, die typisch war für den jungen Piloten: Sullivan parkte nach Dienstende seine rote Honda Gold Wing vor seinem Haus in Fort Clark. Aus der Ferne hörte er die Trompete, die das abendliche Streichen der Stars and Stripes begleitete. Obwohl außer Dienst, blieb er stehen, nahm Haltung an und salutierte, bis der letzte Ton in der Abenddämmerung verhallte.

Sullivans Fluggerät bei der US Air Force, die A-10 Thunderbolt, trägt ihren Spitznamen Warthog, also Warzenschwein, nicht zu Unrecht. Sie gehört nicht zu den eleganten Luftfahrzeugen in den Hangars und auf den Rollfeldern der amerikanischen Luftstreitkräfte. Mit ihrem gedrungenen Rumpf, den kurzen, rechtwinklig abstehenden Flügeln und den eng am

Heck anliegenden Triebwerken macht sie einen bulligen, stämmigen und unverwüstlichen Eindruck. Ihr Einsatzzweck ist die Unterstützung der Bodentruppen, ihr wichtigstes Werkzeug ist die dreißig Millimeter GAU-8/A Avenger Gatling-Gun, eine Höllenmaschine, die aus ihren sechs rotierenden Läufen pro Sekunde siebzig Projektile mit dreifacher Schallgeschwindigkeit auf ein zur völligen Zerstörung verdammtes Ziel abfeuern kann. Jedes dieser Projektile verfügt über einen siebenhundertfünfzig Gramm schweren Kern aus abgereichertem Uran, dem keine Panzerung widersteht – jedenfalls hat keine irakische Panzerbesatzung, die von einem Thunderbolt-Piloten je ins Visier genommen wurde, diesen vernichtenden Hagelsturm aus Schwermetall je überlebt. Bei maximaler Feuerkadenz absorbiert der Rückstoß der Avenger fünfzig Prozent der Schubkraft der beiden Turbofan-Triebwerke einer Thunderbolt. Das gesamte Waffensystem, mit dem rotierenden Laufbündel, der Munitionszuführung und der Vorratstrommel wiegt bei einer Länge von über fünf Metern fast zwei Tonnen. Je nach Blickwinkel konnte man die Thunderbolt also als ein mit einem schweren Maschinengewehr bewaffnetes Flugzeug betrachten – oder als ein Maschinengwehr mit hervorragenden Flugeigenschaften.

Im bodennahen Einsatz waren Pilot und Maschine durch Flugabwehrfeuer extrem gefährdet. Doch die Entwickler hatten vorgesorgt, mit einer für Kampfflugzeuge ungewöhnlich starken Titanpanzerung und mehrfach redundanter Auslegung der funktionsrelevanten Systeme und Bauteile. So mancher Pilot hatte im Irak auch nach schwerem Beschuss sich und sein Warzenschwein sicher zum Stützpunkt zurückbringen können – Ereignisse, die die Zuverlässigkeit und Unzerstörbarkeit der Thunderbolt zum Stoff für Legenden machten.

Sullivan flog auf seinem letzten Flug also eines der sichersten und widerstandsfähigsten Fluggeräte der US Air Force, und in den Wartungsprotokollen der Bodenmannschaften, die die Thunderbolt vor ihrem letzten Einsatz durchgecheckt hatten, existierte kein einziger Hinweis auf einen technischen Defekt oder eine außergewöhnliche Abweichung der Systemparameter.

So boten weder Sullivans Maschine noch seine Lebenssituation oder seine Persönlichkeit Anhaltspunkte für eine Erklärung seines Fluges in den Tod. Was blieb, war die minutiöse Rekonstruktion der Ereignisse.

Am Morgen des 2. April 1997 stiegen von der Davis-Monthan Air Force Base in Tucson, Arizona, drei A-10 Thunderbolt II des 355sten Fighter Wing zu einem Trainingsflug auf. Ziel des Einsatzes war ein Übungsgelände bei Gila Bend, südlich von Phoenix und westlich von Tucson, über dem die Piloten Luft-Boden-Attacken üben sollten. Sullivan bildete mit seiner Warthog im Himmel über Arizona den Abschluss der Dreierformation. Kurz vor dem Zielgelände wurden die Maschinen in der Luft aufgetankt. Die Jets Eins und Zwei verloren planmäßig sechstausend Meter an Höhe zur Vorbereitung der ersten Übungsattacke. Aber während die zweite Warthog dem Kurs des Rottenführers in niedriger Höhe folgte, brach Sullivan den Funkkontakt ab und schwenkte nach Nordosten ab.

In den verbleibenden zwei Stunden vor dem Absturz wurde Sullivans Maschine noch fünfzehnmal gesichtet. Um 11:58 Uhr östlich von Tucson, eine halbe Stunde später nördlich des Lake Roosevelt. Die Thunderbolt überquerte um 13:00 Uhr die Staatsgrenze nach Colorado. Radarstationen in Phoenix, Albuquerque und Denver erfassten die Maschine auf ihrem Irrflug, konnten sie aber nicht identifizieren, da Sullivan den Transponder deaktiviert hatte.

In der Nähe von Aspen beobachtete ein Bergwanderer, wie Sullivans Flugzeug durch eine Lücke in der Wolkendecke nach unten stieß und kurze Zeit später wieder im Dunst verschwand. In dieser Flugphase wechselte er ständig Richtung und Höhe; die Untersuchungskommission folgerte daraus, dass er bei Bewusstsein war und sein Flugzeug ohne Unterstützung durch den Autopiloten aktiv steuerte. Zwischen Aspen und Grand Junction wurde er noch mehrfach gesichtet, mit ständig wechselndem Kurs. Laut Untersuchungsprotokoll sah die letzte Augenzeugin des Irrfluges Sullivans Maschine um 13:40 Uhr nordöstlich von Aspen, zwischen Craig's Peak und New York Mountain.

Heftige Winde, starker Schneefall und dichte Bewölkung behinderten die sofort aktivierten Suchtrupps der Air Force, der Colorado Air National Guard und der Civil Air Patrol. Nach der letzten Sichtung hatte Sullivan den Berechnungen der Air Force zufolge noch Treibstoff für fünf bis zehn Flugminuten in den Tanks. Die Verantwortlichen konzentrierten die Suche auf einen abgelegenen Winkel des Eagle County in Colorado, knapp fünfzehn Kilometer entfernt von Vail. Eile war geboten – für den Fall, dass er den Absturz überlebt hatte, gab ihm niemand eine Überlebenschance von mehr als ein oder zwei Tagen bei den vorherrschenden Witterungsverhältnissen. Doch Sullivans Angehörige mussten ihre Hoffnung auf ein positives Ergebnis der Suche bald aufgeben. Über zwei Wochen vergingen ohne einen einzigen Hinweis auf die Absturzstelle. Die Thunderbolt schien wie vom Erdboden verschluckt. Heftige Schneefälle in der ersten Aprilhälfte machten einen schnellen Sucherfolg immer unwahrscheinlicher, das Pentagon versuchte nicht, Hoffnungen zu nähren. Captain Michael Underwood, Sprecher des US-Verteidigungsministeriums, erinnerte auf einer Pressekonferenz eine Woche nach dem Absturz an zahlreiche Fälle von im Winter abgestürzten Flugzeugen, deren Wracks erst nach der Schneeschmelze lokalisiert werden konnten.

In den Medien schossen derweil die Spekulationen ins Kraut. Absurde Hypothesen wurden aufgestellt – Sullivan habe die Maschine gestohlen, um sie mitsamt den beiden 500-Pfund-Bomben an Terroristen zu verkaufen. Zynische Spaßvögel spekulierten, er habe einen Abstecher nach Telluride gemacht, einem Skigebiet in Colorado, um seiner sportlichen Leidenschaft nachzugehen.

Einige seiner engsten Kameraden klammerten sich an die Möglichkeit, Sullivan habe sich vor dem Absturz mit dem Schleudersitz gerettet und harre jetzt schwer verletzt irgendwo jenseits der unwirtlichen Bergregion auf Rettung, aber die Air Force verwarf diese Hypothese. Die Aktivierung des Schleudersitzes hätte sofort eine Funkbake aktiviert, deren Signal registriert worden wäre.

Als zwanzig Tage nach Sullivans rätselhaftem Verschwinden die Besatzung eines MH-53-Suchhelikopters Metallfragmente an den schneebedeckten Hängen des Gold Dust Peak entdeckte, glaubte niemand mehr an sein Überleben. Die Absturzstelle stellte die Bergungsteams vor große Herausforderungen; das Areal lag auf dreitausend Metern Höhe direkt unterhalb des Gipfels, ein extrem schwieriges Gelände. Eine frische Mure versperrte den einzigen befahrbaren Weg. Wind, Wetter und Schnee schienen sich gegen die Retter zu verschwören. Lawinenexperten mussten oberhalb der Absturzstelle mit Sprengungen für kontrollierte Abgänge sorgen, bevor die Bergungsteams einigermaßen sicher ihre Arbeit aufnehmen konnten.

Die Trümmer waren auf einer Fläche von einem Quadratkilometer verteilt, Teile der Pilotenkanzel und des Cockpits lagen jenseits eines Felssattels oberhalb der Absturzstelle. Noch einmal vergingen mehrere Tage, bis das Wrack der A-10 sicher identifiziert war. Und erst vier Monate später konnten Sullivans sterbliche Überreste geborgen werden.

Auch die Autopsie des Leichnams lieferte keine schlüssige Erklärung für Sullivans Irrflug – keine Überreste von Drogen, keine sonstigen Anzeichen für eine Intoxikation. Damit war die Theorie widerlegt, Sullivan sei bei der Luftbetankung durch einen technischen Defekt giftigen Treibstoffdämpfen ausgesetzt

gewesen. Die Auslösemechanismen von Schleudersitz und Fallschirm waren intakt – abgesehen von den
durch den Aufprall verursachten Beschädigungen.

Nachdem die Untersuchungskommission im Aus-
schlussverfahren eine Erklärung nach der anderen ver-
werfen musste, blieb am Ende der Suizid. Sullivans
Kameraden und Freunde reagierten entrüstet auf die
Schlussfolgerungen der Air Force, mussten sich aber
eingestehen, dass alle sonstigen Hypothesen durch die
Fakten entkräftet waren.

So weit der offizielle Abschlussbericht. Neben der
offiziellen Version übergab die Untersuchungskommission dem Air Combat Command Anfang Oktober 1997 einen als ›classified‹ deklarierten Report, der
sich mit der Bergung und dem Verbleib von Bewaff-
nung und Munition der Thunderbolt befasste. Sullivans
Maschine hatte das Flugfeld in Tucson voll aufmuni-
tioniert verlassen, mit zwei ungelenkten Mehrzweck-
Freifallbomben vom Typ MK-82, sechzig Magnesi-
um-Flares zur Abwehr von Lenkwaffen mit Infrarot-
suchkopf und über eintausend Stück dreißig-Millime-
ter-Munition. Der größte Teil der Bordbewaffnung
und -munition konnte im Umfeld der Absturzstelle
sichergestellt werden. Was fehlte, war das Herzstück
der Thunderbolt – die Gatling.

5

Rücklings, regungslos, mit speckiger Arbeitshose und veröltem Feinripp-Unterhemd an die Werkbank gelehnt, die Beine breit auseinandergestellt, die Füße in den derben Arbeitsschuhen mit den Spitzen nach außen gedreht, den Kopf mit dem ausgemergelten, grauen Gesicht und den vorstehenden Backenknochen müde seitwärts auf die Brust gelegt, die muskulösen Arme schlaff herunterhängend und die riesigen, schwieligen Handflächen nach vorne geöffnet – wie ein völlig erschöpfter Held der Arbeit nach einer langen Nachtschicht am Hochofen wirkte der Mann, apathisch und ausgepumpt, als wollte er sagen: ›Seht her, das war mein Werk, ich habe es mit meiner Hände Arbeit erschaffen, jetzt bin ich müde.‹

Die Pose erinnerte Rünz an die kitschigen Wandpanoramen und Gemälde des Sozialistischen Realismus im Arbeiter- und Bauernstaat. Auch das Hintergrunddekor in diesem Stillleben wirkte stimmig, die alte Esse neben der Werkbank, Richtplatte und Härtebecken, Gesenke, Stanzen, Amboss, Schmiedehämmer und -zangen gaben der Szene authentisches, proletarisches Kolorit. Die gesamte Ausstattung der Schlosserei wirkte wie aus einer anderen Epoche; Stanz- und Bohrmaschinen, Abkantpressen, Hubwagen, Laufkräne und Schmiedeesse schienen schon einige Jahrzehnte Arbeitseinsatz hinter sich zu haben. Die Luft roch nach rostigem Metall, Öl und kalter Asche.

Rünz stand im Eingangstor der Werkstatt. Niemand nahm Notiz von ihm. Die Kriminaltechnikerin Sybille Habich schnarrte knappe Kommandos durch den Raum, ihre Mitarbeiter packten Probenbehälter und Instrumente ein. Rünz' Assistent Ansgar Wedel saß in einer abgeteilten, verglasten Box, die dem Schlosser offensichtlich als Büro gedient hatte, vor einem alten Röhrenmonitor. Und der Rechtsmediziner Robert Bartmann starrte konzentriert durch die Glasbausteine auf der Westseite der Werkstatt und besprach sein Diktiergerät.

Warum ignorierten sie ihn? Ob es wohl damit zu tun hatte, dass er anderthalb Stunden zu spät am Tatort erschienen war? Seine Verspätung hatte einen triftigen Grund. Sven Hoven, Rünz' Vorgesetzter, hatte zur Optimierung der Ermittlungsarbeit einmal mehr in die Innovationskiste gegriffen, und wie alle von Hovens Reformen erfüllte auch diese Neuerung drei Mindestanforderungen: Sie war kreuzdämlich, hochgradig überflüssig und kam mit einem schneidigen Anglizismus daher. Die Idee war, am taufrischen Tatort mit den Verantwortlichen der Rechtsmedizin und der Kriminaltechnik ein Initial-Crime-Scene-kick-off-Briefing zu veranstalten, in dessen Rahmen via Mindmapping und Brainwriting möglichst alle tatrelevanten Umstände und Faktoren dokumentiert werden sollten. Eigens dazu wurde ein Aluköfferchen angeschafft, in dem Edding-Filzer und allerlei buntes Papier in allen möglichen geometrischen Formen bereitlagen, auf denen Ideen und spontane Einfälle notiert und die anschließend an einem Flipchart aufgehängt werden sollten.

Rünz hatte auf diese Zumutung sofort reagiert – sobald ein Todesfall mit ungeklärten Begleitumständen gemeldet wurde, schickte er seinen Assistenten Wedel schon mal als Vorhut mit dem Alukoffer und dem Flipchart voraus, arbeitete ganz entspannt in seinem Büro an seinem Thriller-Manuskript und erschien dann mit ein bis zwei Stunden Verspätung am Tatort. Aber wo standen diesmal Alukoffer und Flipchart? Auf nichts konnte man sich mehr verlassen.

»Na? Schon ordentlich die Synapsen rauschen lassen, oder komme ich zu früh?«, rief er Bartmann zu.

Der Rechtsmediziner ließ das Diktiergerät sinken. »Haben Sie sich diesen Mist mit dem Mindmapping ausgedacht?«, fragte er.

Der Kommissar schürzte mokant die Lippen. »Nun, ich will mich nicht mit fremden Federn schmücken – es war Hovens Idee. Aber ich unterstütze grundsätzlich seine Strategie, neue Impulse in der Ermittlungsarbeit zu setzen. Lebenlanges Lernen, Herr Bartmann. Wehren Sie sich nicht dagegen, innerer Widerstand macht alles nur noch schlimmer. Hätte gerne teilgenommen an Ihrem Mindmapping, mir ist leider was dazwischengekommen.«

»Mein Gott, Rünz. Sie klingen, als steckten Sie bis zum Bauchnabel in Hovens Anus. Seit wann sind Sie mit Ihrem Chef auf der gleichen Wellenlänge? Schüttet er Ihnen morgens was in den Kaffee?«

Rünz fühlte sich nicht ernst genommen. Egal – jetzt war er hier, und es war an der Zeit, das Ruder in die Hand zu nehmen, sich Respekt zu verschaffen. Er würde schließlich die Ermittlungen leiten.

»Wo ist die Leiche?«, fragte er aus diesem Grund mit energischem Tonfall, breitbeinig den Eingang versperrend, die Hände auf die Hüften gestemmt. Ein Mann, ein Wort, ein Anspruch: Leadership.

»Und was ist mit dem Typ da hinten an der Werkbank?«, setzte er sofort nach. »Der ist ja bleich wie der Graf von Monte Christo. Warum kümmert sich keiner um ihn?«

Niemand reagierte, und Rünz wusste nicht so recht, wie lange er seine Alphatierpose noch durchhalten konnte, ohne sich lächerlich zu machen. Zum Glück legte Bartmann sein Diktiergerät ab, zog seine buschigen Martin-Walser-Augenbrauen tadelnd zusammen und starrte Rünz an. »Der Typ an der Werkbank *ist* die Leiche«, stellte er richtig.

Rünz schluckte. Na prima, dachte er. Erstklassiger Einstieg. Jetzt nur keine weitere Schwäche anmerken lassen. Wenn der Typ an der Werkbank tot war, warum fiel er dann nicht um? Auch Tote hatten sich schließlich an gewisse Konventionen zu halten.

»Also gut«, wagte Rünz etwas verunsichert einen weiteren Versuch. »Könnte mich vielleicht mal jemand briefen?«

»Briefen«, sagte Bartmann spöttisch. »Haben Sie dieses Business-Denglisch ebenfalls von Hoven übernommen?«

»Und wenn schon«, antwortete Rünz. »Ich finde es wichtig, sich die richtigen Vorbilder zu suchen.«

Bevor er über einen Ausweg aus seiner peinlichen Situation nachdenken konnte, wurde er unsanft von hinten angestoßen. Drei von Bartmanns Mitarbeitern drängten ihn beiseite, zwei von ihnen trugen die untere Hälfte eines Edelstahlsarges in die Werkstatt und stellten sie in der Mitte des Raumes auf dem Boden ab. Bartmann gab seinen Assistenten ein Zeichen. Zwei stützten den Toten unter den Armen, damit er nicht zusammensackte, und der dritte stemmte das Gewicht seines gesamten Oberkörpers auf irgendetwas hinter dem Rücken des Opfers. Es knarzte, der leblose Körper verlor seine dekorative Pose – die Leichenstarre war entweder noch nicht voll ausgebildet oder klang schon wieder ab – der Kopf kippte nach vorne, die Kniegelenke knickten wie bei grotesk überzeichneten X-Beinen nach innen ein. Der Körper sackte in die Arme der beiden anderen Mitarbeiter, die ihn vorsichtig bäuchlings in die Stahlwanne legten. Rünz konnte jetzt den mächtigen, gusseisernen Schraubstock an der Werkbank erkennen. Aus dem Rücken des Toten, direkt neben der Wirbelsäule, ragte auf Höhe seines unteren Rippenbogens ein dreißig Zentimeter langer geschmiedeter Stab, das Ende auf einer Länge von schätzungsweise fünf Zentimetern abgeflacht und eingekerbt wie die Befiederung eines Bogenpfeiles. Das geronnene Blut bildete auf dem Stoff des Unterhemdes des Toten eine handtellergroße Fläche rund um die Wunde.

Rünz trat zur Werkbank. Rund zwanzig Stäbe gleicher Bauart lagen auf der Arbeitsplatte, die Hälfte davon links des Schraubstocks mit roh geschmiedeten Enden, denen man die Hammerschläge noch ansah, die andere Hälfte rechts davon mit akkurat nachbearbeiteten, glatt gefeilten Endstücken. Das Werkzeug für diesen Arbeitsgang, eine mächtige Flachfeile mit einem verölten Griff aus altem Eichenholz, lag zwischen den Metallstäben.

Der Kommissar beschloss, seine Führungsqualitäten mit seiner effektivsten Waffe unter Beweis zu stellen – Humor. Er baute sich neben dem Sarg auf, schloss die Augen und legte die Fingerspitzen an die Schläfen, wie ein Medium bei der Kontaktaufnahme mit dem Jenseits.

»Sagen Sie jetzt nichts, Herr Bartmann«, raunte er. »Ich habe eine Eingebung! Ich, ich sehe einen Toten, mit einer, einer Stichwunde, am Rücken, circa zehn Zentimeter tief, verursacht durch einen runden, spitzen Metallstab mit einem Zentimeter Durchmesser.«

»Gibt's im Präsidium eigentlich jemanden, der über Ihre Sprüche lacht?«, fragte Bartmann.

»Leider immer weniger. Der Nachwuchs hat keinen Sinn mehr für Humor, die denken alle nur noch an Karriere. Aber ich dachte, bei Ihnen kann ich's mal versuchen. Sie sind Kriegsgeneration, Sie haben keine hohen Ansprüche.«

»Was Humor angeht, schon«, knurrte Bartmann, zog dem Toten die Hosen herunter und widmete sich routiniert der rektalen Temperaturmessung.

Können Sie ihn wiederbeleben?«, erkundigte sich Rünz mit Blick auf den leblosen Körper. »Ich habe im Moment überhaupt keine Zeit für Ermittlungen. Schreibe gerade einen Krimi.«

»Ach, komme ich da auch drin vor?«, interessierte sich der Rechtsmediziner.

»Ich bitte Sie! Nichts für ungut, Herr Bartmann, aber dieser Roman soll *gekauft* werden! Mein Rechtsmediziner ist Anfang zwanzig, hat noch alle Zähne, volles Haar, einen Waschbrettbauch und kann das Wort ›Prostataprobleme‹ nicht mal buchstabieren. Aber warten Sie mal …« Rünz schaute aufwärts, als erwarte er wieder eine Eingebung von ganz oben. »Ja, natürlich! Ich könnte Sie als eine Art Albus Dumbledore im Rechtsmedizinischen Institut positionieren. Sie könnten ab und zu mystische Sprüche absondern, wie ›Du bist der Ausgeweidete‹, ›Die heilige Fliegenmade sei mit dir‹ oder ›Such das goldene Skalpell, es wird dir den Weg weisen‹. Ein paar Fantasyelemente haben noch keinem Roman geschadet. Also, was ist jetzt mit der Reanimation?«

Bartmanns Antwort war ein genervtes Knurren. Er stand wieder an der Fensterbank vor den Glasbausteinen und verglich seinen Messwert mit einigen Referenztabellen, die er in seinem Laptop gespeichert hatte. Der Kommissar ließ nicht locker.

»Gut, dann eben keine Wiederbelebung. Also ein klassischer Arbeitsunfall. Können wir uns darauf einigen? Kommen Sie, vermiesen Sie uns beiden nicht das Wochenende.«

»Ich teile Ihnen nächste Woche die Todesursache mit, Sie ermitteln den Hergang. Klassische Arbeitsteilung. Hat sich bewährt.«

»Todesursache? Machen Sie Witze? Der hat einen Stahlpfeil in der Leber, was wollen Sie da noch groß untersuchen?«

»Ob die Stichverletzung letale Wirkung hatte, wissen wir erst in zwei Tagen. Außerdem kann sie Folge von Gleichgewichtsstörungen oder Orientierungslosigkeit gewesen sein, verursacht durch Intoxikation, Herzversagen, glykämischen Schock – alles ist möglich.«

»Prima, Herzversagen! Damit kann ich leben.« Rünz streckte dem Rechtsmediziner die Rechte hin, als wollte er einen Gebrauchtwagenhandel besiegeln. Bartmann reagierte nicht, Rünz erklärte das Projekt ›Führung durch Humor‹ für gescheitert. »Todeszeitpunkt?«, fragte er stattdessen knapp.

»Vor zehn bis zwölf Stunden, konstante Raumtemperatur und Körperlokation vorausgesetzt«, sagte Bartmann.

»Wie zum Teufel ist er in diesen Stahlpfeil reingestolpert?«, grübelte Rünz.

»Stolpern ist keine Option.«

Rünz zuckte zusammen. Die Frauenstimme, die diese vier Worte geäußert hatte, schien direkt hinter seinem Nacken zu sprechen. Er drehte sich um, sah Sybille Habich, zum ersten Mal seit einigen Monaten. Er war geschockt. Rünz hatte sie schon bei ihrem letzten Zusammentreffen im Verdacht, die Dienste eines Schönheitschirurgen in Anspruch zu nehmen, diesmal war jeder Zweifel obsolet. Ihre aufgepumpten Lippen standen wie angeklebte Schlauchbootwülste vor ihren Kiefern, ihre Gesichtshaut wirkte grotesk verzerrt, die Brauen hatten jeden örtlichen Bezug zu den Augen verloren, sie lagen wie zufällig verteilte, abstrakte Pinselstriche wahllos auf der Stirn herum. Ihre Mundwinkel waren zu einem perfiden Dauergrinsen verzogen; sie hätte ohne Weiteres den Joker in einer Batman-Verfilmung geben können. Wahrscheinlich hatte ihr kümmerliches BAT-Gehalt sie genötigt, einen Kurpfuscher in Polen oder Tschechien aufzusuchen.

Rünz bemerkte, wie ihm bei dem gewöhnungsbedürftigen Anblick der Gesichtsausdruck entglitt, er musste sofort gegensteuern. Wie würde Hoven in so einer Situation agieren? Forsch und jovial streckte er seine Hand aus, wie Herr Kaiser von der Hamburg-Mannheimer beim Kundenbesuch. »Frau Habich, schön, Sie zu sehen!« Er schaute sie einmal von oben bis unten an. »Mein Gott, Sie sehen fantastisch aus. Sie sind die einzige Frau, die ich kenne, die einfach immer jünger wird!«

Rünz bemerkte am Rande seines Blickfeldes, wie Bartmann und Wedel sich in Deckung brachten. Sie schienen mit einer handfesten Auseinandersetzung ob dieser unverschämten Lüge zu rechnen. Aber Habich errötete nur leicht und gab Rünz brav die Hand.

»Danke, Ihnen stehen die längeren Haare aber auch ganz gut«, sagte sie. Rünz war perplex, ein Kompliment hatte er schon lange nicht mehr bekommen.

Die gepimpte Frau Habich kam gleich zur Sache. »Nehmen wir an, er hat aus irgendeinem Grund das Gleichgewicht verloren und ist rücklings in Richtung Werkbank gekippt. Dann wäre sein Körper beim Aufprall in stärkerer Schräglage gewesen, der Dorn wäre nicht horizontal, sondern in einem leichten Anstellwinkel eingedrungen, und zwar weiter oben. Nein, so sieht es aus, als wäre er in zügigem Tempo aufrecht rückwärts in den Dorn hineingelaufen. Als wäre er vor etwas zurückgeschreckt, oder von irgendwas oder irgendwem zurückgedrängt worden.«

Bevor Bartmann etwas erwidern konnte, ergriff Ansgar Wedel das Wort. Rünz' Assistent hatte das Büro verlassen und sich unbemerkt zu den dreien gesellt. »Lars Schmucker heißt der Typ, Schlossermeister«, sagte er. »Der Laden hier gehört ihm. Er beschäftigt niemanden, außer dem Altgesellen, der ihn heute Morgen gefunden hat.«

Wedels hautenges Kunstfasershirt sah auf seinem muskelbepackten Oberkörper aus, als hätte die chinesische Näherin irrtümlich Vorder- und Rückteil aus völlig verschiedenen Kollektionen zusammengefügt. Vorne prangte auf blauem Grund die stilisierte weiße Lilie des Darmstädter SV98, hinten auf lindgrünem Stoff das Logo des Scirocco-Clubs Bergstraße. Was für eine präzise Selbstdarstellung, dachte Rünz. Fußball, Autotuning, Bodybuilding. Nicht mehr und nicht weniger.

»Was ist mit Angehörigen? Müssen wir noch jemanden besuchen?«, fragte Rünz ihn.

»Verheiratet, kinderlos. Seine Frau hatte einen Zusammenbruch, als der Geselle sie informiert hat. Liegt im Alice-Hospital«, informierte Wedel ihn.

»Was hat unser Schmied hier mitten in der Nacht in seiner Werkstatt gemacht? Haben die Nachbarn vorne in den beiden Reihenhäusern etwas gehört oder gesehen?«, fragte Rünz und schaute durch die Stahlsprossen des Werkstattfensters auf der Westseite. Die Schlosserei lag in den Odenwald-Ausläufern, einige Kilometer südöstlich von Darmstadt, zwischen Traisa und Ober-Ramstadt, hinter einer alten Industriebrache, die Jahre zuvor von einem Metallveredelungsbetrieb genutzt worden war. Ein Immobilieninvestor hatte sich bei der Vermarktung des Altstandortes verkalkuliert, statt der geplanten vier Reihenhauszeilen standen nur zwei schmale Solitäre mit nackten, unverputzten Giebelwänden auf der planierten Fläche, sie glichen einsamen Stümpfen in einem sonst zahnlosen Mund.

»Eine der Familien ist in Urlaub, die andere hat Zwillinge, sechs Wochen alt, die haben nachts andere Dinge zu tun, als aus dem Fenster zu gucken. Jemand war an seinem Computer, so viel ist klar. Letzter Schreibzugriff um 18:17 Uhr gestern Abend. Aber heute Nacht um 1:15 Uhr wurden dreiundzwanzig Dateien gelöscht, Rekonstruktion dürfte kein Problem sein, ich nehme die ganzen Unterlagen aus seinem Büro und den PC mit ins Präsidium.«

»Wovor sollte ein Typ mit solchen Muckis zurückweichen?«, fragte Rünz nachdenklich. »Der hat doch Unterarme wie Popeye!«

»Vielleicht vor einem Typen mit noch dickeren Unterarmen«, entgegnete Habich.

6

»Hör zu, Schätzchen. Kevin ist nicht überfordert. Er braucht einfach etwas Zeit für die Eingewöhnung. So eine Privatschule ist ein völlig neues Umfeld für ihn. Gib ihm drei Monate, und er wird sich dort fühlen wie Pippi im Taka-Tuka-Land. Das ist die beste Schule im ganzen Rhein-Main-Gebiet, verdammt noch mal.«

Um ein Haar hätte er statt ›die beste Schule‹ die ›teuerste‹ gesagt. Für ihn war das Teuerste immer das Beste, aber Inge sah das anders. Er legte die Beine auf die Schreibtischplatte und betrachtete mit dem Hörer am Ohr die Fensterputzer, die an dem 70er-Jahre-Hochhaus gegenüber in schwindelerregender Höhe ihrer Arbeit nachgingen. Warum waschen die den alten Turm noch?, überlegte er. Steht doch seit Jahren leer. Einer der beiden Reiniger schien ein ängstlicher Neuling zu sein, er bewegte sich wie in Zeitlupe und hatte ständig eine Hand an der Sicherungsstange.

Inge jammerte ihm die Ohren voll, ließ eine endlose Litanei vom Stapel, sie redete ohne Punkt und Komma und gab ihm keine Gelegenheit, das Gespräch abzubrechen. Was glaubte sie eigentlich, was er hier den ganzen Tag machte? Auf Anrufe dieser verzweifelten Glucke warten, die ihrem süßen Goldschätzchen das echte Leben nicht zumuten wollte? Manchmal fragte er sich, warum er sich für den Kleinen so engagierte. Er war ja nicht mal sein leiblicher Vater. Kevins Erzeuger hatte er einmal kennengelernt, beim Informationsabend in der Korthoff International School, und er legte keinen Wert auf weitere Kontakte. Worüber sollte er sich mit einem unbedeutenden Darmstädter Bullen unterhalten, der auf dem Luisenplatz Knöllchen verteilte und Fahrradlichter kontrollierte? Dieser Streifenpolizist gehörte zu Inges Vergangenheit. Er hatte seine Vergangenheit, sie hatte ihre. Kein Grund, alles zusammenzumixen.

Bevor er Inge traf, hatte André Weiler ein klar definiertes Beuteschema, was Frauen anging. Je attraktiver und erfolgreicher, umso besser. Bis er irgendwann merkte, dass er sich mit solchen Frauen nur Stress einhandelte. Diese karriereorientierten Business-Beauties wurden permanent von anderen Typen angebaggert und gaben einem ständig das Gefühl, sie hätten eigentlich einen Besseren verdient, Mister BIG. Inge dagegen war für ihn ein vernünftiger Kompromiss. Sie war ausreichend attraktiv und intelligent, um ihn bei einem Geschäftsessen nicht zu blamieren. Andererseits war sie nicht so schön, dass man sich ständig Sorgen um Nebenbuhler machen musste. Unkompliziert und anspruchslos war sie, solange er seine schmutzigen Socken abends in die richtige Wäschebox warf und nach dem Stuhlgang die Bremsstreifen mit der Klobürste entfernte. Sie hielt den Haushalt in Schuss und wollte sich beim Abendessen nicht mit ihm über den supererfolgreichen Pitch ihrer Werbeagentur für die neue Sixt-Kampagne oder die Werkschau irgendeines französischen Neoimpressionisten in der Schirn unterhalten. Kurzum – eine Frau, die einem Mann nicht auf die Nerven ging, sondern den Rücken freihielt, damit er sich auf wichtigere Dinge konzentrieren konnte.

Der einzige Misston in diesem pragmatischen Arrangement war ihr Sohn. Mittelschichtkind. Nicht vorzeigbar. Aber wenn der Sorgerechtsstreit durch war und Kevins leiblicher Vater endgültig aus dem Rennen, dann würde er etwas Anständiges aus dem Jungen machen. War nicht unbedingt der Hellste, der Kleine, aber er hatte Potenzial. Solide psychische und körperliche Konstitution. Gutes Rohmaterial, abgesehen vom Vornamen. Vielleicht nur ein klassischer Spätentwickler.

Inge redete und redete, er musste sie irgendwie abwürgen. In wenigen Minuten würde hoffentlich dieser Kommissar einlaufen, und er musste mit ihm die Details der Sondereinsatzgruppe besprechen, die er dem Chef des Ermittlers, diesem hessischen Polizeivizepräsidenten, vorgeschlagen hatte. Eine lächerliche Idee, aber dieser Hoven war ein äußerst dankbarer und begeisterungsfähiger Kunde, nicht so wie diese krisengeschädigten Zauderer in den Managementebenen der Unternehmen, die sich kaum noch trauten, einen Fuß vor den anderen zu setzen.

Er hatte Hoven erfolgreich ein Konzept für eine komplette Umstrukturierung des Präsidiums angedient, von Synergieeffekten durch effizientere Abläufe geschwafelt und von kompromisslosem Client Focus und Erfolg durch Cross Selling. Das übliche Consulting-Sprech, mit dem man immer noch einige Hinterwäldler beeindrucken konnte.

Hoffentlich kam dieser Kommissar pünktlich. Weiler hatte das Büro an dieser repräsentativen Adresse an der Frankfurter Taunusanlage nur für zwei Stunden gemietet. Wenn er den Ermittler nach der Besprechung nicht rechtzeitig wieder hinauskomplimentierte, stünde die Mitarbeiterin des Business Centers schon mit dem Nachmieter in der Tür. Eine unangenehme Situation, die es zu vermeiden galt.

Für den unbedarften Außenstehenden wirkte die Selbstdarstellung von André Weilers ›PCC – Public Consulting Company‹ beeindruckend, vielleicht sogar Ehrfurcht gebietend. Ein professioneller Internetauftritt, der in zeitgemäßem, anglizismengeschwängerten Businessdeutsch Kernkompetenzen, Arbeitsfelder und Projektreferenzen vorstellte. Ein stimmiges Corporate Design, das die gesamte Geschäftsausstattung von der Visitenkarte über das Briefpapier bis zum Unternehmensprospekt wie aus einem Guss erscheinen ließ. Weiler stellte sich Kunden stets als CEO des Unternehmens vor, und genau genommen log er damit nicht einmal. Gut – er war gleichzeitig einziger Bereichs- und Abteilungsleiter, auch auf Projektleiterebene hatte er keine Konkurrenz. Er kontrollierte das Human Resources Management des Unternehmens und leitete Controlling und Sekretariat. Er *war* also PCC – aber wen interessierte das schon so genau. Jedenfalls nicht diesen Polizeivizepräsidenten, den er gerade an der Angel hatte. Ein Mann, der exakt Weilers Beuteschema entsprach – was *Männer* anging.

Seit Beginn der Rezession hatte sich die gesamte Consultingbranche von den darbenden Privatunternehmen abgewendet und wie ein Rudel Hyänen auf die öffentlichen Auftraggeber gestürzt, die versuchten, mit gigantischen Konjunkturprogrammen die wirtschaftliche Talfahrt zu bremsen. Wo die Kohle war, da waren die Berater. Und Weiler hatte die frische Beute ein wenig früher entdeckt als seine Konkurrenten. Eigentlich hatte er das seiner Kündigung zu verdanken.

Das Handwerk der Unternehmensberatung hatte er von der Pike auf gelernt. Über zehn Jahre war er bei der Harvard Consulting Group verantwortlicher Leiter des Change Management Teams gewesen. Mitte 2009 wurde er von heute auf morgen freigestellt. Die interne Revision seines Arbeitgebers war damals auf Unstimmigkeiten bei seinen Spesenabrechnungen gestoßen, aber eigentlich – da war er sich absolut sicher – hatten sie nur einen billigen Vorwand gesucht, um in der Talsohle der Wirtschaftsflaute die Lohnliste möglichst komplikationsfrei kürzen zu können. Wen interessierten vor 2009 schon Spesenabrechnungen?

Aber André Weiler gehörte zu den Menschen, die das Glas Wasser grundsätzlich halb voll sahen. Ein Ende war immer der Anfang von etwas. Er hatte nach der Kündigung nicht einen Tag gezögert mit seinem Schritt in die Selbstständigkeit. Und er hatte sich auf eine Zielgruppe innerhalb der öffentlichen Auftraggeber konzentriert, die von den etablierten Consultants noch sträflich vernachlässigt wurde: die mittleren Führungsebenen.

Der eigentliche Firmensitz der PCC war eine kleine Arbeitszelle in einem zehngeschossigen Büroturm in Niederrad, von der aus Weiler seine gesamte Telefon-, Schrift- und Internetkorrespondenz abwickelte. In der über dreißig Jahre alten Bürostadt westlich der Frankfurter City standen seit Beginn der Rezession viele Etagen leer. Um ihre Verluste durch Leerstand zu begrenzen, hatten einige Immobilienverwalter und -eigentümer die großzügigen Flächen mit Leichtbauwänden in winzige Hamsterkäfige unterteilt, die an Freischaffende und Ich-AGler vermietet wurden. Grafiker und Texter, deren Honorare knapp über dem Existenzminimum lagen, halb professionelle EBAY-Händler, obskure Import/Export-Unternehmen, fingierte Anwaltskanzleien, die wöchentlich Tausende von Mahnbriefen an unbescholtene Bürger versandten. Die Fluktuation war hoch, keine Woche verging, ohne dass einer von Weilers Zellennachbarn sang- und klanglos verschwand und dafür ein neuer einzog.

Um potenziellen Kunden glaubwürdig das Arbeitsumfeld einer internationalen Unternehmensberatung vorzutäuschen, nahm er die Dienste des Business Centers in Anspruch, das auf drei Etagen im SkyRise-Büroturm an der Taunusanlage mitten in der Frankfurter City seine Leistungen anbot. Das SkyRise fungierte so als offizielle und repräsentative Adresse der PCC, der gesamte Briefverkehr lief über diese Agentur, und eingehende Anrufe wurden von einer perfekt geschulten Mitarbeiterin des Business Centers angenommen und dann zu ihm nach Niederrad durchgestellt. Da Weiler die Dame nur anteilig für die tatsächlich geleistete Telefonkorrespondenz bezahlen musste, und Schriftsätze ohnehin selbst in den Computer tippte, konnte er sich die Finanzierung einer Ganz- oder Halbtagskraft für ein Sekretariat sparen.

Standen Kundentermine an, konnte ihm das Business Center kurzfristig einen Konferenzraum mit der notwendigen technischen Infrastruktur zur Verfügung stellen, zu einem durchaus moderaten Tagessatz. Auf Wunsch nahm eine Mitarbeiterin des Centers die Besucher sogar am Aufzug im Namen der PCC in Empfang. Selbst bei etwas ausgefallenen Wünschen wie der temporären Montage eines Firmenschildes zeigte man sich kooperationsbereit und kundenorientiert.

Dieses Geschäftsmodell wurde als ›Virtual Office‹ offensiv und mit Erfolg vermarktet, ohne dass einer der Beteiligten bei dem Etikettenschwindel einen schalen Beigeschmack hatte.

Die PCC-Maskerade war natürlich alles andere als perfekt – eine kleine Recherche zu den internationalen Projektreferenzen, die Weiler im Internet und bei Meetings mit Kunden gerne als Leistungsnachweis präsentierte, hätte die Luftnummer sofort platzen lassen. Aber manche Kunden wollten es gar nicht so genau wissen. Manche *wollten* betrogen werden. Und das waren genau die Kunden, die André Weiler suchte.

Mit dem Hörer noch immer am Ohr wurde Weiler plötzlich hellwach, im unendlichen Redestrom seiner Partnerin hatte er eine wichtige Information identifiziert.

»Wie bitte?«, fragte er entrüstet. »Vergiss das. Du kannst ihn hier jetzt nicht vorbeibringen. Ich habe in zehn Minuten eine wichtige Besprechung.«

Inge erklärte etwas von einer akuten Sache und einer Untersuchung bei ihrem Gynäkologen, aber er hatte keine Lust, sich auf eine Diskussion einzulassen.

»Das interessiert mich nicht, nimm ihn mit zum Arzt. Ich kann mich hier nicht um ihn kümmern.«

Sie ließ nicht locker, fing an, ihm vorzuwerfen, er habe mit der festen Beziehung auch Mitverantwortung für das Kind übernommen.

»Hör zu«, unterbrach er sie wieder. »Wir haben eine ganz klare Aufgabenteilung. Ich bringe das Geld nach Hause, du kümmerst dich um den Rest. Soll ich meinem Kunden gleich erzählen, ich könnte mir keinen Babysitter leisten …«

Sie hatte aufgelegt. Na gut. Hoffentlich hatte sie die Botschaft verstanden. Weiler legte sein Handy ab und schaute auf die Uhr. Noch fünf Minuten. Er beobachtete erneut die Fensterputzer in ihrer Aluminiumgondel. Der offenbar Alteingesessene schlich auf den Ängstlichen zu, der ihm den Rücken zugewandt hatte, und packte ihn schlagartig mit beiden Händen am Nacken. Das Opfer des derben Scherzes zuckte zusammen und ließ vor Schreck seinen Wischlappen über Bord gehen. Weiler lachte und beobachtete die folgende verbale Auseinandersetzung.

Was, wenn Inge doch mit dem Kleinen vorbeikam und mitten in sein Meeting mit dem Kommissar platzte? Er stand auf und beschloss, kein Risiko einzugehen. Er würde die Sekretärin draußen bitten, notfalls ein paar Minuten auf Kevin aufzupassen.

7

Rünz rieb sich die Hände mit einem desinfizierenden Tuch ab, riss die Verpackungsfolie seines Plastikbestecks auf, nahm Messer und Gabel heraus und rieb beide noch mal mit einem neuen Tuch ab. Dann nahm er sein digitales Fieberthermometer aus der Hosentasche, zog die Kappe ab, wischte die Spitze mit einem dritten Tuch ab, steckte sie so gefühlvoll und tief in die Frikadelle wie Bartmann bei der rektalen Temperaturmessung am toten Schlosser. Rünz wartete, bis ein schwaches Piepsen ertönte. Fünfundachtzig Grad – hervorragend.

Sein Schwager Klaus Brecker saß auf der anderen Seite des Tisches, starrte schweigend an ihm vorbei und schaufelte mit seiner mächtigen Pratze, in der die Gabel aussah wie ein Besteckteil aus einem Puppenhaus, Kartoffelpüree in sich hinein.

»Was ist los mit dir?«, fragte Rünz. »Keine dummen Bemerkungen über mein kleines Ritual? Ist doch sonst nicht deine Art.«

Brecker grunzte kurz.

»Und?«, hakte Rünz nach. »Wie geht's so?«

»Alles bestens«, knurrte Brecker.

»Irgendwelche neuen Geschäftsideen? Elektrische Klobürsten? Intimsprays für Schäferhunde?«

Rünz kam sich vor wie bei einer Mahlzeit mit seiner Frau, nur übernahm diesmal er den aktiven Part. Eigentlich hasste er es, wenn Brecker ihn beim Mittagessen mit absurden Methoden magischer Geldvermehrung belästigte. Aber in diesem Zustand hatte er seinen Schwager noch nie erlebt, und er wäre für jedes Anzeichen von Normalität in dessen Verhalten dankbar gewesen. Brecker schien wie lobotomiert.

»Wenn du mich weiter so zulaberst, könnten die anderen denken, wir wären schwul«, sagte Rünz.

»Scheiß drauf«, dröhnte Brecker.

»Was ist los mit dir? Hast du Verstopfung? Ärger mit Janine?«

»Alles knusper mit Schannin.«

Rünz zögerte einen Moment, bevor er weiter nachhakte. »Was macht dein Kleiner? Kommt der nicht langsam in die dritte Klasse?«

Brecker drehte plötzlich den Kopf und starrte ihn an, zum ersten Mal seit Beginn ihres gemeinsamen Mittagessens schien er Rünz wahrzunehmen. Die Speckschicht auf seinen mächtigen Nackenmuskeln warf Röllchen über dem engen Hemdkragen. »Hat Schannin mit dir gesprochen?«

»Janine? Mit mir? Nein, warum?«, gab sich Rünz unschuldig.

»Aber mit Karin. Und die hat mit dir gesprochen, stimmt's?«

»Hör zu – ich rede nicht mit deiner Schwester. Ich bin seit fünfzehn Jahren mit ihr verheiratet, hast du das vergessen?«

Rünz stopfte sich ein Stück Frikadelle in den Mund und kaute eine Weile schweigend. Brecker aß wie ein Automat die letzten Reste Püree, legte die Gabel ab, schob das Tablett zur Seite und starrte wieder aus dem Fenster. Seine Bratwurst hatte noch Gnadenfrist.

»Was hätten mir die beiden denn erzählen können?«, fragte Rünz vorsichtig.

»Die wollen mir Kevin wegnehmen.«

»Wer sind ›die‹? Deine Ex?«

»Die und ihr neuer Stecher.«

»Klaus, ihr habt gemeinsames Sorgerecht. Die können dir Kevin nicht wegnehmen. Ist das dieser Lutscher, den wir auf der Infoveranstaltung der Internationalen Schule gesehen haben?«

»Kommt aus Frankfurt. Irgendein Businesstyp. Unternehmensberater oder so was. Solche Typen haben gute Anwälte. Die wollen beim Familiengericht alleiniges Sorgerecht beantragen. Die sagen, das wär nicht gut für Kevin, wenn er bei mir ist. Irgendeiner hat uns bei unserem Auftritt in der Schule letztes Jahr gefilmt, das wollen die der Richterin zeigen.«

Rünz schluckte. Dieser Auftritt in der Internationalen Schule in Langen war damals eigentlich seine Idee gewesen, sie wollten Kevin um jeden Preis vor dieser Eliteschmiede retten. Bei einem Informationsabend hatten sie sich als Kevins Verwandtschaft präsentiert und aufgeführt wie ein Kegelklub bei den Wagner-Festspielen in Bayreuth. Rünz war also nicht ganz unschuldig an der aktuellen Entwicklung.

Die winzigen Knöpfchenaugen in Breckers riesigem Gesicht schienen in Wasser zu schwimmen. Zweieinhalb Zentner Lebendgewicht in emotionaler Auflösung. Dieser Mensch hatte nur zwei Aggregatzustände – das mächtige, gefährliche Raubtier und das hilflose, mitleiderregende Riesenbaby.

»Du brauchst einen Anwalt«, regte Rünz aufmunternd an. »Besorg dir einen, der auf Familien- und Sorgerecht spezialisiert ist. Die kriegen das niemals durch. Die Gerichte befragen heute immer das Kind, bevor die solche Entscheidungen treffen. Verdammt, Klaus – dieser Typ pampert deinen Kevin ein paar Monate, schenkt ihm teures Technikspielzeug, nimmt ihn im Flieger mit, um vor Inge den Superpapi zu markieren. Dieser Lutscher lässt Kevin bald fallen wie eine heiße Kartoffel, wenn er merkt, dass Erziehung *Arbeit* bedeutet. Du hast den Kleinen schneller wieder an der Backe, als du pissen kannst!«

Die Sache mit der Erziehungsarbeit hatte Rünz ein paar Tage zuvor in einer Supernanny-Sendung auf RTL gehört, und er fand, hier passte der Begriff ganz gut. Irgendwo in ihm schlummerte ein verdammter Sozialarbeiter.

»Hab kein Geld für einen Anwalt«, sagte Brecker. »Zahle fast Tausend Euro Alimente jeden Monat.«

»Moment«, rekapitulierte Rünz. »Inge lässt sich von diesem Businesstypen mit Schampus und Schrimps abfüllen und zieht dir noch Unterhalt aus der Tasche?«

»Ich werde das regeln. Auf meine Weise«, antwortete Brecker leise und entschlossen, ohne Rünz anzusehen, als würde er zu sich selbst sprechen. Er hatte sein Püree verdrückt, jetzt zog er sein Tablett wieder heran und widmete sich der fetttriefenden Bratwurst auf seinem Teller. Er stieß die Gabelspitzen durch den prall gefüllten Schweinedarm, langsam, aber mit Nachdruck, und beobachtete fasziniert, wie der Saft aus den Löchern herauslief. Wie der Schlitzer in meinem Vince-Stark-Plot, dachte Rünz.

8

»Fall nicht runter!«, rief Toni.

»Du Arschloch«, zischte sein neuer Kollege, er hatte sich vor Schreck fast in die Hose gemacht.

»Sorry«, lachte Toni, »aber da müssen alle Neuen durch.« Das wird nichts, dachte Toni, und schaute dem Lederlappen nach, der wie ein riesiges herbstliches Kastanienblatt Richtung Straße schwebte. Sein neuer Kollege hielt Lammfell und Abzieher umklammert wie Sicherheitsgriffe, viel zu zaghaft wischte er über die verspiegelte Glasfläche, als hätte er Angst, etwas kaputtzumachen.

»Du musst da richtig mit Schmackes drübergehen, sonst geht die Vogelscheiße nicht richtig runter«, sagte Toni.

»Aber wenn ich fester drücke, bewegt sich die ganze Gondel«, jammerte der Neue.

»Na und? Auf dem Rummel legen die Leute acht Euro hin, um Achterbahn zu fahren. Und uns bezahlen sie dafür. Und mach's mit beiden Händen. Hör auf, dich festzuhalten, dein Gurtzeug sichert dich.«

Der Neue grinste gequält und hielt weiter mit der Linken den Aluminiumhandlauf umklammert. Zu viel Angst, dachte Toni. Ein bisschen Nervosität und Respekt vor der Höhe waren in Ordnung, an den ersten Tagen. Aber nicht richtige Angst. Die ging nie mehr weg. Sie waren ja noch nicht mal fünfzig Meter hoch. Wie sollte das erst oben werden, in hundertfünfzig Metern Höhe, wenn der Westwind auf der Leeseite des Turmes Turbulenzen bildete und die Gondel in unangenehme Schwingungen versetzte?

Toni hatte zwanzig Jahre als Kranführer gearbeitet, die meiste Zeit auf Baustellen hier in der Frankfurter City. Einige der Hochhäuser, deren Fassaden er jetzt putzte, hatte er mit aufgebaut – Trianon, Maintower, Westendtower, Japan-Center. Die Arbeit im Turmkran war verantwortungsvoller und technisch anspruchs- voller als die Putzerei, aber zu einsam. Die Achtstunden- schichten alleine in seinem stählernen Adlerhorst hatte er nicht mehr ausgehalten. Hier in der Gondel war er immer mit einem Kollegen zusammen, mit dem er sich unterhalten konnte. Außerdem war immer was los auf der anderen Seite der Scheibe. Das Leben in den Hoch- häusern hatte so seine eigenen Regeln. Manchmal kam er sich an diesen Glastürmen vor wie ein winziger Betrachter eines riesigen Aquariums. Aber im Gegen- satz zum Fischbecken, in dem Groß und Klein munter durcheinanderschwammen, galten hier klare Regeln. Unten drängten sich die Guppys und Goldfischchen in ihren Großraumbüros, und oben lauerten die Hechte und Welse in ihren riesigen Lofts. Wenn sich Toni einen Tag lang mit seinem Kollegen eine Fensterzeile hoch- arbeitete, war der Morgen meist kurzweilig und unter- haltsam. Sie machten Späße und Faxen mit den Leuten in den Büros, ab und an ergab sich ein harmloser kleiner Flirt per Zeichensprache mit einer der Sekretärinnen auf der anderen Seite. Mit zunehmender Höhe nahm die Kontaktbereitschaft hinter der Glasscheibe ab. Vom mittleren Management an aufwärts wurden sie völlig ignoriert, und in den Vorstandsetagen der obersten

Stockwerke gingen meist die Sonnenblenden runter, wenn einer der Bonzen sie vor dem Fenster entdeckte. Nur oben am Commerzbank-Tower, direkt unter dem Dach, hatte irgendein oberschlauer Innenarchitekt die Pissbecken im Männerklo direkt vor die Fenster gebaut, damit die Investmentbanker beim Strullen die Aussicht genießen und sich entspannen konnten. Toni hatte sich damals im Hochsommer vor diesem Fenster eine halbe Stunde Zeit genommen, nur um die dummen Gesichtsausdrücke der Schlipsträger zu sehen, wenn sie sich nicht entscheiden konnten, ob sie auf Sichtweite mit der Unterschicht ihr edles Gemächt auspacken sollten. Aber hier am GE-Turm starb er beinahe vor Langeweile – der Turm stand fast völlig leer.

Der GE-Turm an der Taunusanlage gehörte zur ersten Hochhausgeneration in Frankfurt. Der Finanzkonzern General Enterprises hatte das Gebäude über fünfundzwanzig Jahre lang als europäisches Hauptquartier genutzt. Die Stahlbetonkonstruktion war 1972 auf einer knapp drei Meter dicken Gründungsplatte errichtet worden, die in über zehn Metern Tiefe unter der Geländeoberkante das Fundament bildete. Außergewöhnliche Setzungen und Verkantungen des Bauwerks offenbarten Ende der 90er-Jahre eklatante Mängel der Gebäudegründung; sie war den spezifischen Anforderungen des Baugrundes in Frankfurt nicht gewachsen. Der ›Frankfurter Ton‹, plastisch verformbare geologische Schichten im Untergrund, forderte seinen Tribut. Zwar war die Standsicherheit des Gebäudes nie gefährdet, aber die Haustechnik

kam an ihre Grenzen. Die Neigung des Hochhauses –
der einhundertzwanzig Meter hohe Turm wich am
höchsten Punkt über zwanzig Zentimeter von der
Lotrechten ab – machte einen störungsfreien Betrieb
der Personenaufzüge ab dem Januar 2005 unmöglich.
General Enterprises verlagerten ihre Zentrale in einen
der futuristischen Glastürme, die seit den 90er-Jahren in
unmittelbarer Nachbarschaft auf sicheren Gründungen
entstanden. Seitdem rechneten die Real-Estate-Experten
in der neuen GE-Zentrale Varianten für die Zukunft des
alten Turmes durch, holten sich Gutachten von Geo-
technikingenieuren ein, kalkulierten Rückbau und
Neubebauung gegen Sanierungs- und Vermarktungs-
optionen, diskutierten mit der städtischen Denkmal-
pflege, die den Turm als stilbildende Hochhausarchi-
tektur der 70er-Jahre unter Schutz stellen wollte.

Seit dem Auszug der GE-Mitarbeiterschaft stand der
Turm die meiste Zeit leer. Ein Facility-Management-
Unternehmen kümmerte sich im Auftrag des Eigen-
tümers um die notwendigen Instandhaltungsarbeiten
an der Haustechnik, hielt Heizungs- und Sanitäranlagen
in Schuss, beauftragte Tonis Chef für die Fassaden-
reinigung. Ein Sicherheitsdienst schützte die Immobilie
vor Vandalismus. Um die laufenden Kosten für den
Leerstand im Rahmen zu halten, vermittelte ein Makler
ab und an einzelne Geschosse oder Büros tage- oder
wochenweise an eine illustre Gruppe von Interessenten –
Location Scouts, die für Filmproduzenten arbeiteten,
Foto- und Werbeagenturen, Couturiers, Künstler, Event-
agenturen. Die Kreativbranche liebte das bizarre, seltsam
entrückte Retro-Ambiente mitten in der geschäftigen

Mainmetropole, und da die beiden Lastenaufzüge auf der Südseite des Hochhauses nach wie vor einwandfrei funktionierten, konnte das notwendige Equipment und Catering problemlos transportiert werden.

Ab und an erhaschte Toni einen interessanten Blick durch die Glasfassade, eine willkommene Ablenkung von seiner stupiden Tätigkeit. Ein paar Tage zuvor hatten sie sogar einigen wirklich ansehnlichen Models beim Umziehen auf die Ärsche schauen können. Aber heute war absolut nichts los im Turm. Toni fragte sich, warum die Eigentümer ihn überhaupt reinigen ließen.

Die Erfolgserlebnisse wollten sich nicht so richtig einstellen bei diesem Job. Im Kran arbeitete er an einem Gebäude mit, das ein paar Jahrzehnte stehen würde. Aber hier? Oft kackten die verdammten Stadttauben unter ihnen die frisch geputzten Scheiben schon wieder voll, während sie ein Stockwerk drüber den vertrockneten Mist vom Glas kratzten. Manche Vögel hatten die Technik richtig perfektioniert – Anflug mit Topspeed, Steilkehre kurz vor der Glasfläche, Schließmuskel auf im Scheitelpunkt der Kurve und zielgenau einlochen. Wenn man ihn ließe, würde Toni hier oben mit einer Schrotflinte aufräumen.

Zwei Monate brauchten sie, um einem Hochhaus vom Format des GE-Turmes eine komplette Dusche zu verpassen, zweiundzwanzigtausend Quadratmeter Glasfläche, dreihundert Quadratmeter pro Tag, drei Minuten Zeit für ein Fensterelement von drei mal zweieinhalb Metern. Ab Windstärke 5,7 war Schluss, dann mussten sie am Boden bleiben, und die Sache zog sich in die Länge. Die meisten Kollegen freuten sich über Tiefdruckgebiete, simsten sich gegenseitig die Wetterberichte zu. Toni war da anders. Er erledigte gerne Sachen, die er angefangen hatte.

Die Betreibergesellschaften gönnten ihren Frankfurter Bürotürmen meist zweimal im Jahr eine Ganzkörperpflege, für die sie jeweils rund fünfundzwanzigtausend Euro an Tonis Chef überwiesen. Der Chef sprach natürlich nicht über solche Zahlen, aber Toni hatte auf einer Weihnachtsfeier im Büro in Bornheim zufällig einen Blick in einen Vertragsentwurf werfen können. Lohnkosten für zwei Mitarbeiter, Arbeitgeberanteile für die Sozialversicherung, ein paar Euro für Reinigungsmittel, keine Lagerhaltung, keine teuren Maschinen, kein großer Fuhrpark – so ein Auftrag brachte seinem Chef wahrscheinlich mindestens zehntausend Mäuse vor Steuern. Und wenn er fünf oder sechs Zweierteams gleichzeitig im Einsatz hatte, verdiente er sich eine goldene Nase. Toni würde sich irgendwann selbstständig machen in der Branche. Klar, er hatte keinen Meisterbrief, aber die von der Innung sahen das heute nicht mehr so eng. Schließlich konnte er einen Haufen Erfahrung vorweisen. Ein paar Asiaten würde er einstellen, die hatten keine Angst vor der Höhe, stellten keine Fragen und arbeiteten für fünf Euro pro Stunde wie die Bienen. Er war dumm, wenn er es nicht versuchte. Sein Halbbruder Jerome hatte vor seinem Tod schließlich ebenfalls alles erreicht, was er sich vorgenommen hatte. Fast alles. Diese Amerikaner tickten einfach anders. Dachten immer positiv. Im Grunde fühlte er auch wie ein Amerikaner.

Vielleicht würde er noch rübergehen, und den großen Traum realisieren. Ein Fassadenreiniger-Imperium aufbauen. Vom Fensterputzer zum Millionär.

Während Toni routiniert auf seiner Seite der Gondel die Scheiben einseifte, mit der Gummilippe abzog und dabei von einer goldenen Zukunft träumte, ließ er den Neuen nicht aus den Augen. Menschen, die Angst hatten, waren unberechenbar. Hoffentlich wurden sie oben vom Wind richtig durchgeschüttelt, vielleicht würde sich der Neue gleich abends mit zitternden Knien beim Chef die Papiere abholen, und Toni musste sich nicht weiter mit ihm herumschlagen. Er brauchte jemanden, mit dem er sich entspannt unterhalten konnte bei der Arbeit. Die Abende alleine vor dem Fernseher waren einsam genug. Meist hatte er keinen Bock mehr, nach Feierabend noch um die Häuser zu ziehen, diese Zeiten waren einfach vorbei. Seine Schultern schmerzten dann von der Wischerei, und er wollte nur noch auf dem Sofa liegen, sich eine DVD reinziehen und ab und zu die Bierflasche ansetzen.

Ob der Neue eine Familie hatte? Jemand, der sich freute, wenn er nach getaner Arbeit nach Hause kam? Vielleicht hatte er Angst, weil er etwas zu verlieren hatte. Und Toni fürchtete sich nicht, weil er für niemanden Verantwortung trug. Weil niemandem eine schlechte Nachricht zu überbringen war, wenn ihm mal was passierte. Er legte die Hand auf den Bauch, da, wo er unter dem Overall die Briefe mit sich trug, zum Schutz vor der Nässe und dem Dreck eingeschweißt in Frischhaltefolie. Das Gefühl beruhigte ihn, so, als würde er Jerome berühren.

9

»*Subkutane Inkontinenz am Lateral-Abdomen. Transversal-Dermatome am ganzen Körper, hochkonzentrierte Rückstände von Apoptose-Rezeptoren in den koronaren Metabolismen. Extrem niedriger respiratorischer Koeffizient. Wenn Sie mich fragen – Exitus durch cardiovaskuläre Trigeminus-Kontraktionen.«*

Der junge Forensiker steckte sich nach seiner Kurzdiagnose über dem geöffneten Unterleib der jungen Frau die Crackpfeife in den Mund, die Kristalle knackten unter der Flamme seines Feuerzeuges. Er nahm einen tiefen Zug und schaute Stark mit glasigen Augen an.

Rünz las die Szene noch einmal durch. Eine Autopsie war Pflichtprogramm für jeden Thriller. Da er weder Zeit noch Lust hatte, sich in rechtsmedizinische Fragestellungen einzuarbeiten, hatte er einfach einige Fachtermini zusammenmontiert, die er in ›Dr. House‹ und ›In aller Freundschaft‹ aufgeschnappt hatte, und die Soße mit ein paar Fremdwörtern aus alten Gutachten von Bartmann angedickt. Ein wenig Fachsimpelei machte die Sache glaubwürdig. Da stimmte vielleicht nicht alles im Detail, aber wer würde es bemerken? Mediziner hatten sowieso keine Zeit, Thriller zu lesen. Wichtig war ein Rechtsmediziner mit einem kapitalen Schuss. Fiktionale Forensiker hatten *immer* einen Schuss, da konnte man gar nicht dick genug auftragen.

Rünz wurde unsanft aus der kreativen Arbeit gerissen, sein Timer summte. Hovens verdammte Vollversammlung. Hier kam man ja zu nichts.

Zwei Minuten später stand der Kommissar mit einigen Kollegen staunend und sprachlos vor den großen Texttafeln am Eingang der Kantine.

Wer auch immer kommt, es sind die richtigen.
Was auch immer geschieht, es ist das Einzige, was geschehen konnte.
Es beginnt, wenn die Zeit reif ist.
Vorbei ist vorbei – Nicht vorbei ist Nichtvorbei.

Mit der Belegschaft des Polizeipräsidiums Südhessen ein ›Open-Space-Meeting‹ zu veranstalten, war so erfolgversprechend wie der Versuch, mit einem Mario-Barth-Fanclub eine Lyrik-Lesung zu organisieren. Aber Hoven war in solchen Fragen beratungsresistent. Um nicht vollkommen unvorbereitet und wehrlos dazustehen, hatte sich Rünz bei Wikipedia über die Open-Space-Methode zu informieren versucht, war aber nach zwanzig Minuten Lektüre genauso schlau wie vorher. Wenigstens wusste er jetzt, dass sich die Methode für zwölf bis zweitausend Teilnehmer eignete und ein Meeting zwischen zwei Stunden und drei Tagen dauerte. Open Space war eine klassische Kopfgeburt aus dem Kreissaal des großen Metagelabers, in dem Coaches, Businessgurus, Kommunikationstrainer und Consultants ohne Unterlass und unter heftigen intellektuellen Presswehen verquaste und inhaltsleere, vulgärphilosophisch unterfütterte Techniken gebaren, die von den Entscheidern in Wirtschaft und Verwaltung begierig – und gegen beachtliches Entgelt – adoptiert wurden.

Zur Anmoderation vor der vollständig versammelten Präsidiumsbelegschaft präsentierte sich Hoven in erdfarbenem Kaschmir-Pullover mit V-Ausschnitt, bügelleichten Chinos, handgenähten Rauhleder-Mokassins und dem Ansatz eines Vollbartes. Er sprach frei, wie improvisiert, lässig neben dem Rednerpult stehend – in Auftritt und Duktus die perfekte Metapher für Nachhaltigkeit, Vernunft, Verantwortung und soziale Gerechtigkeit. Wie ein NGO-Sprecher beim Klimagipfel in Kopenhagen. Wo war nur der alte Performer geblieben?

Hoven sprach von seiner AGENDA 2020, vom ›Präsidium der Zukunft‹, von irgendwelchen Kindern, die uns diesen Planeten angeblich nur geliehen hatten, und als zum ersten Mal der Ausdruck ›Carbon Footprint‹ fiel, ging ein Raunen durch die Reihen. Die Kolleginnen und Kollegen schauten sich verständnislos an. Wedel und die anderen Autofreaks spekulierten begeistert darüber, ob bald Karbon-Tuningteile in den Einsatzwagen verbaut würden. Andere munkelten, Dokumente und Protokolle seien ab sofort mit den Fußsohlen abzustempeln. Nur Brecker, der sich in all seiner bemitleidenswerten Lethargie einen Rest an Intuition bewahrt hatte, kommentierte Hovens Eingabe spontan und mit konziser Präzision – mit einem mächtigen, markerschütternden Furz.

Hoven ließ sich durch die Methaneruption nicht aus der Ruhe bringen, er faselte vom Green Headquarter, von den *Zero Emission Security Forces*, und erst allmählich schälte sich heraus, dass es mit Energieverbrauch, CO_2-Ausstoß und Klimaschutz zu tun hatte, der zeitgemäßen Beschäftigungstherapie für unausgelastete, urbane LOHAS.

Er trug einen langen und detaillierten Maßnahmenkatalog vor – weniger Ausdrucke und Kopien, Videokonferenzen statt Dienstfahrten zu Meetings, Einsatz stromsparender Leuchtmittel –, den die Belegschaft mit Gähnen, Augenrollen und demonstrativ-auf-die-Uhr-Schauen quittierte. Nur beim letzten Punkt waren alle plötzlich wieder hellwach. Hoven kündigte an, den Fleischanteil im Speiseplan der Kantine radikal zu senken – wegen der klimaschädlichen Nutztierhaltung. Dieser Mann verstand es, sich Feinde zu machen.

Nachdem Hoven sein Impulsreferat abgeschlossen hatte, forderte er die Belegschaft zu Wortmeldungen zur Agenda 2020 auf. Was immer ihm vorgeschwebt hatte – kreative Ideen für mehr Effizienz bei der Verbrechensbekämpfung, neue Impulse für die Öffentlichkeitsarbeit, unkonventionelle Ansätze für die Vernetzung mit den Kollegen in den anderen Bundesländern –, Hoven bekam, was er verdient hatte. Die Beiträge und Vorschläge der Mitarbeiter liefen im Wesentlichen auf folgende Forderungen hinaus:

- Mindestens dreimal pro Woche in der Kantine SchniPoSa (Schnitzel mit Pommes und Salat)
- Public Viewing bei Europa- und Weltmeisterschaften mit Großbildschirm in der Kantine
- Dito UEFA-Cup und Champions-League ab Achtelfinale
- Sukzessive Aufstockung des Frauenanteils auf mindestens vierzig Prozent
- Weihnachts- und Sommerfest ohne Ehepartner
- Weihnachts- und Sommerfest auswärts mit Übernachtung

Die drei letzten Punkte standen in unmittelbarem thematischen Zusammenhang, aber Rünz war sich nicht sicher, ob Hoven das erkennen würde. Und er rätselte zudem, ob es ein gutes Zeichen war, als Hoven ihn nach dem Open-Space-Meeting noch zum Vier-Augen-Gespräch in sein Büro bat.

10

Der Kollege von der IT-Abteilung stand schräg hinter Hoven und schaute ihm über die Schulter beim verzweifelten Versuch zu, eine Kommunikation zwischen seinem Blackberry und seinem Apple Notebook herzustellen. Der EDV-Spezialist wirkte schon etwas gereizt, er war türkischer Abstammung und gehörte nicht zu den Menschen, die mit ihren Gefühlen lange hinter dem Berg hielten. Hoven ging ihm und seinen Kollegen mit seinen informationstechnischen Extrawürsten gewaltig auf die Nerven.

»Sie können Ihren Blackberry nicht einfach so mit Ihrem McBook synchronisieren«, sagte er. »Sie brauchen dafür eine spezielle Software. Die Anschaffung muss beantragt werden, und wenn der Antrag bewilligt ist, durchläuft die Software die üblichen Prüfroutinen, bevor wir die Installation freigeben.«

»Verdammt«, wetterte Hoven. »Wir leben hier im Jahr 2010, heute ist alles mit allem kompatibel.«

»Wir sind hier nicht in irgendeinem Hackerklub. Wir haben Ihnen immer von Ihrer Apple-Insellösung abgeraten. Bringt nur Probleme«, erwiderte der IT-Mann bemüht ruhig. Er machte eine kurze rhetorische Pause. »Im Übrigen sollten Sie vielleicht nicht alles glauben, was die Marketing- und PR-Abteilungen der IT-Konzerne so erzählen.«

Bravo, dachte Rünz. Wunderbar nachgetreten. Er unterdrückte den Impuls, aufzustehen und zu applaudieren.

»Vielleicht sind Sie einfach überfordert mit heterogenen Netzwerkumgebungen«, stänkerte Hoven zurück. »Versuchen Sie's doch mal als EDV-Lehrer an der Volkshochschule! Grundkurs MS-DOS 3.1, das müssten Sie doch hinkriegen.«

Der IT-Experte knurrte ein kaum hörbares »Leck mich« und verließ ohne Verabschiedung das Zimmer.

Als Early Adopter bestand Hoven stets auf den allerneuesten technischen Kommunikationsgadgets, auch wenn deren Software noch so löchrig war wie die Abwehr des Darmstädter SV98. Er gehörte zu der bizarren Gruppe von Menschen, die noch stolz darauf waren, sich von den Soft- und Hardwareherstellern als Betatester ausnutzen zu lassen. Gegenüber der Bewilligungsstelle hatte er eine geniale Argumentationslinie entwickelt. Er begründete seine Anträge für neue iPhones, Palm Pilots, Blackberrys, Netbooks und multifunktionale Navigationsgeräte stets mit satten Einsparungseffekten durch Performance-Steigerung, die er mit allerlei bunten Excel-Diagrammen belegte.

Rünz versuchte, sich bemerkbar zu machen: »Also die Sache mit diesem Schlosser …«

»Das hat Zeit«, unterbrach ihn Hoven und tippte noch schnell eine kurze Mail in seinen Blackberry. Rünz' Chef hatte ein einfaches persönliches Benchmarking, wenn es um die Priorisierung von ungeklärten Todesfällen ging. Erstens: ›Kann ich mit dem Fall im Innenministerium in Wiesbaden punkten?‹ Zweitens: ›Haben die Medien Interesse?‹ Lautete die Antwort auf beide Fragen ›Nein‹, bevorzugte Hoven eindeutig natürliche Todesursachen ohne Fremdverschulden als

Ermittlungsergebnis – sie machten wenig Arbeit und belasteten seine Aufklärungsquote nicht. Der Vorgesetzte legte seinen Blackberry zur Seite und wandte sich Rünz zu.

»Ich habe von der Bundeskonferenz der Polizeipräsidenten letztes Wochenende in Berlin einige interessante Impulse mitgebracht.«

Rünz zog den Kopf ein und schaltete auf erhöhte Alarmbereitschaft. Hovens Impulse bedeuteten immer Überstunden und Ärger. Der Kommissar hatte eigentlich erwartet, die Rezession würde einem marktliberalen Innovationsterroristen wie Hoven ein wenig den Wind aus den Segel nehmen – aber Pustekuchen.

»Klingt spannend«, heuchelte Rünz, »erzählen Sie doch mal!«

Hoven legte in einer einladenden Geste beide Handflächen geöffnet auf die Stuhllehnen und schaute Rünz mit leicht schief gehaltenem Kopf direkt an, bevor er loslegte. So total offen und unvoreingenommen. Auf Augenhöhe sozusagen. Jede Wette, dass dieser Idiot wieder ein Körperspracheseminar besucht hatte. Wahrscheinlich beim Guru Samy Molcho persönlich. Da gingen dann schon mal zehntausend Euro auf die Kostenstelle Aus- und Weiterbildung. War ja für einen guten Zweck. Das Problem mit diesen Seminaren war nur, dass ein blasiertes Arschloch wie Hoven durch sie nicht sympathischer rüberkam, sondern einfach nur wie ein besonders blasiertes Arschloch, das in einem Körperspracheseminar geübt hatte, sympathischer rüberzukommen.

»Nun«, sagte Hoven, »um die bundesweiten Ressourcen optimal zu bündeln, haben wir beschlossen, in jenen Präsidien, die sich für bestimmte Fachgebiete Spezialkenntnisse von überregionaler Bedeutung erarbeitet haben, Kompetenzzentren zu implementieren, die über die Ländergrenzen hinweg agieren. Cross Selling nennt sich das. Wird der Booster für unsere Leistungsbilanz.«

Rünz hörte nicht richtig zu, er war verwirrt. Irgendwie hatte Hoven es geschafft, sich in den fünf Minuten zwischen dem Meeting in der Kantine und dem Treffen mit Rünz komplett umzuziehen. Aber seine Wechselgarderobe bestätigte nur die grundlegende Zäsur in seiner Außendarstellung – rustikaler Strickpullover über kariertem Baumwollhemd, derbe Segeltuchhose, alle Stoffe in ruralen Grün- und Brauntönen, dazu Timberland Earthkeeper Boots mit robuster Zwienaht. Hoven sah aus wie ein postmoderner walisischer Ökobauer beim Nachmittagstee. Noch vor wenigen Monaten hätte jeder im Präsidium geschworen, dass seine Brioni-Sakkos zu seinem Körper gehörten wie eine zweite Haut. Jetzt saß er selbst bei Meetings mit hohen Ministerialbeamten oft im Oberhemd da, mit energisch hochgekrempelten Ärmeln, den Krawattenknoten leicht aufgezogen, aber nicht so weit, dass der Eindruck entstand, er kenne die gesellschaftlichen Konventionen nicht. Vielmehr wollte er signalisieren, dass er sie seiner überbordenden Kreativität und seiner absoluten Hingabe an die Aufgabe wegen nur ab und an kurzzeitig vergaß.

Auch sein neues Auto passte stimmig ins naturverbundene Gesamtkunstwerk, ein riesiger Hybrid-SUV von Lexus in Forstgrün. Ein zweieinhalb Tonnen schwerer Pkw mit Hybridantrieb war ungefähr so ökologisch wie ein Flammenwerfer mit Hautschutz-Zusatz human, aber darauf kam es ja nicht an. Und dann diese kreative Hornbrille mit dem dicken schwarzen Rahmen, die das filigrane Titangestell auf seiner Nase verdrängt hatte, mit dem er immer so nach Investmentbanker ausgeschaut hatte. Von den Haaren ganz zu schweigen, so ein angedeuteter Dirigenten-Schopf, der in alle Himmelsrichtungen abstand, ein wohlkalkulierter Hauch von Freigeist und zerstreutem Genie. Hoven war alles zuzutrauen – entweder er griff morgens kurz in die Steckdose, oder er toupierte sich diesen Kreativlook vor dem Spiegel hoch.

Auf seinem Schreibtisch lagen jetzt stets die aktuellen Ausgaben von ›Cicero‹, Tyler Brûlés elitärer Kosmopolitenpostille ›Monocle‹ und natürlich ›brand eins‹, sorgfältig aufgefächert wie Requisiten für ein Interior-Architecture-Fotoshooting. Hoven, bis dato eigentlich Stammabonnent von ›Wirtschaftswoche‹, ›Financial Times‹ und ›Harvard Businessmanager‹, war durch die Wirtschaftskrise offenbar zum prototypischen brand eins-Leser mutiert – ein sich als Querdenker gerierender Steigbügelhalter des Kapitalismus. brand eins war für die Weltrevolution in etwa das, was die Brigitte für den Feminismus darstellte – hier flexible Lebensmodelle für die optimierte Selbstausbeutung, dort freche Trendfrisuren gegen Tristesse im Büro.

»Also, was Sie sich da ausgedacht haben, finde ich fantastisch, Herr Hoven«, sagte Rünz auf gut Glück, um sich ins Gespräch zu bringen. Hoven nickte anerkennend. »Gefällt mir sehr gut, wie Sie inzwischen auf meine Reformvorschläge reagieren, Herr Rünz. Ihr Commitment zu unserer Corporate Governance ist wirklich vorbildlich.«

»Na ja, ich gebe zu, in den ersten Jahren hatte ich wirklich ein wenig Probleme mit Ihrem Innovationstempo. Aber irgendwie habe ich jetzt das Gefühl, dass da ein Knoten in mir geplatzt ist. Ich fühle mich einfach offener für *Change*.« Rünz zuckte zusammen. Hatte er das wirklich selbst gesagt? Vielleicht sollte er sich mal beim Hausarzt durchchecken lassen. Aber Hoven schien ihn ernst zu nehmen. Der Kommissar testete gelegentlich eine neue Kommunikationsstrategie im Umgang mit seinem Vorgesetzten – hemmungsloses Einschleimen. Bei den ersten Versuchen hatte er seinem Chef einfach immer Recht gegeben, dann aber die Anbiederei innerhalb kurzer Zeit zu einer Kunstform weiterentwickelt. Die verfeinerte, höhere Form der Arschkriecherei, so seine Erfahrung, äußerte sich ja gerade nicht darin, einem Weisungsbefugten permanent nach dem Mund zu reden. Vielmehr galt es, hatte er festgestellt, hier und da präzise kalkulierten Widerspruch in Detailfragen zu platzieren, der konstruktive Kritik bei gleichzeitiger Nibelungentreue zur Gesamtstrategie signalisierte. Entscheidend war natürlich ein hohes Maß an Einfühlung in den Vorgesetzten, sollte der Widerspruch doch exakt die Kurskorrektur vorwegnehmen, die im Kopf des Weisungsbefugten gerade erst an Kontur gewann.

Hoven hob motivierend die Augenbrauen. »Verstehen Sie unseren kleinen Face-to-Face-Dialog hier ruhig als Strategic Assessment im Hinblick auf Ihre Zukunft, Herr Rünz.« Er beugte sich über den Tisch und senkte komplizenhaft die Stimme. »Mal ganz im Vertrauen, Herr Rünz. In zwei Jahren wird in diesem Präsidium nichts mehr so sein, wie es war. Mit meiner Agenda 2020 bauen wir das Präsidium der Zukunft. Flexibel, schnell, hochperformant, kundenorientiert, nachhaltig, mit Zero Emission. Und Ihnen habe ich im Zusammenhang mit diesem Transformationsprozess eine Schlüsselposition zugedacht.«

Hoven stand auf und schaute aus dem Fenster in den Himmel über der Ludwigshöhe, die Hände hinter dem Rücken zusammengelegt. Mein Gott, dachte Rünz, was für eine ergreifende Szene, voller Pathos. Wie der Führer und sein Architekt auf dem Obersalzberg. Zwei Visionäre über den Entwürfen für die neue Reichskanzlei.

»Es geht hier um Leadership, Herr Rünz. Um Sie glaubwürdig zu positionieren, brauchen Sie natürlich den nötigen beruflichen Background. Eine Success Story – wenn Sie verstehen, was ich meine. Ich habe mir mal Ihren CV angeschaut.« Hoven drehte sich um und schaute Rünz tadelnd an. »Sagen Sie mal, sind Sie je aus diesem Kuhdorf hier rausgekommen, abgesehen von der Polizeischule in Wiesbaden?«

»Na ja …«, stotterte Rünz. »Ich war mal vier Wochen auf Langeoog. Zur Kur. '88 oder '89 müsste das gewesen sein.«

Hoven seufzte. »So geht das nicht«, sagte er kopfschüttelnd. »Ihr Lebenslauf ist ein einziger Trigger Point. Für diese Position brauchen Sie professionelle

Credibility, sonst fehlt Ihnen das nötige Standing. Wir müssen Ihre Vita aufpimpen, da hilft nichts. Lassen Sie mich mal überlegen.«

Hoven begann, im Raum auf- und abzuschreiten, mit Daumen und Zeigefinger in Schwerdenkerpose seinen Kopf stützend, dann legte er los. »Notieren Sie doch schnell mal ein paar Stichworte.«

Rünz hatte gerade noch Zeit, sich ein leeres Blatt und einen Stift von Hovens Schreibtisch zu klauben, bevor sein Chef loslegte.

»Die Schulzeit lassen wir mal weg. 1980 bis 1984 Graduiertenkolleg an der International Law School in Bregenz, 1985 bis 1990 Aufbau und Leitung der Interpol-Sektion ›Information Technology Crime‹ in Lyon, 1991 bis 1998 verantwortliche Leitung der ›ICT Solutions Development Branch‹ bei Europol in La Hague. Und von 1999 bis 2005 Security Advisor des ›European Institute of Innovation & Technology‹.«

Hoven stützte seine Hände auf die Tischplatte, beugte sich zu Rünz herunter und strahlte ihn an. »Na, wie fühlt sie sich an, Ihre neue Identität?«

»Na ja, noch etwas ungewohnt. Ist das nicht …«, Rünz suchte nach den richtigen Worten, »… ich meine, juristisch ist das ja durchaus anfechtbar.«

»Warum? Wir erwähnen an keiner Stelle, was genau Sie in diesen Institutionen gemacht haben – mal abgesehen davon, dass keine dieser Abteilungen existiert. Kein einziger akademischer Abschluss taucht auf – also auch kein Titelschwindel. Und Sie glauben doch nicht, dass Kollegen in Chemnitz oder Castrop-Rauxel erst mal Ihre Zeugnisse anfordern, wenn die Unterstützung von

Ihnen brauchen. Also – nicht so zaghaft, Herr Rünz. Wir starten richtig durch mit Ihnen!«

»Chemnitz? Liegt das nicht in der DDR? Wir sind doch nur für Hessen zuständig!«

»Nicht mehr lange, Herr Rünz. Nicht mehr lange …« Hovens Augenlider zitterten wie die eines malariakranken Missionars im schwarzafrikanischen Dschungel. »Ihr hessischer Äppelwoi-und-Handkäs-Horizont wird sich bald erweitern.«

Rünz bekam schweißnasse Hände. »Aber die Kollegen hier im Präsidium«, bremste er. »Die kennen doch meine Ausbildung, da mache ich mich doch lächerlich mit so einem aufgeblasenen Lebenslauf.«

»Nach innen brauchen wir das doch überhaupt nicht kommunizieren«, winkte Hoven ab. »Ich rede nur von Ihrer Außendarstellung! Fangen Sie nicht gleich wieder an zu zaudern, Rünz. Behalten Sie den Kompass im Auge, setzen Sie den Spinnaker und segeln Sie auf das große Ziel zu! Die Kollegen im Rest der Republik brauchen Sie, wenngleich viele von ihnen es noch nicht wissen. Ihr neuer Lebenslauf spiegelt einfach nur das wider, was Sie ohnehin können. Insofern ist er eigentlich wahrer als Ihr echter Lebenslauf! Glauben Sie wirklich, irgendein Mensch würde einen Porsche kaufen, wenn die Marketingtruppe in Zuffenhausen ihre Anzeigen für den neuen 911er nur in der Superillu schalten würden?«

Rünz stieß anerkennend die Luft aus. Das klang irgendwie plausibel. In Hoven schlummerte doch ein ausgebuffter Dialektiker. Und was den Willen zur zielgerichteten und PR-gerechten Umdeutung der Vergangenheit anging, war er William F. Cody, dem großen Showmaster des Wilden Westens, nicht ganz unähnlich.

»Welche Spezialkenntnisse könnten wir den Kollegen denn verkaufen?«, fragte Rünz vorsichtig.

»Na also«, sagte Hoven. »Sie denken nach vorne, so gefallen Sie mir schon besser. Erinnern Sie sich doch mal an Ihre Ermittlungen im Umfeld des European Space Centers. Und was ist mit dieser Robotergeschichte an der Technischen Universität?«

»Zwei Durchgeknallte – einmal ein Astronom und einmal ein Android. Ich weiß nicht ganz, worauf Sie hinauswollen.«

Hoven schüttelte eine halbe Minute lang tadelnd den Kopf. »Rünz, Sie werden es nie verstehen. Es reicht nicht, einfach nur seinen Job zu machen. Man muss *über seine Arbeit reden*! Erfolge kommunizieren, sich positionieren, Märkte erschließen. Haben Sie denn überhaupt keinen Ehrgeiz? Gar keinen Sinn für Selbstdarstellung?«

Da reicht ja wohl einer im Präsidium, dachte Rünz. »Doch, doch. Ich habe schon konkrete Ziele. Wollte sowieso mal über meine Pläne mit dem Vorruhestand mit Ihnen …«

»Fangen Sie bloß nicht wieder damit an«, schnitt ihm Hoven das Wort ab. Er schritt zu seinem Flipchart, nahm einen Edding in die Hand und schrieb vier Buchstaben auf das weiße Blatt.

SUSC

Rünz versuchte, seine Gesichtszüge unter Kontrolle zu halten.

»SUSC steht für *Strike Unit Science Crime*«, dozierte Hoven. »Klingt doch schneidig, finden Sie nicht? Vergessen Sie nicht, dass wir hier in der Wissenschaftsstadt Darmstadt leben – das allein verschafft uns schon Credibility. Mit so einem Pfund muss man wuchern, auch wenn es uns hier und da vielleicht noch etwas an Erfahrung mangelt.«

Rünz schwankte einen Moment, ihm war schwindlig, er hatte Farbhalluzinationen, als hätte ihm sein Vorgesetzter Meskalin in den Kaffee geträufelt.

»Sie meinen, wenn in Hamburg an der Uni ein Laborant über einen Bunsenbrenner stolpert, dann rufen die Kollegen hier bei uns an?«

»Wenn der Laborant dabei zu Tode kommt und die Indizien auf Fremdverschulden hinweisen – warum nicht? Sie und Wedel haben lange genug im Umfeld von Wissenschafts- und Forschungseinrichtungen ermittelt. Sie sollten Ihre Erfahrungen jetzt einem breiteren Kollegenkreis zur Verfügung stellen. Ich habe in Berlin schon ordentlich Werbung für Sie gemacht, wundern Sie sich also nicht, wenn die Drähte in den nächsten Wochen heiß laufen. Das BKA stellt Ihnen sogar technische Ressourcen zur Verfügung.«

Hoven lehnte sich über den Tisch und schaute Rünz eindringlich an. »Verdammt, Rünz, das ist Ihre Chance! Sie können sich als Senior Specialist bundesweit einen Namen machen! Ich arbeite im Moment mit einem Frankfurter Consultant zusammen, der mit Ihnen die Details durchgehen wird. Sie brauchen einen professionellen Auftritt. Und wenn Sie wollen, besorge ich Ihnen einen Coach. Sie bekommen eine separate Telefonnummer und Mailadresse für Ihre Strike-Unit-Aktivitäten, außerdem bauen wir ein eigenes Subportal auf unserer Internetplattform. Schreiben Sie doch mal zwei Abstracts zu Ihren Aktivitäten bei der ESOC und der Universität, wir brauchen Content für Ihren Webauftritt.«

Hoven drehte sich um und schaute entrückt aus dem Fenster, bevor er weiterredete, wie ein Visionär kurz vor einer Eingebung. »Ich denke drüber nach, ob wir uns ein eigenes Logo und einen Claim für Sie einfallen lassen, irgendein stilisiertes High-Tech-Motiv in einem vertrauensbildenden, warmen Grünton, dazu vielleicht ›SUSC Darmstadt – Where science meets security‹, oder so was Ähnliches. Wir sollten zeitnah ein Mailing launchen. Neue Medien hin oder her, wir dürfen bei unseren konservativen Kollegen den Printbereich nicht vernachlässigen. Einen kompletten Sales-Folder kriegen wir so schnell nicht hin, aber für den Anfang reicht ein Product Leaflet. Da muss das Wording hundertprozentig stimmen, sonst machen wir uns lächerlich. Außerdem werden wir in den Social Networks ein wenig virales Marketing betreiben. Wir haben einen engen Time Frame, SUSC muss innerhalb von zwölf Monaten als Marke bei den Kollegen in den anderen Bundesländern etabliert sein, sonst sinkt die Awareness für das Issue. Und …«, Hoven bremste seinen Redefluss einen Moment, »… an Ihrem persönlichen Auftritt gibt's ebenfalls noch Verbesserungspotenzial. Das Auge isst mit, Herr Rünz.«

Beim letzten Satz musterte Hoven Rünz' altes C&A-Jackett aus den Achtzigern, als ob es daran etwas auszusetzen gäbe. Rünz hatte erst wenige Tage zuvor die durchgescheuerten Ellenbogen mit Bügelplacken aus Wildlederimitat repariert. Sah aus wie neu.

»Aber was ist mit unserer Arbeit hier? Zum Beispiel die Sache mit dem toten Schlosser aus dem Odenwald …«

»Ach, Sie wissen doch, Herr Rünz: Arbeit dehnt sich entsprechend der zur Verfügung stehenden Zeit. Wenn Sie weniger Zeit für solche Brot-und-Butter-Fälle haben, dann lösen Sie sie eben schneller. Das wird sich alles regeln. Und davon mal abgesehen …« Hoven setzte sich wieder, faltete die Hände auf dem Schreibtisch zusammen wie ein Beichtvater und legte den Kopf etwas schief. »Vielleicht haben Sie es noch nicht mitbekommen. Alle Präsidien müssen in den nächsten Jahren mit gedeckelten Budgets klarkommen. Es wird höchste Eisenbahn, unsere Prozesse zu optimieren und effektives Cost Controlling einzuführen. Und wenn wir was zu verkaufen haben – warum nicht? Jetzt schauen Sie nicht so skeptisch drein, Rünz. Ich weiß, Sie sind nicht gerade ein Vorreiter, was Marketing & Sales angeht, aber dafür haben Sie ja mich. Sie steuern die Skills bei, und ich positioniere Sie am Markt. Wenn Sie mir versprechen, mal wieder zum Friseur zu gehen.«

Das sagt gerade der Richtige, dachte Rünz.

11

Eine so exotische Kombination von Menschen und Gütern hatte die *State of Nebraska* noch nicht über den Atlantik gebracht. Die Frachtlisten des Dampfschiffes führten am Morgen des 31. März 1881 im Hafen von New York unter anderem folgende Positionen auf: 97 Indianer, 180 Pferde, 18 Bisons, 10 Rothirsche, 5 texanische Ochsen, 4 Esel, 2 Elche. Dazu Schusswaffen aller Art, Wildlederjacken mit langen Fransen, bunte Halstücher und breitkrempige Cowboyhüte. Und eine in Holzfertigbauweise konstruierte, komplette Arena, demontiert, in durchnummerierten Einzelteilen. Als das Schiff vom Pier ablegte, spielte eine Band auf dem Deck, sechsunddreißig Männer in roten Hemden und breiten Chaps über den derben Baumwollhosen, den Song ›The girl I left behind me‹.

All the dames of France are fond and free
and Flemish lips are really willing.
Very soft the maids of Italy
and Spanish eyes are so thrilling ...

Zwei Wochen später legte die *State of Nebraska* am Kai des Albert Dock in Gravesend an der Mündung der Themse an, und die Band stand wieder auf dem Deck, diesmal, um das Vereinigte Königreich mit dem Yankee Doodle zu begrüßen. Die Truppe verlud die Ladung in die Waggons dreier Güterzüge, ohne Chaos und Durcheinander, schnell und effizient, nach einer detailliert durchgeplanten Logistik. Jeder Mann hatte seine Aufgabe, jedes Pferd und jedes Seil seinen festgelegten Platz in einem der Waggons, den es zu einem vorher bestimmten Zeitpunkt erreichte.

Die Züge transportierten Menschen und Material zur Midland Station, nahe des Ausstellungsgeländes, auf dem die Festlichkeiten zu Ehren des fünfzigjährigen Thronjubiläums der Queen Victoria stattfinden würden.

Die Show, die die Männer und Frauen unter der Leitung von William F. Cody in den folgenden Wochen vorbereiteten, war schon vor ihrer Premiere ein durchschlagender Erfolg. Kaum ein Vertreter der britischen Aristokratie, der nicht schon vor der offiziellen Eröffnung der Feierlichkeiten einen Blick hinter die Kulissen zu werfen versuchte. Herzöge, Schauspieler, Parlamentsmitglieder – alle kamen, alle schwärmten. Noch lange nach der Vorstellung erzählte Premierminister William Gladstone ergriffen davon, wie er beim Besuch des Camps einem waschechten Sioux-Häuptling die Hand gedrückt hatte. Zwei Jahre später, auf der Weltausstellung in Paris, versuchten Hunderte frischvermählter Paare, es ihm gleichzutun, in der Hoffnung auf magische Förderung ihrer Fruchtbarkeit.

Zwei Tage nach Gladstones prägendem Händedruck besuchte Albert Edward, Prince of Wales und britischer Thronfolger, mit seiner Frau und seinen Töchtern die Generalprobe von Codys Wild-West-Show. Wenig später gab Queen Victoria auf Empfehlung ihres Sohnes der Show bei einer Vorstellung in der Earl's Court Arena die Ehre ihrer Anwesenheit. Ein schlagzeilenträchtiges Ereignis – seit dem Tod ihres Mannes ein Vierteljahrhundert zuvor hatte die Queen keine öffentliche Veranstaltung mehr besucht. Ihre Majestät war begeistert, und spätestens beim atemberaubenden Showdown, als General Custers Soldaten die Schlacht am Little Bighorn gegen die Wilden und die historische Wahrheit ein weiteres Mal gewannen, hielt es weder Ihre Majestät noch die anderen königlichen Familienmitglieder auf den Stühlen. Und nicht nur die königliche Trauer schien sich im martialischen Feuerwerk buchstäblich in Pulverdampf aufzulösen – über ein Jahrzehnt der Spannungen und Mißtöne zwischen beiden Staaten diesseits und jenseits des Großen Teiches waren gleichsam niedergemäht.

Cody ließ sich nach der Show, ohne Scheu vor Pathos und großen Worten, folgendermaßen vernehmen:

»We felt that the hatchet was buried and that the Wild West had been the funeral.«

Auf Wunsch der Königin gab Cody in Earl's Court eine weitere Vorstellung, diesmal vor dem versammelten europäischen Hochadel, unter anderen die Herrscher von Belgien, Griechenland und Dänemark – und Wilhelm dem Zweiten, dem zukünftigen Deutschen Kaiser und König von Preußen.

Vor überschäumender Begeisterung, so wird kolportiert, habe sich Wilhelm zusammen mit einigen anderen Majestäten nach dem Showdown von Cody überreden lassen, auf der Postkutsche einige versprengte Indianer durch die Arena zu jagen.

So war Codys Rezept wieder einmal aufgegangen. Er fegte diplomatischen Zwist und kulturelle Animositäten mit archaischen Ritualen hinweg. Die Zutaten für das Patentrezept waren so einfach wie wohlschmekkend: unschuldige Siedler, mutige Soldaten, blutrünstige Indianer, mächtige, feuerspuckende Waffen. Zivilisierte gegen Wilde – das war der Minimalkonsens, der überall funktionierte. Codys Konzept basierte auf Reduktion. Er war intelligent genug zu wissen, welche Klischeevorstellungen über den nordamerikanischen ›Wilden Westen‹ vorherrschten, und nichts lag ihm ferner, als durch Differenzierung und Realitätsnähe Unruhe und Verwirrung in den Köpfen zu stiften. Er operierte bereits nach den KISS-Prinzipien – *Keep it simple and stupid*. Er gab den Menschen, was sie wollten.

Mit den Erfolgen in Earl's Court hatte Cody einen Brückenkopf auf der Insel erobert, von dem aus er den Kontinent einnehmen würde. Großbritannien war nur der grandiose Auftakt für eine mehrjährige Europatournee der Wild-West-Show, die Buffalo Bill, seine Cowboys, seine Indianer und seine feuerspuckenden Waffen durch Frankreich, Spanien, Italien und Deutschland führte.

William F. Cody hatte mit seiner Show das Herz Amerikas nach Europa gebracht, es schlug kräftig, schnell und laut, im Rhythmus einer Gatling Gun. Und es schlug auch im südhessischen Darmstadt.

12

Schreibblockade. Rünz steckte mit seinem Vince-Stark-Plot in der Sackgasse. Der Killer hatte die Jungfrau in dem Gewölbekeller unter dem Hochzeitsturm gemeuchelt, Stark war Sekunden zu spät am Tatort erschienen. Ein Schuldkomplex – die ideale moralische Ausgangsposition für einen gnadenlosen Rachefeldzug des Agenten. Aber jetzt ging plötzlich nichts mehr, selbst erhebliche Mengen Pfungstädter Märzen brachten die Ideenquelle nicht zum Sprudeln.

Er hatte keine Einfälle mehr, und alles, was er bereits geschrieben hatte, erschien ihm haarsträubend banal und reißerisch. Sicher, es würde ausreichen, um die weltweite Thriller-Fangemeinde zu erobern, aber er wollte einfach mehr. Er wollte in Klagenfurt antreten, vom Feuilleton auf Händen getragen und auf Lesungen von zarten, achtzehnjährigen Germanistikstudentinnen angeschmachtet werden. Kurzum – sein Anspruch an sein Romandebüt war nicht weniger als die eierlegende Wollmilchsau in 10-Punkt-Garamond. Und was seinem actionreichen Plot zur höheren literarischen Weihe noch fehlte, war die existenzielle Tiefe, das Leiden am Dasein, die seelische Deformation des Individuums. Schnaubend stampfte er in seinem Arbeitszimmer auf und ab, raufte sich die Haare und versuchte sich einzureden, dass alle begnadeten Autoren solche kreativen Tiefs durchmachten, bis sie irgendwann wieder von der Muse geküsst wurden.

Aber wie sollte man sich konzentrieren bei diesem andauernden Gewispere in der Küche. Was suchte

Janine überhaupt hier, sie hatte ihn und seine Frau noch nie besucht. Seit zwei Stunden ging das schon so, eins dieser unsäglichen Frauengespräche:

›Also dann hat er zu mir gesagt …‹ – ›Nein! Das glaub ich nicht!‹ – ›Doch, wenn ich's dir doch sage! Da hab ich zu ihm gesagt …‹ – ›Richtig! Genau richtig! Das musst du dir von ihm nicht bieten lassen.‹ – ›Eben. Mit mir nicht. Nicht mit mir!‹ – ›Und? Wie hat er reagiert?‹

Seit Stunden ging das so, ohne Ermüdungserscheinungen. Kommunikation zwischen Männern glich dem effizienten Abgleich zweier Datenbanken mit dem Ziel, beide auf den gleichen Informationsstand zu hieven. Bei Frauen hatte Kommunikation kein Ziel, sie war Selbstzweck.

Außerdem hatte Rünz nie verstanden, warum sich Frauen über ihre wortkargen und schweigsamen Partner aufregten. Frauen diskutierten grundsätzlich alles, was man ihnen als Ehemann oder Partner anvertraute, mit ihren Freundinnen. Wenn man sich als Mann also einen Rest von Intimsphäre bewahren wollte, hielt man besser den Mund.

Er öffnete die Tür seines Arbeitszimmers einen Spalt breit, um zu lauschen. Es ging um Klaus, um wen sonst. Janine stammelte in ihrem Unterschichtendeutsch ein endloses Klagelied, dass der Klaus den Kevin so vermissen tut, dass er nur noch in seiner Werkstatt herumschrauben tut und zu viel Geld für komische Sachen ausgeben tut und kein Bier mehr saufen tut. Hatte Rünz da richtig gehört? Sie beschwerte sich darüber, dass ihr Mann nicht mehr soff? Das müsste ihm mal passieren.

Rünz' Frau versuchte ihr mit Erklärungen zu helfen, sprach von Midlifecrisis, verwendete Begriffe wie ›Verdrängung‹ und ›Depression‹. Der Dialog wirkte zeitweise, als würde ein Netzwerkadministrator einem Buschpygmäen die Vorteile eines Linux-Betriebssystems erklären.

Leise schloss der Kommissar die Tür wieder. Herrgott, es war wirklich Zeit, Klaus in eine Männergruppe zu schicken. Aber eigentlich gab es keinen Grund, sich um seinen Schwager Sorgen zu machen. Ein paar Runden auf dem Schießstand und einige Biere im Rühmanns würden ihn wieder aufrichten.

Irgendwie inspirierte ihn Breckers kleines Zwischentief. Er würde einen Protagonisten in seinem Plot einführen, dem das Leben zu viel zugemutet hatte, die ganz normale Vorhölle, die den Mann ab vierzig erwartete. Da war ordentlich Potenzial drin für Drama, Seelenschmerz, Sentiment und Melancholie, dem Zubehör, aus dem große Literatur gebastelt wurde.

Vielleicht konnte der Kommissar auf diesem Weg zwei Fliegen mit einer Klappe schlagen und ein weiteres Manko seines Plots beseitigen. Nach der verstörenden Besprechung mit Hoven war er zur Ablenkung in die Stadt gefahren und hatte zwei Stunden lang in einer Buchhandlung in den aktuellen Bestsellern gestöbert, um sich Inspirationen für sein Manuskript zu beschaffen. Das Ergebnis hatte ihn frustriert. Er haderte mit seiner Geschichte. Bei der vorbereitenden Marktsondierung hatte er völlig den Erfolg skandinavischer Krimiautoren übersehen. Diese blassen, depressiven, einsamen und vom Schicksal gebeutelten

Ermittlerfiguren, die in menschenleeren und nebelgeschwängerten subpolaren Nadelwäldern Blutspuren auf schneebedeckten Granitfelsen verfolgten.

Schon sein Pseudonym Raoul Rockwell erschien ihm in dieser Hinsicht plötzlich suboptimal. Aber noch war es ja nicht zu spät für eine Kurskorrektur. Cårl Runssøn klang doch auch nicht übel – und war eigentlich nicht mal ein Pseudonym! Aber darüber konnte er sich später noch Gedanken machen. Er beschloss, wenigstens eine Szene voll auf den Geschmack der Fans all dieser Nesbøs, Edwardsons und Nessers zuzuschneiden. War doch alles nur eine Frage von Verdichtung, Engführung und Bündelung der einschlägigen Motive. Und eine hübsche Gelegenheit, eine interessante Nebenfigur einzuführen.

Hatte Darmstadt nicht sogar irgendeine Partnerstadt da oben am Polarkreis? Wäre doch ein prima Anknüpfungspunkt. Zwei Minuten später hatte er die Sache ausgegoogelt. Trondheim in Norwegen! Fantastisch. Und diese Insel Munkholmen im Trondheimsfjord direkt vor der Stadt – eine Steilvorlage, was die ideale Location für eine knackige Verfolgungsjagd anging. Höchste Zeit also für etwas boreales Lokalkolorit. Rünz köpfte ein weiteres Pfungstädter Märzen, ließ den halben Liter in einem Zug Richtung Leber vergurgeln und haute enthusiasmiert in die Tasten.

Tore Tryggvason lehnte an der kalten Granitmauer der alten Festung. Seit zwei Stunden war er Sverre Svensen auf den Fersen, quer über den zugefrorenen Trondheimsfjord. Aber hier auf der Insel Munkholmen

konnte Svensen ihm nicht mehr entkommen. In weni-
gen Minuten würde er, Tore Tryggvason, Vince Stark
anrufen können, ihm mitteilen, dass Delgados Norwe-
gen-Connection ausgehoben war. Tryggvason keuchte,
sein Atem bildete kleine Wölkchen in der klirrend kal-
ten Luft. Er verfluchte das › Biest von Bergen‹, das ihm
zehn Jahre zuvor den linken Lungengflügel zerschossen
hatte. Hatte sich Tryggvasons Frau danach das Leben
genommen, weil sie die Angst nicht mehr ausgehal-
ten hatte? Die Angst davor, ihn nach einem Einsatz
nicht mehr lebend wiederzusehen? Er hätte gerne mit
seiner Tochter darüber gesprochen, aber er hatte sie
seit ihrem vierzehnten Geburtstag nicht mehr gese-
hen. Seit sie ihren Lebensunterhalt auf dem Strich ver-
diente. Er fror. Langsam kehrten die Entzugserschei-
nungen zurück, das Zittern, die Übelkeit, die schreck-
lichen Kopfschmerzen. Er musste aufhören mit dem
verdammten Zeug. Gerade jetzt, mit der Kündigung
in der Tasche.

Der Kommissar hielt inne und grunzte selbstzufrieden. Mehr persönliches Unglück auf so wenigen Zeilen – das schaffte nicht mal Henning Mankell. Um zwei
Uhr nachts schaltete er erschöpft und zufrieden den
Computer aus. Als das Summen des Lüfters langsam
abebbte, hörte er seine Frau mit Janine in der Küche –
immer noch. Er schlich wieder zur Tür und öffnete
sie leise.

›NEIN!‹ – ›Wenn ich's dir doch sage!‹ – ›*Das glaub*
ich nicht.‹– ›So wahr ich hier stehe!‹ – ›*Na das hätte*
der mal mit mir versuchen sollen …‹

13

»Seltsam. Alle Aufträge sind sauber dokumentiert, Bücher tipptopp. Skizzen, Entwürfe, Besprechungsnotizen, Auftragsverwaltung, Abschlagszahlungen, Mahnungen, Schlussrechnungen, Zahlungseingänge, Überweisungen, Konstruktionszeichnungen, Stücklisten – der war ganz schön gut organisiert.« Wedel massierte sich die vom vorabendlichen Training schmerzenden Oberarme, während er berichtete. »Die Leute erzählen, er hätte sich eher die Hand abgehackt, als einen Auftrag schwarz durchzuziehen. Nicht mal für Nachbarn oder Freunde. Haben ihm manche übel genommen.«

»Fehlt was in der Werkstatt?«, fragte Rünz.

»Der Geselle sagt, alles wäre vollständig. Sogar knapp fünfhundert Euro in der Barkasse, offen in einer Schublade, nichts geklaut. Auf dem Schreibtisch liegt der Autoschlüssel, Schmuckers Opel stand vor der Werkstatt.«

»Habt ihr diesen Gesellen gecheckt? Probleme mit seinem Meister? Profitiert der irgendwie von Schmuckers Tod?«

»Negativ. Anfang fünfzig, Single, Typ Einzelgänger. Schmucker war sozusagen seine Familie. Der ist so fertig, als hätte er seinen großen Bruder verloren.«

»Und Schmucker? Hatte er Schulden?«

»Laut Schufa nur die Finanzierung seines Privatwagens. Nie im Zahlungsverzug. Sein Haus in Ober-Ramstadt ist seit zehn Jahren abbezahlt.«

»Stand jemand bei ihm in der Kreide?«

»In den letzten zehn Jahren hatte er drei Kunden, die ihre Rechnungen nicht zahlen konnten. Privatinsolvenz. Er hat nicht lange mit Zivilklagen rumgeeiert, sondern die Forderungen gleich an ein Inkassounternehmen verkauft.«

»Was ist mit Konkurrenten?«

»Der nächste Bauschlosser ist in Traisa, die teilen sich den Markt auf hier in der Gegend. Aber Konkurrenz? Die haben beide so volle Auftragsbücher, die Nachfrage hier hätte sicher noch einen dritten oder vierten Betrieb mit durchgefüttert.«

»Soziales Umfeld?«

»Der gehörte in Ober-Ramstadt sozusagen zum Inventar. Freiwillige Feuerwehr, Angelsport, Chor, Karneval – hier gibt's kaum einen Verein, in dem Schmucker nicht Kassenwart, Schriftführer oder Vorstand war. Galt allgemein als verlässlich und gewissenhaft.«

»Was ist mit der lieben Familie?«

»Zwei Schwestern, in Hanau und Biebesheim. Sind beide noch nicht vernehmungsfähig. Bis dato aber keine Hinweise auf Erbstreitereien oder sonstigen Familienzwist. Sein Vater lebt in einem Seniorenstift in Kranichstein. Alzheimer. Zwei Kollegen sind bei ihm, er hat noch gar nicht kapiert, dass er seinen Sohn verloren hat. Hat ihn dort zweimal die Woche besucht. Vorbildlicher Mensch gewesen, dieser Schlosser.«

»Rosenkrieg mit seiner Frau?«

»Wenn ja, haben die beiden das gut verborgen. Aus dem Umfeld hat jedenfalls keiner was mitbekommen.«

Die Besprechung mit Wedel glich mehr einem Verhör, musste sich Rünz eingestehen. Aber Wedel gab sich keine Blöße, hatte zu jeder Frage etwas Substanzielles auf der Pfanne. Eines musste man diesem Typen lassen, dachte Rünz. Wedel hatte zwar einen beschränkten Horizont, aber er erledigte seine Arbeit genau, schnell und zuverlässig. Wie dieser Schmucker. Eigentlich konnte sich Rünz glücklich schätzen, einen Assistenten zu haben, der ihm den Rücken freihielt für den systematischen Aufbau seiner Karriere als Bestsellerautor. Außerdem hatte er wirklich keinen Grund, ein schlechtes Gewissen zu haben, wenn er Wedel die ganze Drecksarbeit machen ließ. Hoven hatte *ihn* schließlich zu Höherem berufen. Und die wichtigste aller Führungsqualitäten war die Fähigkeit, Verantwortung zu delegieren.

»Was ist mit seinen Nachbarn?«, bohrte Rünz nach. Irgendwie musste er Wedel doch an seine Grenzen bringen. »Auseinandersetzungen, Grenzstreitigkeiten et cetera?«

»Im Haus gegenüber lebte bis vor einem Jahr ein Rentner, der sich permanent beschwerte, wenn Schmucker am Wochenende den Schmiedehammer schwang. Aber der Alte ist inzwischen gestorben. Da haust jetzt eine WG, bei der regelmäßig Punkbands aufspielen. Denen müsste man mit dem Schmiedehammer einen Scheitel ziehen, damit die sich belästigt fühlen.«

»Wer hat ihn zuletzt gesehen?«

»Sein Altgeselle, nach aktuellem Kenntnisstand. Der hat sich nach eigener Aussage um 17:30 Uhr ins Wochenende verabschiedet. Er sagt, sein Chef hätte abends meistens so bis 20:00 oder 21:00 Uhr gearbeitet, selten länger. Arbeitsvorbereitung für den nächsten Tag, Materialbestellungen und so weiter. Laut Terminkalender hatte Schmucker um 16:00 Uhr den letzten Außentermin, hat Aufmaß bei einem Kunden in Reinheim gemacht. Ist um 17:00 Uhr zurückgekommen, seitdem hat ihn außerhalb der Werkstatt keiner mehr gesichtet. Seine Frau hat um 24:00 Uhr den Altgesellen aus dem Bett geklingelt, weil ihr Mann noch nicht zu Hause war. Der hat Schmucker dann so um 0:30 Uhr in der Werkstatt gefunden.«

»Was hat der Typ gebaut? Irgendwelche speziellen Sachen?«

»Geländer, Treppen, Tore, Carports, Überdachungen, Balkone, Gitter – das Standardprogramm der Bauschlosserei. Der hat alle Einfamilienhausbesitzer hier in der Gegend beglückt. Zufriedene Kunden.«

Na also, dachte Rünz. Klarer Fall von Arbeitsunfall. Hoven würde in der Sache sowieso kein Fass aufmachen, und er konnte sich in den nächsten Tagen wieder voll auf seinen Vince-Stark-Plot konzentrieren. Rünz hoffte inständig, dass sich keine Anhaltspunkte für Fremdverschulden ergaben. Mehrere Wochen stupider Ermittlungsarbeit hätten ihn mit seinem Roman entscheidend zurückgeworfen. Wenn er im Oktober auf der Frankfurter Buchmesse auflief, brauchte er etwas, das er vorweisen konnte.

»Was ist mit diesen gelöschten Dateien?«, fragte Rünz, nur der Vollständigkeit halber.

»Ich dachte schon, du würdest nie fragen, Karl«, begeisterte sich Wedel, nahm eine dicke Rolle Ausdrucke von seiner Schreibtischplatte und breitete das Material auf dem Besprechungstisch aus.

›Ich dachte schon, du würdest nie fragen, Karl‹ – verdammte Duzerei! Ein schwacher Moment auf dem Sommerfest des Präsidiums, einige Pfungstädter Pils über den Durst, schon war die segensreiche Distanz zwischen Vorgesetztem und Untergebenem dahin. Was soll's, hatte Rünz gedacht. Duzen sich ja alle im Präsidium. Aber schon nach wenigen Tagen hätte er alles am liebsten rückgängig gemacht. Wedel hatte das Angebot als informelle Beförderung interpretiert und jeden Rest von Respekt gegenüber Rünz verloren.

»Unter anderem zwölf CAD-Dateien mit dreiundzwanzig Konstruktionszeichnungen«, sagte Wedel stolz.

Rünz versuchte, sich auf dem Gewirr von Umrissen, Schnittlinien, Bemaßungen und Textfeldern zu orientieren. Es handelte sich um Grundrisse, Seitenansichten, Schnitte und isometrische Darstellungen eines Gerätes, dessen Funktion sich ihm nicht erschloss. »Sieht aus wie reiner Maschinenbau, überhaupt nicht sein Metier«, murmelte Rünz. »Was zum Teufel ist das? Ein Fotostativ?«

»Würde für eine Kamera reichen, die zweieinhalb Tonnen wiegt. Schau dir die Bemaßung an. Das Ding hat eine Spannweite von fast vier Metern. Mit diesem Gerät kann man etwas sehr Großes und Schweres sehr präzise drehen. Definitiv viel größer und schwerer als eine Filmkamera. Vielleicht ein Kinderkarussell. Aber für ein Karussell braucht man nicht so ein aufwändiges Präzisionsgerät, das geht viel billiger und einfacher mit einem einfachen Waschmaschinenmotor und einem Reibrad.« Wedel lief zu Hochformen auf, er legte den Ausdruck einer Exceltabelle auf den Tisch, klein bedruckt. »Das hier ist die Stückliste zu der Zeichnung. Artikelnummern, Bezeichnungen, Anbieter, Menge, Verpreisung. Die meisten Positionen sind aus dem Standardprogramm des gut sortierten Metallgroßhandels – Edelstahlhalbzeug, Konstruktionsprofile, Bleche, Rohre. Interessant sind die letzten drei Positionen. Und hier sind die dazugehörigen Rechnungen.«

Er klaubte vier einzelne Ausdrucke aus dem Papierstapel hervor. »Das hier ist eine Rechnung für einen MOTOX-Getriebemotor von Siemens, hohes Drehmoment, hohe Übersetzung, kompakte Abmessungen. Die hier ist für eine Spezialanfertigung, einen Zahnkranz mit sechzig Zentimetern Durchmesser. Die dritte ist für ein riesiges SKF-Zylinderrollenlager von einem halben Meter Durchmesser. Und Nummer vier ist für eine Hydraulikpumpe.«

»Der Antrieb?«, fragte Rünz.

»Zahnkranz und Motor, ja«, sagte Wedel. »Die sind hier in den Plänen eingezeichnet. Aber die Hydraulikpumpe? Wir haben die Links durchforstet, die er über seinen Webbrowser in den letzten Wochen angesteuert hat. Wenn man mal alle Wald-und-Wiesen-Websites beiseite lässt, die mit seiner Bauschlosserei, seinen Hobbys und seinen Vereinsaktivitäten zusammenhängen, bleiben da ein paar interessante Adressen. Subportale von Siemens, ABB und zwei Dutzend anderen Herstellern, die Schwenkantriebe, Stellmotoren und Hydraulikpumpen für die Industrie herstellen. Die Dinger sind ein bisschen größer dimensioniert als die Maschinchen, mit denen ein Garagentor oder ein Hoftor automatisch aufgeht. Unter den gelöschten Dateien sind über dreißig PDF-Dokumente mit technischen Spezifikationen der Aggregate. Wir haben seinen Mail-Account aufgebohrt. Er hatte vor einem Monat intensiven Kontakt mit den technischen Kundenberatern von SKF und Siemens. Bei SKF ging's um die Spezifikationen für das Wälzlager, bei Siemens um den Stellmotor. Vor zwei Wochen hat er bei beiden Unternehmen geordert, DHL hat vier Tage danach geliefert, die Pumpe kam eine Woche später. Der hat ganz schön Gehirnschmalz in die Konstruktion gesteckt.«

»Wo steht das verdammte Gerät? Schon ausgeliefert an den Kunden?«, fragte Rünz missmutig. Das alles roch nach Arbeit.

»Jedenfalls nicht in seiner Werkstatt«, sagte Wedel. »Wir haben das ganze Gelände durchkämmt, keine Spur.«

»Hm, vielleicht hat er mit dem Bau noch gar nicht angefangen?«

»Aber wo steht dann das ganze Rohmaterial herum, der Motor, wo der Zahnkranz und das Wälzlager?«, erwiderte Wedel. »Das Zeug wurde doch schon geliefert. Außerdem haben wir Reststücke der Doppel-T-Profile gefunden, mit denen er die Beine konstruiert hat.«

»Der Geselle muss doch mitgebaut haben an dem Ding. Was sagt der dazu?«, bohrte Rünz nach. Er flehte innerlich inständig um eine harmlose Erklärung.

»Er sagt, er hätte es nie zu Gesicht bekommen. Er wusste, dass Schmucker im Nebengebäude irgendwas lagert, an dem er nachts baut. Hat aber nie nachgefragt. Privatsache.«

»Kein Hinweis auf den Auftraggeber? Was ist mit seiner Auftragsverwaltung? Irgendwo eine schriftliche Order für dieses Gerät? Durchforstet die Buchhaltung – Zahlungseingänge, Überweisungen und so weiter. Ich dachte, der Typ war so ein Obergenauer.«

»Schon geschehen. Kein schriftliches Angebot, keine Auftragsnummer, keine Überweisung, die sich dieser Maschine zuordnen lässt.«

Rünz zögerte. »Wir sollten die Zeichnungen irgendeinem Fachmann zeigen, einem Techniker oder Ingenieur«, beschloss er schließlich.

»Ebenfalls schon geschehen«, gab sich Wedel selbstbewusst. Er wurde dem Kommissar langsam unheimlich.

»Ich habe die CAD-Zeichnungen an einen Maschinenbau-Prof oben an der TU gemailt.« Die Begeisterung schwand etwas aus Wedels Gesicht, bevor er weitersprach. »Aber was der dazu sagt, ergibt keinen Sinn. Der meint, das könnte eine Lafette sein, für irgendein Geschütz.«

14

»Was ist los«, fragte der Neue. »Soll ich den ganzen Scheiß jetzt alleine machen?«

»Bleib locker«, sagte Toni. »Du machst genau das, was ich dir sage, ist das klar? Schön weiterputzen, dann kommen wir beide prima miteinander klar.«

Der Neue war noch sauer wegen Tonis kleinem Scherz. Aber besser, man stellte gleich am Anfang klar, wer die Hosen anhatte. Wäre ja noch schöner, sich von einem Anfänger maßregeln zu lassen, wenn man mal fünf Minuten entspannt am Geländer lehnte, den Blick über die Skyline schweifen und die Seele baumeln ließ. Toni hatte ja auch nichts zu lachen gehabt, damals, bei seinen ersten Tagen in der Firma.

Er ertastete das Briefbündel unter seinem Overall. Jeden Tag trug er es bei sich, in der Innentasche seines Blaumanns, der sich darüber grotesk ausbeulte, als hätte er eine Waffe in einem Holster. Er hatte die Briefe zusammengebunden und in Folie eingeschweißt, damit sie bei einem Regenguss nicht nass werden konnten. Albern, das Zeug immer mitzunehmen. Irgendwann würden sie in einen richtig heftigen Schauer kommen, und der ganze Papierstapel würde aufweichen, Folie hin oder her. Die Tinte würde verlaufen, und er hätte alle Mühe, überhaupt noch etwas zu entziffern. Aber andere trugen ja ebenfalls Fotos ihrer Partner oder Kinder in ihren Brieftaschen herum.

Jerome hatte nie von ihr erzählt, weder in seinen Mails noch in den Telefonaten, die sie zwei- oder dreimal im Jahr geführt hatten. Warum meldete sie sich jetzt, über zehn Jahre nach seinem Tod? In ihrem langen Begleitbrief hatte sie behauptet, erst durch Zufall so spät von seinem Absturz erfahren und sich auf die Suche nach Angehörigen gemacht zu haben. Toni glaubte ihr nicht. Die Geschichte war damals in den USA durch alle Medien gegangen. Und warum hatte sie Jeromes Post so lange aufgehoben, wenn damals nichts zwischen den beiden gelaufen war? Vor vier Wochen hatte sie Toni das Päckchen nach Deutschland geschickt, sechsundsiebzig Briefe, die Jerome über einen Zeitraum von anderthalb Jahren geschrieben hatte, jede Woche einen, mit der Präzision eines Uhrwerkes. Seit einem Monat zelebrierte Toni jeden Abend zu Hause das gleiche Ritual: Er setzte sich an seinen Küchentisch, schnitt die Folie auf, nahm einen der Briefe heraus und las ihn. Nach der Lektüre steckte er ihn wieder in den Umschlag, legte ihn zurück auf den Stapel und schweißte das Päckchen wieder in eine Folie, geschützt für den nächsten Arbeitstag. Diese Texte zu lesen, war, als spräche die Stimme seines Halbbruders noch einmal aus dem Jenseits zu ihm, und er wusste, wenn er den letzten Brief studiert hatte, würde diese Stimme für immer schweigen.

Sie arbeitete in der Bibliothek des New York Institute of Technology in Old Westbury, Jerome hatte sie dort während seines Studiums kennengelernt. Toni hatte sie angerufen, als er das Päckchen erhielt, aber sie hatte ihm nicht viel mehr erzählen können als das, was in ihrem Begleitbrief stand. Sie und Jerome hatten sich angefreundet, waren ab und an ausgegangen. Als sie gemerkt hatte, dass Jerome Gefühle für sie entwickelte, war sie auf Distanz gegangen. Aber Jerome hatte versucht, den Kontakt aufrechtzuhalten, sie immer wieder in der Bibliothek besucht und zum Essen eingeladen. Und sie hatte immer wieder abgelehnt. Aber er war nie gekränkt über ihre Ablehnung, er machte einfach unbeirrt weiter. Dabei überschritt er nie die unsichtbare Linie, die die Grenze zwischen Flirt und Belästigung markierte. Er warb um sie, nachdrücklich und geradlinig, genauso, wie er seine Ausbildung zum Kampfpiloten durchexerziert hatte. Vielleicht hatte er einfach nicht anders gekonnt, dachte Toni. Vielleicht war es in Jerome angelegt gewesen, ein einmal verfolgtes Ziel nicht mehr aus den Augen zu verlieren. Vielleicht war die Option zum Scheitern in ihm nicht verankert gewesen.

Seit seinem Universitätsabschluss im Jahr 1992 hatten sie sich ihrer Aussage nach nicht mehr gesehen. Damals hatte Jerome begonnen, ihr zu schreiben, und mit der gleichen Regelmäßigkeit rief er sie an, einmal im Jahr, am dritten Advent, um ihr schöne Weihnachten zu wünschen.

Sie hatte ihm nie geantwortet auf seine Briefe, und Toni hatte keinen Grund, ihr nicht zu glauben. In Jeromes Nachlass war kein einziger Hinweis auf sie, und in seinen Briefen nahm er niemals Bezug auf etwas aus ihrem Leben, das sich nach ihrer gemeinsamen Zeit an der Universität abspielte. Obwohl der Kontakt also – abgesehen von den kurzen Telefonaten zum Jahresende – ganz und gar einseitig ablief, änderte sich der Stil seiner Texte allmählich. Er wurde von Woche zu

Woche vertrauter, intimer, inniger. Jerome hatte sich da in etwas hineingesteigert, er schien ab einem gewissen Punkt davon auszugehen, dass beide eine gemeinsame Zukunft hatten, er schien überzeugt, sie würde mit ihm nach Deutschland kommen. Toni wurde die allabendliche Lektüre von Brief zu Brief unheimlicher.

Ein einziges Mal hatte sie ihm schließlich auf einen Brief geantwortet, Anfang Mai 1997. Sie hatte ihm mit einer Karte mitgeteilt, dass sie schwanger war und bald heiraten würde. Das war vier Wochen vor seinem Absturz.

Toni sah im Süden am Horizont die Jets auf den Frankfurter Flughafen einschweben. Hatte Jerome sich umgebracht? Wegen dieser Frau?

15

Der Azubi war süß. Ein schüchterner Schlacks mit blonden Locken und einem braun karierten Pullunder. Jedes Mal, wenn sie oder eine ihrer Kolleginnen ihn anflirteten oder etwas neckten, wurde er rot im Gesicht. Dass es so etwas im Youporn-Zeitalter noch gab – entzückend. Und ehrgeizig war er. Wollte alles ganz genau wissen, und alles möglichst perfekt machen. Mit achtzehn oder neunzehn ließ man sich ja noch mit Begeisterung ausbeuten. Er stand am Kopierer auf der anderen Seite des Raumes und vervielfältigte Handouts für ein Meeting. Sie konnte nicht widerstehen, ihm auf den Hintern zu starren. Vielleicht einen Moment zu lange.

»Kann ich Sie einen Moment stören, Frau Lebert?«

Eine süffisante Männerstimme schreckte sie auf. André Weiler stand neben ihr, der Typ, der für zwei Stunden Raum Drei gemietet hatte. Immer lächeln.

»Ja bitte, was kann ich für Sie tun, Herr Weiler?«

Er stützte eine Hand auf ihre Stuhllehne und die andere auf die Schreibtischplatte, beugte sich etwas zu ihr hinunter, ließ kurz einen Kontrollblick durch den Raum schweifen und senkte die Stimme, als hätte er ein anspruchsvolles und diskretes Anliegen, dessen Erledigung er nur ihr zutraute.

»Frau Lebert, ich habe jetzt gleich ein Meeting. Möglicherweise wird meine Frau gleich meinen Sohn vorbeibringen. Er hat heute Geburtstag, wissen Sie, und ich habe ihm eine Shoppingtour versprochen.

Sollte ich mit meinem Kunden noch nicht durch sein, wenn die beiden kommen, wären Sie dann so lieb, ein paar Minuten auf den Kleinen aufzupassen? Meine Frau muss leider sofort wieder weg ...«

»Kinderbetreuung ist nicht Bestandteil Ihrer vertraglichen Vereinbarung mit unserem Business Center, soweit ich weiß«, erwiderte sie lächelnd.

»Ist nur für ein paar Minuten«, beschwichtigte Weiler. »Und Kevin ist total pflegeleicht, Sie werden sehen. Das ist wirklich nett von Ihnen!«

Kevin! Auch das noch. Ein Sohn, der Kevin hieß, passte eigentlich perfekt zu diesem Blender. Jetzt nur nicht weichkochen lassen, Kunden- und Serviceorientierung hin oder her. »Tut mir wirklich leid, Herr Weiler, aber ich habe hier ...«

»Ach, eine Frage können Sie mir vielleicht noch schnell beantworten«, unterbrach er sie, als wäre die Sache mit dem Babysitting schon geklärt. »Ihre Abteilung Customer Care hat mir diesen Fragebogen geschickt, Sie wissen schon, die Erhebung zur Kundenzufriedenheit. Wissen Sie, wo ich das Ding abgeben kann, wenn ich es ausgefüllt habe?«

»Mailen Sie das einfach retour«, sagte sie. »Das kommt schon an.« Sie rang sich ein weiteres Lächeln ab, diesmal mit großer Überwindung, und musterte gleichzeitig abschätzig sein Outfit. Ein monochromer Zwei-Knopf-Anzug über einem zweifarbigen Hemd mit schmaler, roter Strickkrawatte. So waren Männer von Format vor zwei Jahren herumgelaufen. Dieser Weiler roch förmlich nach Outlet-Center.

»Prima, vielen Dank für Ihre Kooperation, Frau

Lebert«, lächelte Weiler großspurig und schlurfte wieder in seinen Besprechungsraum. Dieser Drecksack, dachte sie. Droht offen damit, mir eins reinzusemmeln. In diesen Erhebungsbögen konnten Kunden einzelne Mitarbeiter des Business Centers detailliert beurteilen. Eine miserable Bewertung würde man ihr spätestens beim nächsten Mitarbeitergespräch genüsslich aufs Brot schmieren. Die Themen Gehalt oder Beförderung brauchte sie in diesem Fall gar nicht mehr anzusprechen. In diesen Zeiten wurden Leute sogar gefeuert wegen solcher Beschwerden. Sie knirschte mit den Zähnen. Dieser Kevin konnte sich auf eine Sonderbehandlung gefasst machen.

Sie hatte Weiler erst zwei- oder dreimal hier im SkyRise an der Taunusanlage gesehen, aber schon öfter Telefonkorrespondenz für seine ›Public Consulting Group‹ erledigt. Weiler war kein Premiumkunde, er gehörte zu der Gruppe, die ihr Chef intern als ›Kleinvieh‹ bezeichnete. In der Summe waren Leute wie Weiler für den Umsatz des Business Centers nicht ganz unwichtig, aber jeder Einzelne von ihnen war so entbehrlich wie eine Mückenleiche auf der Windschutzscheibe. Es waren immer Nullnummern wie Weiler, die sich aufbliesen wie die Masters of the Universe. Wie giftige kleine Pudel.

Aber abgesehen von den unschönen Begegnungen mit solchen Aufschneidern liebte sie die Arbeit hier. Kein Vergleich mit dem stupiden Dienst im Callcenter, den sie zwei Jahre lang geleistet hatte. Im Callcenter lief am Telefon alles nach streng strukturierten Gesprächsleitfäden ab, die keinen Freiraum für Kreativität und Improvisation ließen. Hier aber musste sie nicht Achtzigjährigen Lebensversicherungen verkaufen oder deprimierten Hausfrauen Yellowpress-Abos andrehen. Hier war Timing entscheidend. Ein eingehender Anruf aktivierte auf ihrem Monitor nach einer Sekunde automatisch eine Datenmaske mit Informationen über das Unternehmen, das sie für den Anrufer zu repräsentieren hatte. Sie hatte weitere zwei Sekunden, um sich zu orientieren, spätestens dann musste sie abnehmen.

Die Topkunden nahmen das Business Center in Anspruch, wenn Relocations, Mergers & Acquisitions oder Expansionsschübe zeitlich befristeten, räumlichen und personellen Support erforderten. Wenn die Deutschlandzentrale eines Dax-notierten Konzerns umzog, konnte sie schon mal zwei oder drei Monate lang mit zwei Kolleginnen exklusiv für diesen Kunden Dienst tun. Sie fühlten sich in solchen Phasen wie genuine Mitarbeiter des Kunden und kannten nach einigen Wochen dessen interne Struktur besser als die Sekretärinnen, die gerade mit dem Ein- und Auspacken ihrer Umzugskartons beschäftigt waren. Viele Kunden mieteten temporär ganze Büroeinheiten inklusive Sekretariat. So konnte es vorkommen, dass sie innerhalb eines Monats für drei verschiedene Vorgesetzte arbeitete, die sie vor- und nachher nie mehr sah. Wenn sich einer von ihnen als cholerischer Neurotiker entpuppte, konnte sie mit ihren Kolleginnen entspannt darüber lästern, weil er nicht lange bleiben würde. Und machte man seine Sache richtig gut, kam es vor, dass man von einem Personaler des Kunden vom Fleck weg abgeworben wurde. Aber wer wollte schon von einem Typen wie Weiler ›entdeckt‹ werden?

Sie erhielt einen Anruf vom Empfang, der Concierge unten im Foyer kündigte Weilers Geschäftspartner an. Sie steckte sich ein vorbereitetes Namensschild mit Weilers PCC-Unternehmenslogo und ihrem Namen an den Kragen des Kostüms und ging zum Lift. Als die Aufzugtüren sich öffneten, starrte sie konsterniert in die Kabine.

16

*»And nothing looked meaner, scarier and yet more allu-
ring than a gatling gun.«*
Julia Keller

Keine Sensationen, keine Revolutionen an diesen ersten
Maitagen des Jahres 1891 in Darmstadt. Das Großher-
zogliche Polizeiamt veröffentlicht die Verordnung für
das Droschkenfuhrwesen in der Residenzstadt. The-
aterpublikum und Lokalpresse feiern Klara Zieglers
Gastspiel als Medea im Hoftheater. Auf weniger Bei-
fall in Presse und Öffentlichkeit stoßen die landesweiten Maifeiern der sozialrevolutionären internationalen
Arbeiterpartei – ein Redakteur der Darmstädter Zei-
tung echauffiert sich über das flegelhafte Benehmen der
Demonstranten. Die Schlachthauskommission stellt
der Stadtverordnetenversammlung ihre aktualisierten
Rentabilitätsberechnungen für den geplanten Neubau
an der Frankfurter Straße vor; das Darmstädter Tag-
blatt protokolliert eine kurze Diskussion und breite
Zustimmung zur Bewilligung der erhöhten Baukosten.
Und ein bulgarischer Stabsarzt berichtet über spekta-
kuläre Erfolge bei der Bekämpfung der Schwindsucht –
mit einem Präparat der Darmstädter Firma Merck.
Und doch setzten diese Tage eine Zäsur im sudhes-
sischen Darmstadt, die dem aufmerksamen Beobachter und Flaneur nicht verborgen blieb. Vor der ersten
Maiwoche des Jahres 1891 spielten die Kinder Räuber
und Gendarm auf den Straßen und Plätzen der Stadt,

danach stellten sie Cowboys und Indianer dar. Und eines dieser Kinder hieß Jakob Brecker.

Der kleine Jakob stand in den frühen Nachmittagsstunden des dritten Mai auf Zehenspitzen auf den Planken der Holztribüne an der Pallaswiesenstraße, sein Vater hielt ihn hinten am Hosenboden fest, damit er nicht vornüberkippte. Rodeoreiter hatten sie gesehen, Lassokünstler, eine echte Bisonherde, und die legendäre Scharfschützin Annie Oakley. All das hätte gereicht, um die Fantasie eines begeisterungsfähigen, achtjährigen Jungen für Monate zu befeuern, doch verblasste alles zuvor Gesehene gegen dieses atemberaubende Finale, die Schlacht zwischen Soldaten und Indianern, diese überwältigende Mischung aus Staub, Kriegsgeschrei, Kommandorufen, Schüssen, wiehernden Pferden und dem Getrappel ihrer Hufe. Und im Zentrum des Geschehens Buffalo Bill im Zweikampf gegen Häuptling Sitting Bull, mit dessen Messer am Hals.

Alle Zeichen deuteten auf eine Niederlage der Soldaten – denen die Sympathien des Darmstädter Publikums gehörten – gegen die wilden Rothäute. Nur ein Wunder konnte noch helfen. Und es sollte kommen. Die riesigen Tücher an der westlichen Schmalseite der Arena teilten sich, sechs Pferdekutschen stoben auf das Schlachtfeld, mit offenen Ladeflächen und aufmontierten Lafetten, auf denen glänzend polierte Metallzylinder standen, die das Sonnenlicht spiegelten. Hinter jeder Waffe stand ein Soldat breitbeinig auf den Planken, hielt sich mit einer Hand an der Lafette fest und drehte mit der anderen unablässig an einer Kurbel, doch statt gemahlenem Kaffee stießen die Messingröhren unablässig Feuer, Lärm und Pulverdampf aus. Die Kutschen rauschten durch die Reihen der Indianer, die sich dem geballten Aufgebot an Platzpatronen ergaben und sich der Regieanweisung folgend reihenweise von den Pferderücken fallen ließen. Passend zur Wende auf dem Schlachttableau gewann Custer im Duell gegen Sitting Bull wieder Oberhand, drehte das Messer in dessen Hand und stieß es dem Indianerhäuptling in den Bauch.

Der kleine Jakob Brecker saugte jedes Detail des Geschehens in sich auf und fasste nach dem Triumph der Gerechten in der Arena einen Entschluss, mit der ganzen Ernsthaftigkeit und Endgültigkeit, die einem Achtjährigen zu Gebote stand. Er würde in die Fußstapfen des großartigen Buffalo Bill steigen und sein Leben der Herstellung von Recht und Ordnung widmen. So wurde Buffalo Bill zum Geburtshelfer einer bescheidenen Darmstädter Polizistendynastie.

17

Seit einigen Wochen setzte Hoven Starttermine für Meetings nicht mehr auf volle Stunden an, sondern grundsätzlich auf fünf oder zehn Minuten vorher, und er bevorzugte für Besprechungen neuerdings den späten Vor- und Nachmittag. Rünz hatte eine Weile gebraucht, bis er hinter den Sinn dieser neuen Macke gekommen war. Hoven hatte seine stattliche Kollektion hochwertiger Armbanduhren um eine Millenary aus dem Hause Audemars Piguet bereichert, die über eine Grande Sonnerie verfügte. Zur vollen Stunde – also in der Regel genau dann, wenn sich alle Teilnehmer eingefunden und gesetzt hatten – schlug in diesem Meisterwerk Schweizer Uhrmacherkunst ein winziger Klöppel gegen ein ebenso filigranes Glöckchen und eine Reihe hauchzarter hoher ›Plings‹ markierte akustisch die aktuelle Tageszeit. Hoven schaute während des Gebimmels jedes Mal hoffnungsvoll in die Runde, als erwartete er geradezu, auf seine neue Errungenschaft angesprochen zu werden. Wer den Fehler dann beging, wurde mit einem halbstündigen Vortrag über Tourbillons, Komplikationen und ewige Kalender bestraft.

An Hovens Armbanduhren konnte man präzise ablesen, welche Welle er gerade ritt. Hatte er ein Jahr zuvor noch sein Selbstverständnis als leistungsorientierter Performer mit multifunktionalen High-Tech-Chronometern unterstrichen, so stand die gediegene Audemars nun für Qualität, Beständigkeit, Tradition und Nachhaltigkeit, repräsentierte also den gereiften, verantwortungsvollen und durch die Krise geläuterten Aufklärer.

Aber diesmal lief alles anders als geplant, weder Hoven noch die anderen Teilnehmer nahmen das kleine Glockenspiel überhaupt wahr. Hektik herrschte. Hoven hatte die Besprechung noch nicht formell eröffnet, er hantierte hektisch mit dem türkischen Kollegen von der IT-Abteilung an seiner neuesten technischen Eroberung herum, einem interaktiven Whiteboard. Hoven war richtig heiß darauf, der Staatsanwältin, die heute ebenfalls anwesend war, sein neues Gadget vorzuführen. Der Plan war einfach. Während Rünz und Wedel mit Simone Behrens im Besprechungsraum vor dem riesigen interaktiven Panel saßen wie die Schüler vor der Tafel, wollte Hoven die Kriminaltechnikerin Sybille Habich aus Wiesbaden und den Rechtsmediziner Robert Bartmann aus Frankfurt per Videokonferenz dazuschalten und simultan mit allerlei Beweismaterial – Tatortfotos, gescannten Dokumenten, Skizzen – auf dem Screen herumhantieren. Magic.

Im Nachhinein verfluchte Rünz die Anschaffung des Gerätes – ohne die Chance für eine Exklusivvorführung hätte Hoven die Sache mit dem Schlosser so wenig interessiert wie ein Taubenschiss. So kam leider etwas Drive in die Angelegenheit – und Rünz kam in Verzug mit seinem Vince-Stark Plot.

Der Kommissar schaute in die Runde. Wedel saß gelangweilt mit verschränkten Unterarmen in einem viel zu engen Quiksilver-Shirt auf seinem Stuhl, starrte versonnen auf seinen Brustkorb und spannte zur

Ablenkung abwechselnd den linken und rechten Pectoralis Major an.

Simone Behrens saß neben Rünz, Wedel direkt gegenüber. Sie trug einen kobaltblauen, überraschend tief ausgeschnittenen Overall mit Goldknöpfen, kirschroter Lippenstift bildete den Farbanker in ihrem vornehm blassen Gesicht. Es stimmte Rünz melancholisch, dass auch Frauen weit jenseits der Menopause den Drang verspürten, Fruchtbarkeit vorzutäuschen – was für ein vergebliches Unterfangen. Sie verströmte mit ihrer Lesebrille, über deren Rand sie gerne tadelnde Blicke in die Runde schoss, den spröden Charme einer strengen Gouvernante. Und sie war der einzige Mensch, in dessen Gegenwart Hoven unsicher wirkte.

»Wenn Sie mal Beratung brauchen, was die richtige Körbchengröße angeht, wenden Sie sich bitte an mich, Herr Wedel«, sagte die Staatsanwältin, ohne vom Ermittlungsbericht aufzublicken. Rünz' Assistent stellte peinlich berührt sein Posing ein. Die Staatsanwältin peilte über den Rand ihrer Brille zu Hoven, der sich ein heftiges Wortgefecht mit dem IT-Experten lieferte. »Können wir loslegen, Herr Hoven?«

»Klar, sofort, einen Moment noch …«

»Herr Hoven, vielleicht lassen Sie Ihren IT-Mitarbeiter das Problem alleine lösen, und wir fangen einfach schon mal an. Was halten Sie davon?«

»Entschuldigen Sie die Verzögerung, Frau Behrens. Ich bin sicher, wir haben beide gleich auf dem Display.«

»Warum haben sich die beiden nicht ins Auto gesetzt und sind nach Darmstadt gekommen?«, fragte die

Staatsanwältin mit spöttischem Unterton, während sie im Ermittlungsbericht weiterblätterte. »Wiesbaden und Frankfurt sind ja nicht sooo weit entfernt.«

Rünz beugte sich zu seiner Sitznachbarin herüber. »Weil er Ihnen dann nicht sein neues Whiteboard vorführen könnte«, flüsterte er. Sie schmunzelte. Hoven schickte einen giftigen Blick herüber, er sah es nicht gerne, wenn Rünz sich nicht an die Befehlskette hielt und direkt mit der Staatsanwältin tuschelte. Seltsam, wo er doch sonst so auf flache Hierarchien und Lean Management stand.

Plötzlich tat sich etwas auf dem Display, Sybille Habich erschien in einem Subfenster am linken Bildschirmrand, Bildqualität und Auflösung waren hervorragend. Sie waren sogar so gut, dass alle Beteiligten die verheerenden Spätfolgen dilettantischer plastischer Chirurgie exakt studieren konnten. Sie saß im Labor des kriminaltechnischen Institutes, im Hintergrund stand allerlei Analysegerät herum.

»Wir haben Sie drauf, Frau Habich. Wie sieht's bei Ihnen aus?«, fragte Hoven in lässigem Heldenbariton in sein Headset-Mikrofon, wie der Missionschef im NASA-Kontrollzentrum in Houston, dessen Astronautencrew gerade aus dem Funkschatten des Mondes flog.

»Perfekt, von mir aus können wir loslegen«, sagte die Kriminaltechnikerin.

Dann passierte auch auf der rechten Seite des Screens etwas. Anfangs sah man nur unscharf die Innenfläche einer Hand, der Rechtsmediziner versuchte offensichtlich erfolglos, die Webcam auf seinem Monitor zu

befestigen, und fluchte dabei ohne Unterlass. »Scheiß-
technik. Videokonferenz. Auf so einen Mist kann nur
dieser Hoven kommen. Standesdünkel bis Oberkante
Unterlippe, keinen Schimmer von Ermittlungsarbeit,
aber den High-Tech-King machen ...«

»Die Audioverbindung ist perfekt, Herr Bartmann«,
rief Hoven eilig, um weiteren Peinlichkeiten vorzubeu-
gen. Rünz biss sich aufs Fingergelenk, um nicht laut
loszulachen. ›Standesdünkel‹ – klang etwas altbacken,
traf aber genau ins Schwarze. Bartmanns Selbstgespräch
ging unbeeindruckt weiter, aber jetzt schien er einen
Plan zu haben für sein Kamerabefestigungsproblem.
»So, jetzt machen wir das ganz einfach –«

Man sah wieder nur seine Handfläche und hörte das
charakteristische Ratschen einer Tesarolle, kurz darauf
noch einmal viel Gewackel. Endlich nahm der Forensiker die Hand vom Objektiv und zeigte sich den anderen Teilnehmern.

Merkwürdig – sein Gesicht und der Hintergrund
sahen milchig verschwommen aus, wie durch den Weich-
zeichner eines Softpornos aus den Siebzigern gedreht.
Eigentlich genau die Form von Bildverfremdung, die
Habichs Gesicht gutgetan hätte, dachte Rünz. Dann
verstand er – Bartmann hatte den Tesastreifen ver-
sehentlich quer übers Objektiv gezogen.

»Na also, geht doch! Hören Sie mich?«, fragte der
Rechtsmediziner.

»Klar und deutlich, Herr Professor Bartmann. Schon
seit einigen Minuten.« Hoven konnte sich die Spitze
nicht verkneifen. »Prima, damit können wir unser Meeting offiziell eröffnen. Sie wissen alle, worum es geht.

Herr Rünz, wenn Sie uns als Startimpuls vielleicht einen Round-up über den aktuellen Ermittlungsstand im Umfeld des Opfers geben würden. Herr Bartmann könnte anschließend einen kurzen Abstract der forensischen Ergebnisse liefern, Frau Habich versorgt uns mit Input über ihren kriminaltechnischen Survey.«

»Könnten wir uns vielleicht vorab darüber verständigen, ob wir für diese Besprechung die deutsche oder die englische Sprache verwenden? Soweit ich weiß, sind alle Teilnehmer deutsche Muttersprachler«, schnarrte Bartmann gereizt, bevor Rünz loslegen konnte.

»Ja schon«, sagte Hoven. »Andererseits sollten wir, was unsere Terminologie angeht, nicht hinter internationale Standards zurückfallen, die sich in den letzten Jahren gebildet haben.«

»Ach, hören Sie mir auf«, ätzte der Rechtsmediziner auf dem Bildschirm. »Zu dieser servilen Unterwerfung der Deutschen unter das englische Sprachdiktat hat schon Winston Churchill den einzig richtigen Kommentar gesprochen: ›Man hat die Deutschen entweder an der Kehle – oder an den Füßen!‹

Touché, dachte Rünz. Dieser Tag war gerettet. Hoven war einen Moment lang sprachlos, dann erlöste ihn seine Audemars Pigeut mit ihrem lieblichen Glockenspiel. Er schob seinen Unterarm unauffällig näher an das Mikrofon heran, damit alle etwas von der akustischen Preziose hatten, doch sein kleines Ablenkungsmanöver ging völlig in die Hose.

»Hören Sie das auch?«, krächzte Bartmann. »Da klingelt was. Hat einer vergessen, sein Handy abzustellen?«

Nachdem Hoven seine Kränkungen verdaut hatte, referierte Rünz lustlos die Faktenlage, und ließ keine Möglichkeit aus, die wenigen Indizien, die auf ein Tötungsdelikt hindeuteten, herunterzuspielen, um die ganze Sache im Lichte eines tragischen Arbeitsunfalles darzustellen. Wenn die anderen gleichzogen, konnte man die Behrens vielleicht dazu bringen, die Ermittlungen zügig einzustellen. Und der designierte Bestsellerautor konnte sich wieder seinem Opus Magnum widmen. Nach seinem Schlusswort herrschte ein paar Sekunden Stille, anschließend ergriff die Staatsanwältin das Wort.

»Da steht noch etwas von technischen Zeichnungen in Ihrem Bericht, die in der Tatnacht vom Rechner des Opfers gelöscht wurden«, wandte sie sich an Rünz.

›Tatnacht‹, ›Opfer‹ – musste sie immer so dramatisieren?

»Ach ja«, ergänzte der Kommissar dienstbeflissen. »Hatte ich vergessen zu erwähnen. Wahrscheinlich eine Sonderanfertigung für irgendein Maschinenbauunternehmen in der Region, wir recherchieren das noch. Ich sehe da derzeit keinen Zusammenhang.«

»Könnte auch eine Lafette sein, für eine großkalibrige Waffe«, unterbrach ihn Wedel. »Meint jedenfalls ein Maschinenbau-Professor von der Uni.«

Ja, verdammt, oder eine Abschussrampe für eine Atomrakete, dachte Rünz. Mach bloß so weiter, du debiler Bodybuilder, und die Behrens brummt uns Überstunden auf, bis wir Pickel kriegen!

»Pure Spekulation, Frau Behrens«, kalmierte der Kommissar.

»Prima, danke, Herr Rünz. Sehr aufschlussreich«, sagte Hoven.

Der hat nicht eine Sekunde zugehört, dachte Rünz. Hoven hatte während Rünz' Vortrag eine Fotocollage auf dem Whiteboard abspielen lassen, Tatortfotos, Luftbilder, Kartenausschnitte. Als ginge es hier um den Diavortrag über die Afrikareise irgendeines Outdoorfreaks. Sicher hätte Hoven gerne noch ein paar dräuende Streichertakte aus einem Movie-Soundtrack von Hans Zimmer beigesteuert. Inhalt war nichts, Form war alles.

Jetzt war Bartmann an der Reihe. »Schmucker hat einen spinalen Schock durch inkomplette Rückenmarksläsion zwischen Th5 und Th6 erlitten –«

»Ich mag das, wenn Sie so mit uns reden«, unterbrach ihn die Staatsanwältin. »Es zeigt mir, dass Sie uns ernst nehmen, und nicht für irgendwelche Hinterwäldler halten, denen man die Welt in Babysprache erklären muss. Für solche Gesundheitsmagazin-Praxis-Glotzer.«

Puh, die Behrens hatte ja mal wieder eine blendende Laune. Die würde ihnen noch richtig einheizen wegen diesem blöden Schlosser. Rünz fühlte die Felle davonschwimmen, was den Abschluss seines Manuskripts rechtzeitig zur Buchmesse anging.

»Ja ja, schon gut«, knurrte Bartmann in die Kamera. »Also nochmal die Joe the Plumber-Version: Die Stahlspitze ist zwischen fünftem und sechstem Brustwirbel eingedrungen und hat das Rückenmark beschädigt. Ich kann ihnen das mal zeigen …«

Der milchigweiße Geist auf dem Bildschirm bewegte

sich, gruschelte herum und schien irgendetwas vor die Kamera zu halten; Rünz tippte auf einen Anatomieatlas. Herrlich old-fashioned, dieser Bartmann.

»Sehen Sie, hier ungefähr«, referierte der Rechtsmediziner, und Rünz sah nichts als einen dicken, unscharfen Zeigefinger auf einem großen, unscharfen Bild. Die ganze Vorstellung wirkte wie eine bizarre Videoinstallation in einem Museum für zeitgenössische Kunst.

»Ähm, Herr Bartmann, könnten Sie uns die Abbildung vielleicht schnell scannen und hier aufs Whiteboard rüberspielen, so ist das etwas schwierig zu erkennen«, regte Hoven an.

»Ich soll WAS damit machen?«, fragte Bartmann entrüstet. »Wissen Sie, wie alt dieser Anatomieatlas ist? Das ist ein originaler Sobotta aus dem frühen zwanzigsten Jahrhundert. Den reißt mir jeder Antiquar aus der Hand!«

»Ich sprach nicht von ›schreddern‹, sondern von ›scannen‹«, versuchte Hoven zu beschwichtigen.

Schreddern, scannen – das machte keinen Unterschied für den alten Rechtsmediziner. Er schien das alles für Teufelszeug zu halten. Rünz war er sympathisch.

Der Geist auf der Leinwand sprach weiter. »Die Läsion hat wahrscheinlich die nervale Versorgung der Blutgefäße gestört und ihre glatte Muskulatur gelähmt. Ohne Gegenregulation durch den Sympathikus sind sie auf maximale Weite gestellt. In aufrechter Position versackt das Blut in den Beinen, der Kreislauf kollabiert.«

»Das heißt, er ist nicht sofort durch die Stichverletzung gestorben?«, fragte die Staatsanwältin.

»Ganz sicher nicht, aber wahrscheinlich war er innerhalb von Sekunden immobilisiert. Der Dorn hat keine inneren Organe in Mitleidenschaft gezogen. Hätte ihn in den ersten Minuten jemand von diesem Schraubstock befreit und hingelegt, hätte er mit hoher Wahrscheinlichkeit überlebt, wenn auch mit dauerhaften Lähmungserscheinungen.«

Bartmann leierte noch einige Details herunter, unauffällige Ergebnisse von Gewebeproben und toxischen Untersuchungen. Dann erteilte Hoven der Kriminaltechnikerin das Wort. Sibylle Habich spulte ihr Standardprogramm ab, Rünz döste minutenlang mit offenen Augen und hellwachem Gesichtsausdruck weg – eine Fähigkeit, die er sich durch jahrelanges Training in zahllosen sterbenslangweiligen Besprechungen angeeignet hatte. Erst beim letzten Punkt der Kriminaltechnikerin wurde er wieder aufmerksam.

»Die Einfahrt vor der Schlosserei ist nicht flächendeckend asphaltiert, wir konnten im Lehm Reifenspuren sichern. Der Deutsche Wetterdienst hat einen halben Kilometer nördlich der Schlosserei eine Messstation, wir hatten in der Region am Tatabend um 23:30 Uhr Niederschläge, die die Spuren verwaschen hätten, das Fahrzeug muss also später gekommen sein. Wir haben das Profil untersucht und mit den Hersteller-Datenbanken abgeglichen. Das ist ein Silverstone MT117 in 35 × 15 Zoll. Ein echter Exot. Reinrassige, ziemlich seltene Geländebereifung ohne E-Kennzeichnung …«

»Kenne ich«, fiel ihr Wedel ins Wort, plötzlich hell-wach und ganz in seinem Element. So ein Thema konnte er unmöglich einer Frau überlassen. »Diese Gummis werden nie unter weich gespülte SUVs montiert.«

Hoven verzog beleidigt das Gesicht ob dieser Schmähung für seinen neuen Lexus. Wedel redete unbeirrt weiter. »Verdammt nah am Traktor, das Profil. Echter Schlammbeißer. Die sieht man ausschließlich auf Geländewagen, die richtig durch die Ackerfurche gejagt werden. Mit hoher Wahrscheinlichkeit Mercedes G-Klasse, Landrover Defender, Nissan Patrol oder Toyota Land Cruiser. Ist keine Serienbereifung, muss eingetragen werden. Ich checke gleich die Datenbanken der Zulassungsstellen. Je nach Fahrzeugtyp muss vor der Umrüstung das Fahrwerk höhergelegt und der Lenkeinschlag begrenzt werden. Wenn der Halter alles ordentlich hat eintragen lassen, bleibt er im Suchfilter hängen. Der Rest ist Fleißarbeit.«

Alle schwiegen einen Moment, die Staatsanwältin machte sich noch einige Notizen, dann schaute sie auffordernd über den Rahmen ihrer Brille hinweg in die Runde. »Meine Damen und Herren, ich bitte um schlüssige Szenarien für diesen seltsamen Todesfall. Die wichtigste Frage: Ist Fremdeinwirkung plausibel?«

Sofort entwickelte sich eine hitzige kleine Diskussion zwischen Rünz und dem unscharfen Rechtsmediziner auf dem Bildschirm. Der Kommissar lieferte ein leidenschaftliches Plädoyer für einen tragischen Arbeitsunfall – ganz ohne Hintergedanken natürlich –, während Bartmann entschieden für eine Tatbeteiligung einer oder mehrerer Unbekannter votierte.

Hoven moderierte das Streitgespräch, unparteiisch, souverän, mit Nachdruck und Einfühlungsvermögen – war dieser Selbstdarsteller bei Plasberg in die Lehre gegangen?

Die Staatsanwältin folgte der Diskussion aufmerksam, bis sich die Argumente wiederholten, und brachte die Kontrahenten dann mit einer lässigen Handbewegung zum Schweigen. Jetzt hing alles an ihr. Eine goldene Zukunft als hofierter Bestsellerautor – Deutscher Buchpreis inklusive – oder schnöde Kärrnerarbeit im Polizeipräsidium Südhessen. Justitia sprach ihr Urteil, und der Leiter der Ermittlungsgruppe Darmstadt-City sank deprimiert in seinem Stuhl zusammen.

18

Unter der offenen Decke hingen Kabelbrücken und Lüftungskanäle, Brecker stand mit dem Makler auf dem rohen Estrich, einige Baulampen auf Metallständern erhellten den rückwärtigen Teil des Raumes. »Wie ich Ihnen am Telefon schon sagte, sieht alles ziemlich roh aus. Aber vielleicht genau das Richtige für Ihre Produktion. Vier Wochen brauchen Sie das Büro?«

»Genau«, murmelte Brecker. Er mochte den Makler nicht. Zu viel Solarium, zu viel Gel in den Haaren, zu teurer Anzug. Und diese alberne Ledermappe, in der er das Exposé herumtrug. Brecker zog seinen Laser-Entfernungsmesser aus der Tasche. Lieber noch mal nachmessen, vielleicht waren die Angaben in den Plänen nicht ganz korrekt. Am Ende konnte die ganze Sache an einigen fehlenden Zentimetern scheitern. Dann trat er zu der Fensterfront und begann, am gegenüberliegenden SkyRise-Turm von unten die Stockwerke durchzuzählen. Die Geschosshöhen entsprachen nicht exakt denen im GE-Turm, sie standen im achtunddreißigsten Stockwerk, der zweiundvierzigste im Gebäude gegenüber lag exakt auf gleichem Höhenniveau. Genau wie vorausberechnet.

»Sie sind tatsächlich Location Scout?«, fragte der Makler etwas ungläubig.

»So was Ähnliches«, antwortete Brecker.

Der Makler trat zum Fenster. »Unglaublicher Blick, finden Sie nicht?«, schwärmte er. »Japan-Center, Opernturm, Commerzbank, SkyRise – alle zum Greifen nahe. Ihr Regisseur wird begeistert sein.«

»Ja«, murmelte Brecker und steckte seinen Entfernungsmesser wieder in die Tasche. »Und genau die richtige Höhe.«

Am SkyRise-Turm gegenüber wurde ein Fensterelement gekippt, die Sonne spiegelte sich für den Bruchteil einer Sekunde auf der schräg gestellten Glasfläche und blendete Brecker wie ein Blitzlicht. Der Lichtschein löste eine Erinnerungskaskade in ihm aus, er vergaß den Makler für einige Sekunden und tauchte selbstvergessen weg in einen Tagtraum, ein Zustand, in den er seit Wochen immer wieder verfiel.

Er träumte von einem Sonntagmorgen, drei Jahre zuvor, ferne Vergangenheit für ihn, eine Zeit, in der die Welt noch in Ordnung gewesen war. Eine Zeit, in der eine kleine Messingfigur, die Buffalo Bill an einer Gatling Gun darstellte, noch zum Kristallisationskern für fantastische Geschichten taugte. Kevin saß damals am Frühstückstisch auf seinem Schoß und wollte die Geschichte über die Wild-West-Show in Darmstadt wieder und wieder hören, und Brecker erzählte sie ihm ein ums andere Mal, schmückte sie immer weiter aus, erfand neue Nummern, dichtete Annie Oakley atemberaubende Scharfschützen-Kunststücke an, die sie nie vorgeführt hatte. Und Codys an dramatischer und abenteuerlicher Überhöhung ohnehin nicht arme Darstellung wurde von Nacherzählung zu Nacherzählung mitreißender und packender, die Büffel wurden größer, die Indianer furchterregender, die Siedler verzweifelter, die Soldaten mutiger – bis zum immergleichen, erlösenden Einsatz der Angst einflößenden Gatling Guns.

Als hätte er am Regler einer Zeitmaschine gedreht, reiste Brecker weitere vierzig Jahre in die Vergangenheit, hörte die Stimme des Maklers nur noch wie ein schwaches Echo von einem entfernten Berggipfel. Und diesmal war er es, der der Erzählung lauschte, während er bei seinem Vater auf dem Schoß saß, Friedrich Brecker, der nach 1945 zu den hundertzwanzig ersten von der US-Besatzungsbehörde handverlesenen ›kommunalen Polizisten‹ gehört hatte, die den Auftrag hatten, in der völlig zerbombten Stadt für Ordnung zu sorgen – unbewaffnet, in Zivilkleidung, am Oberarm eine Binde mit der Aufschrift ›MG-Police‹. Chaos und Anarchie herrschten in den ersten Nachkriegsmonaten zwischen den Ruinen; Raub, Einbrüche und Diebstahl waren an der Tagesordnung, der Schwarzmarkt blühte. Nicht selten standen die Ordnungshüter Displaced Persons gegenüber, die sich – aus Verzweiflung zum Äußersten bereit – illegal Waffen besorgt hatten. In Klaus Breckers Erinnerung verschmolzen diese biografischen Berichte seines Vaters mit dessen Kolportagen über Buffalo Bills sensationelle Show zu einem Amalgam, in dem Fakten und Fiktion verschwammen. Die Bühne des Dramas – hier die Trümmerlandschaft einer zerbombten Stadt, dort die weiten Prärien Nordamerikas – was machte das für einen Unterschied? Die Akteure des Schauspiels waren ebenso austauschbar – hier General Custers todesmutige Soldaten gegen eine Übermacht blutrünstiger Indianer, dort die furchtlosen Darmstädter Polizisten im Kampf gegen die Anarchie in den Ruinen.

Was zählte, war das gute Ende. Die Wiederherstellung von Recht und Ordnung durch den Einsatz starker Waffen.

Und hätte der Makler Brecker nicht aus seiner inneren Versenkung geholt, dann hätte ihn seine Zeitmaschine vielleicht noch weiter in die Vergangenheit getragen, bis in die Jugendjahre seines Großvaters, dem stolzen Mitglied der hundertachtunddreißig Mann starken Darmstädter Vollzugspolizei kurz vor dem Ersten Weltkrieg. Vielleicht sogar bis zu seinem prägenden Kindheitserlebnis in den ersten Maitagen des Jahres 1891.

»Wir könnten den Vorvertrag gleich klarmachen, wenn Sie hier und hier unterschreiben würden …« Brecker schüttelte den Kopf und rieb sich die Augen, er hatte Mühe, wieder in die Realität aufzutauchen. Der Makler hatte vor ihm auf einem alten Aktenschrank einige Papiere zur Unterzeichnung ausgelegt und bot ihm einen Kugelschreiber an.

19

Hoven hatte ganze Arbeit geleistet. Am Haupteingang des Präsidiums hing ein zusätzliches Schild aus gebürstetem Edelstahl mit der Aufschrift ›SUSC Darmstadt‹, und an Rünz' Türschild war der ›Leiter Ermittlungsgruppe Darmstadt-City‹ erweitert um die Funktion ›National Account Manager Science Crime‹.

Rünz traute sich kaum noch an seinen Schreibtisch, seit die Haustechniker seine SUSC-Telefon- und Mailanschlüsse freigeschaltet hatten. Er hatte strikte Anweisung von Hoven, sich bei Anrufen über diesen Anschluss mit ›SUSC Darmstadt, mein Name ist Karl Rünz, was kann ich für Sie tun?‹ zu melden. Entwürdigend. Er arbeitete doch nicht in einem Callcenter! Für eine zusätzliche Sekretärin hatte es natürlich nicht gereicht. Möglichst großer Showeffekt mit minimalem Einsatz, so sah Hovens Strategie mal wieder aus. Die Kollegen im Präsidium hatten die Nummer natürlich nach wenigen Stunden herausbekommen und quälten ihn seit Tagen mit Kalauer-Calls. Rünz hörte die Mailbox ab. ›Hallo, Daniel Düsentrieb hier, Sie müssen sofort kommen, ich habe Donald heute morgen tot im Labor gefunden. Sieht ganz nach Stopfleber aus.‹ – ›Dr. Frankenstein hier. Verbinden Sie mich sofort mit der Rechtsmedizin, ich brauche noch zwei Arme und einen Unterschenkel.‹ – ›Bruce Banner am Apparat. Rünz, Sie sind meine letzte Chance. Mein Schwanz leuchtet grün und hört nicht mehr auf zu wachsen!‹ – ›Mr. Burns vom Kontrollzentrum AKW

Biblis. Homer ist in den Druckbehälter gefallen – das ist Ihr Fall, Kommissar Rünz!‹

Nur einer fehlte seltsamerweise bei den Anrufern. Einer, der bei solchen Späßen normalerweise in der ersten Reihe stand – Brecker.

Wenn der Kommissar Hovens Idee für diese ›Strike Unit Science Crime‹ auch für pürierten Kamelmist hielt, so hatte ihm sein Chef mit der Idee doch geschmeichelt. So ganz unrecht hatte Hoven ja nicht, er war im Wissenschaftsbetrieb schon ein wenig herumgekommen. Vielleicht konnte er den Ansatz ja irgendwie für seinen Roman verwursten. Also googelte er ein wenig im Umfeld der Wissenschaftsstadt Darmstadt und stieß nach einer Stunde auf das Helmholtzzentrum für Schwerionenforschung im Stadtteil Arheilgen. Da war von Linearbeschleunigern, Speicherringen und Synchrotonen die Rede – der Kommissar erinnerte sich vage an einen reißerischen Bild-Artikel über einen Teilchenbeschleuniger in Genf, vor dem einige halbseidene Wissenschaftler warnten, weil er angeblich nach Inbetriebnahme schwarze Löcher produzieren könnte. Eine prima Vorlage. Also schnell den Hörer neben das Telefon gelegt, das ›Besprechung‹-Schild an die Tür und ran an die Tasten.

Der Aschenbecher auf Hoovers Schreibtisch klapperte auf der Tischplatte im schnellen Rhythmus des Schlagzeugers, der sich hoch oben über ihren Köpfen, im Erdgeschoss der Oetinger-Villa, die Seele aus dem Leib drosch. Das Jugendzentrum in der Kranichsteiner

Straße war zwar die ideale Tarnadresse für das CTU-Headquarter, aber manchmal übertrieben es die jungen Leute mit der Beschallung. Vince Stark klopfte im Gleichtakt mit den Fingerknöcheln auf den Schreibtisch seines Chefs.

»Das hier ist mein Fall, Chief Hoover. Sie können ihn mir nicht wegnehmen.«

»Ich kann alles, Stark. Ich habe hier die Hosen an, falls Sie es vergessen haben.«

»Ich bin so nah dran, Chief. Tore Tryggvason hat Delgados Norwegen-Connection ausgehoben. Geben Sie mir noch drei Tage, und ich serviere Ihnen das Schwein auf dem Silbertablett.«

»Sie haben in einer Woche Ausrüstung für über zehn Millionen Euro verpulvert und die halbe Stadt in Schutt und Asche gelegt, Agent Stark. Wir haben Ihnen Carte Blanche gegeben, Sie hatten Ihre Chance. Jetzt sind andere dran. Sie sind raus.«

»Chief, hören Sie – ich weiß, wie Delgado denkt, ich weiß, auf welche Frauen er steht, welche Zahnseide er benutzt und wann er in der Nase popelt. Keiner kennt ihn so genau wie ich. Geben Sie mir noch drei Tage – drei verdammte Tage, danach können Sie mit mir machen, was Sie wollen.«

Hoover starrte Stark zähneknirschend an. »Okay. Ich gebe Ihnen noch eine Chance. Sie haben vierundzwanzig Stunden.«

»Danke, Chief, danke. Sie werden es nicht bereuen. Ich werde Sie nicht enttäuschen, Chief!«

»Das hoffe ich für Sie, Stark. Ach übrigens, Sie arbeiten jetzt mit einem Partner zusammen. Will

Weedle, kommt frisch von der Academy, hat ausgezeichnete Zeugnisse. Ist Ihnen sicher eine große Hilfe. Er wartet vor der Tür.«

»Chief, Sie wissen, dass ich grundsätzlich alleine arbeite. Ich habe verdammt noch mal keine Zeit, draußen auf der Straße für einen Anfänger von der Academy den Babysitter zu spielen.«

»Noch dreiundzwanzig Stunden und siebenundfünfzig Minuten ...«

Prima, der Klassiker ›Vorgesetzter faltet Ermittler zusammen‹ war Pflichtprogramm für jede Cop-Story und hiermit abgearbeitet. Rünz überlegte kurz, ob er die Namen der Protagonisten etwas stärker verfremden sollte, um keinen Ärger zu bekommen, verwarf seine Bedenken aber sofort. Dann ließ er Stark und seinen neuen Assistenten aufeinanderprallen.

»Du pisst, wenn ich es dir befehle, du scheißt, wenn ich es dir befehle, und wenn ich dir sage, du sollst aufhören zu atmen, dann stellst du das Atmen ein. Haben wir uns verstanden?«

»Ähm, geht klar, Vince.«

Stark blieb stehen und packte Weedle am Kragen. »Was hast du da gerade gesagt? Hast du mich ›Vince‹ genannt?«

»Na ja, ich dachte nur, weil wir doch jetzt Partner sind ...«

»Partner? Merk dir eins, Kleiner: Vince Stark hat nie einen Partner. Halt dein Köpfchen aus der Schusslinie und steh mir nicht im Weg, das ist ab jetzt dein Job.

Und hör mir gut zu, Schätzchen, ich sage dir das nur ein einziges Mal. Die Einzige, die mich ›Vince‹ nennen darf, ist meine verdammte Großmutter. Für dich bin ich ›Special Agent Stark‹.«

Stark ließ Weedle wieder los und strich ihm väterlich das Hemd glatt. »Du sollst dem Chief täglich über meine Aktionen berichten, stimmt's?«

Weedle wurde rot im Gesicht.

»Hör zu, Kleiner«, sagte Stark. »Mir ist egal, was du dem Chief erzählst. Aber versuch niemals, mich zu bescheißen, verstehst du? NIEMALS.«

Weedle nickte ängstlich.

»Was weißt du über Delgado, Kleiner?«, fragte Stark.

»Geboren 1965 im Marienhospital in Darmstadt-Bessungen«, antwortete Weedle flink. »Sohn einer Heilpraktikerin aus Seeheim-Jugenheim und eines Biobauern aus Riedstadt, Schulausbildung an der Waldorfschule Eberstadt, danach Physikstudium an der Technischen Universität Darmstadt. Seit 2000 Teamleiter bei der Gesellschaft für Schwerionenforschung in Arheilgen.«

»Und? Fällt dir was auf?«

Weedle schaute verdutzt drein. »Nein, wieso?«

»Warum knallt einer, der morgens in handgefilzten Pantoffeln an der mit Bienenwachs behandelten Eichenplatte seines Frühstückstisches seinen Demeter-Brottrunk schlürft, plötzlich durch und wird zum Terroristen?«

»Keine Ahnung. Vielleicht wurden seine destruktiven Anteile bei seiner anthroposophischen Sozialisie-

rung systematisch unterdrückt, und schlagen jetzt mit umso größerer Macht durch?«

»Zu viel Holzspielzeug in der analen Phase? Nicht schlecht, Kleiner. Nicht schlecht. Gut aufgepasst in den Psychokursen auf der Academy. Aus dir wird noch ein richtiger Profiler. Aber was war der Auslöser?«

»Vielleicht ein Strahlenunfall bei der GSI? Vielleicht hat er seinen Kopf zur falschen Zeit in einen von diesen Teilchenbeschleunigern gehalten, und hat sich einen Chromosomenschaden eingefangen.«

Stark musterte Weedle. Smartes Kerlchen, dachte er. Vielleicht hatte er den Kleinen unterschätzt. Draußen auf der Straße, in Eberstadt-Süd oder in Kranichstein, hatte Weedle eine maximale Lebenserwartung von zehn Minuten. Aber wenn Stark ihn ein wenig unter die Fittiche nahm, konnte er vielleicht noch ganz nützlich sein.

»Okay. Was weißt du über Delgados Plan, Kleiner?«

»Delgado hat schon vor drei Jahren im Hochzeitsturm heimlich einen phasenoptimierten Plasmatronen-Fibrillator installiert. Er will die Keimzellen aller Brautpaare, die in den nächsten Jahren im Hochzeitsturm heiraten, reprogrammieren. Alle Nachkommen, die diese Paare fortan zeugen, werden die gleiche Mutation in ihrem Genom aufweisen. Er kann sie über diesen Gendefekt mit seinem Positronen-Perforator von seinem Geheimlabor im Office-Tower aus manipulieren und fernsteuern.«

»Nicht schlecht, Freshman. Und warum hat er die junge Braut umgebracht?«

»Sein Versuchsobjekt. Er musste ihre Eierstöcke untersuchen, um herauszufinden, ob sein Fibrillator funktioniert.«

»Braver Junge«, lobte Stark anerkennend. »Aber was fehlt Delgado noch für den Dauerbetrieb seiner Teufelsmaschine?«

»Eine Energiequelle ...«

Besser konnte es nicht laufen. Eine Prise ›Stirb Langsam‹, ein Schuss ›Lethal Weapon‹, eine Portion Buddy-Story mit einem neuen Juniorpartner als Sidekick für den Helden – Rünz wurde von Seite zu Seite besser. Jetzt kam wieder Schwung in die Sache, er arbeitete wie im Rausch bis tief in die Nacht, hackte Zeile um Zeile in die Tastatur.

Inspiriert von Kiefer Sutherlands 24-Serie beschloss er spontan, seinen Vince-Stark-Plot als ersten Echtzeitthriller der Belletristikgeschichte anzulegen. Er war recht zuversichtlich, damit das gesamte Genre zu revolutionieren. Für das Problem der differierenden persönlichen Lesedauer – der eine Leser verschlang ein Buch in zwei Tagen, der andere nahm sich vier Wochen Zeit – hatte er eine elegante Lösung gefunden. Am Beginn jedes Kapitels platzierte er einen dezenten Hinweis – eine Art Leseanweisung mit dem zu veranschlagenden Zeitraum für die Lektüre. So viel Disziplin musste man von seinen Fans erwarten können.

Als Gegenleistung bot Raoul Rockwell (oder doch Cårl Runssøn?) seinen Lesern eine atemberaubende Tour de Force durch Darmstadt und das Umland, einen sechzehnstündigen Showdown ohne Durchhänger,

einen temporeichen Reißer, der an exotischen Schau-
plätzen wie Eschollbrücken, Goddelau, Weiten-Gesäß
und Wixhausen spielte. Rünz ließ einfach nichts aus –
Dschungelkrieg im Naturschutzgebiet Kühkopf im
Hessischen Ried, eine Verfolgungsjagd mit Offshore-
Powerbooten auf dem Großen Woog, ungeheuerliche
Autostunts am Darmstädter Kreuz, eine von Delgados
Schergen entführte Ariadne-Rakete am European
Space Operations Center in der Weststadt und eine
nervenzerfetzende Traktorenrallye auf dem Bauern-
markt in Hoxhohl. Und zwischendurch, ganz unvermittelt, gönnte er dem Leser immer wieder Einblicke
in die seelischen Abgründe seines Helden, eine kurze
Sicht auf das Meer an Schmerz, das dieser einsame Jäger
in sich spürte.

Und erst diese geniale Idee mit den Zeitschleifen!
Der fiktive Bösewicht und Mad Scientist Delgado
hatte einen der Teilchenbeschleuniger in Arheilgen so
manipuliert, dass er nach Belieben Falten im Raum-
Zeit-Kontinuum erzeugen konnte, die seinen Verfolger Vince Stark immer dann zurückwarfen, wenn er
kurz davor war, den Wahnsinnigen zu fassen. Da Stark
bestimmte Szenen immer wieder erlebte, zum Beispiel
seinen furchtbaren Kater gleich zu Beginn des Romans,
hatte Rünz nicht nur ein unerschöpfliches Repertoire
an Running Gags, er konnte auch ganze Textpassagen
via copy & paste mehrfach verwenden – eine pfiffige
Strategie, die sein Manuskript innerhalb kürzester Zeit
auf eine stattliche Seitenzahl brachte.

20

»Ich hasse Amateure«, grummelte der Spediteur. Er hatte einen erloschenen und zerknautschten Zigarrenstummel im Mundwinkel, sein fleischiges Gesicht dominierte eine blaurot verfärbte, völlig verquollene Säufernase und unter seinem speckigen blauen Kittel schob er ordentlich Bauchfett vor sich her. »Mit einem Amateur haben Sie mehr Arbeit als mit zehn Profis. Diese Spinner, die glauben, sie könnten schnell mal eine alte Corvette aus Idaho importieren und die Zollformalitäten mit links selbst erledigen.«

Wedel überquerte mit dem Unternehmer die Ladezone der Spedition, an den Rampen standen Lkws, Arbeiter schoben mit flachen Hubwagen Paletten in die Laderäume. Hinter ihnen rauschte eine endlose Fahrzeugkolonne über die A5, und über ihren Köpfen donnerten im Minutenabstand zwei- und vierstrahlige Jets im Landeanflug Richtung Frankfurter Flughafen, die ausgefahrenen Fahrwerke schnitten mit ohrenbetäubendem Pfeifen durch die Luft. Der Spediteur blieb plötzlich stehen.

»Und wissen Sie, was mir noch mehr auf den Sack geht? Selbstabholer. Leute, die denken, nach über viertausend Kilometern Land- und Schiffspassage müssten sie ihre Ware die letzten fünfzig Kilometer unbedingt selbst chauffieren. Wir sind hier doch nicht bei ›Rudis Resterampe‹! Ich hatte hier schon Typen, die wollten zwei Harleys und eine alte Wurlitzer-Jukebox mit einem VW-Bus abholen. Die haben einen halben

Tag rumgemacht, bis sie gemerkt haben, dass es nicht funktioniert. Warum überlassen diese Typen so was nicht gleich uns Profis?«

»Ist das die Kiste?«, fragte Wedel.

Sie standen beide vor einem rostigen Seecontainer.

»Korrekt«, sagte der Spediteur und blätterte leise mosernd in den Frachtpapieren.

»Ich dachte, die Dinger wären viel größer«, wunderte sich Wedel.

»Das ist ein Zwanzigzöller. Standard sind vierzig Zoll. Die Ladung ist laut TARIC-Code als Werkzeugmaschine deklariert. Eine Gewinderollmaschine, wenn Sie's genau wissen wollen. Gewicht 1,8 Tonnen. Der Container ist versiegelt, Sie brauchen eine gerichtliche Verfügung, wenn Sie einen Blick reinwerfen …«

Wedel hielt ihm das Papier unter die Nase, bevor er den Satz zu Ende bringen konnte. Der Spediteur zog einen Seitenschneider aus der löchrigen Tasche seines Arbeitskittels, durchtrennte den Siegeldraht, entriegelte und öffnete die Klappen. Wedel schaute in den Container, schoss ein paar Fotos mit seiner Handykamera. Wenn ihm jemand erzählt hätte, dass diese seltsame Maschine Mohrenköpfe produziert, hätte er das ohne Bedenken geglaubt.

»Kriegen Sie das Siegel so wieder hin, dass er nichts merkt?«

»Bin ich Profi oder bin ich Profi?«, knurrte der Spediteur und verschloss den Container wieder. Wedel schaute auf seine Armbanduhr.

»Wo kann ich mich hier unauffällig im Auto auf die Lauer legen?«

»Stellen Sie sich da hinten neben den Bürotrakt, wo unsere Jungs vom Lager parken, da fallen Sie nicht auf«, antwortete der Spediteur. Er zögerte einen Moment und schaute Wedel über den Rand seiner verbogenen Brille skeptisch an. »Werden Sie ihn hopsnehmen, wenn er kommt? Ich meine, hat er richtig was ausgefressen?«

»Reine Routineobservierung. Vergessen Sie einfach, dass ich hier bin, fertigen Sie den Kunden ganz normal ab.«

»Normal«, nuschelte der Spediteur abfällig. »Jede Wette – der Kerl fängt gleich eine Diskussion wegen der Einfuhrumsatzsteuer an. Ich kann den Ärger schon riechen …«

Zwei Minuten später lümmelte Wedel quer im Fahrersitz seines 85er Scirocco ›White Cat‹ und ließ die Füße aus dem offenen Beifahrerfenster hängen. Die Zufahrt zum Speditionsgelände und dem Container hatte er gut im Blick, ihm würde also nichts entgehen. Er hatte kein gutes Gefühl bei der Sache. Klar, war schon irgendwie geil, direkt für Hoven und die Staatsanwältin zu arbeiten. Im Geheimauftrag Ihrer Majestät, sozusagen. Hatte er ja selbst eingefädelt, den Kontakt nach ganz oben. Er hatte natürlich hoch gepokert mit den Ergebnissen der Reifenprofiluntersuchung. Rünz' Schwager Klaus Brecker war schließlich nur einer von zweiunddreißig Fahrzeughaltern in der Region, die mit dieser Geländebereifung herumfuhren. Sicher nur ein Zufall. Absurd, dass ausgerechnet Brecker mit dieser Sache in der Schlosserei etwas zu tun haben sollte.

Aber wenn die Behrens und Hoven wussten, dass der Typ, der nachts in der Schlosserei war, hier und heute in der Spedition einen Container aus Übersee erwartete, konnte man davon ausgehen, dass schon einiges an Ermittlungen im Hintergrund gelaufen war. Sicher BKA. Spannende Sache. Und von der ganzen Angelegenheit mit dem Schlosser mal abgesehen, würde Rünz irgendwann pensioniert werden, da konnte man sich gar nicht früh genug als Nachfolger bei den Großkopferten in Stellung bringen.

Seltsam, er hatte nie einen Landrover Defender auf dem Parkplatz des Präsidiums gesehen. Wahrscheinlich nutzte Brecker ein anderes Auto oder den Bus für den Weg zur Arbeit. Wedel wusste nicht viel über den Schwager seines Chefs, hatte vielleicht ein- oder zweimal mit ihm geredet. Die Jungs und Mädels vom zweiten Revier arbeiteten zwar im gleichen Gebäude, waren aber eine andere Baustelle. Er war bei der Mordkommission. Ob Brecker seinen Rocco kannte? Wenn er sich für Autos interessierte, war er ihm sicher schon aufgefallen vor dem Präsidium. Irgendein ziviler alter Astra aus dem Fuhrpark wäre vielleicht doch intelligenter gewesen für diese Observation. Scheiß drauf – der Typ, der gleich den Inhalt dieses Containers abholen würde, war mit hoher Wahrscheinlichkeit *nicht* Brecker. Kein Grund also, sich ins Höschen zu machen.

Wedel legte die Hand auf das Lenkrad und spannte abwechselnd Bi- und Trizeps an. Mit den großen Antagonisten am Oberarm war er mehr als zufrieden, aber der Brachialis machte ihm Sorgen. Eindeutig unterentwickelt. Die Proportionen stimmten einfach nicht.

Er würde die Arbeit mit den Curls intensivieren müssen. Eigentlich hasste er die Kurzhanteln. Vielleicht würde er, um seine Motivation zu heben, sein klassisches Split-System aufgeben und auf HS-Training umstellen. Wenn man nicht variierte, kam man immer irgendwann an einen toten Punkt. Sein Köper war wie sein Auto – man entdeckte immer etwas, das man verbessern konnte.

Der Scirocco war in perfektem Zustand und außen einhundert Prozent Serie. Jungfräulich und rein wie Schneewittchen. Wedel hasste dieses proletenhafte Karosserietuning mit all den Anbauteilen, die aus Serienfahrzeugen Discounterchristbäume machten. Seine Maxime hieß Understatement, er war ein Freund der zurückhaltenden Außenpolitik, und damit hatte er es weit gebracht bei seinem weißen Schmusekätzchen. Ganz und gar unschuldig stand er da in seiner Alpinlackierung. Aber unter der Haube ging's zur Sache. In Sachen Motor- und Fahrwerktuning hatte Wedel seinem Schützling alles zugute kommen lassen, was die Branche und seine technischen Fertigkeiten zu bieten hatten.

Das schwachbrüstige Originaltriebwerk hatte er gegen einen G60 PG aus einem Unfall-Corrado ausgetauscht, und dem neuen Implantat mit 70er Laderrad, 90-Millimeter-Ansaugrohr, SLS-Chip, Sprinter-Ladeluftkühler und Gruppe-A-Auspuffanlage eine äußerst wirksame Frischzellenkur gegönnt. Um das Kraftwerk vor dem Hitzetod zu schützen, sorgte ein großzügig dimensionierter Passat-32B-Kühler für Erfrischung.

Dem Fahrwerk hatte er sich mit ebensolcher Hingabe gewidmet. Formel-K-Dämpfer mit Bonrath Domlagern, vorn und hinten Wiechers Domstreben, Tramont Felgen und Dunlop Gummis in 195/45 und 225/40. Das Ergebnis der behutsamen Eingriffe in die Originalsubstanz war ein Wolf im Schafspelz, mit dem er einem M3 oder einem Boxster im Antritt jederzeit Paroli bieten konnte.

Eine Dienstfahrt mit seinem Schneewittchen war normalerweise natürlich ein absolutes No-Go, aber er hatte in der Nacht zuvor die frisch gelieferten Sparco-Sprint-Sitze eingebaut und konnte für die Erprobung einfach nicht bis nach Feierabend warten. Würde schon nichts passieren mit seinem Goldstück. Nicht mehr als ein paar gemütliche Autobahnkilometer zur Spedition und zurück.

Wedel steckte sich die Stöpsel seines iPod in die Ohrmuscheln und ließ sich von James Hetfield und seinen Schwermetallern die Trommelfelle massieren, die Augenlider auf Halbmast. Manchmal konnte dieser Job richtig Spaß machen. Er rammte sich die ersten vier Songs des neuen Albums in die Gehörgänge und stutzte beim fünften. Was spielte Lars Ulrich da für einen Bockmist bei ›Suicide & Redemption‹? Er war völlig aus dem Takt mit seiner Bass-Drum. Nach ein paar Sekunden merkte Wedel, dass der Spediteur gegen die Seitenscheibe auf der Fahrerseite klopfte. Er zog sich die Stöpsel aus den Ohren und drehte die Scheibe herunter.

»Ich dachte, Sie wollten sich den Typ schnappen«, nuschelte der Dicke durch seinen Zigarrenstumpf.

Wedel fuhr hoch im Sitz, zog die Füße vom Armaturenbrett und war im Nu aus dem Auto. »Scheiße, der war schon hier?«

»Ein honoriger Kunde, wenn Sie mich fragen. Hat alle Rechnungen anstandslos bar bezahlt. Und noch mal vier Fünfziger draufgelegt, damit ihm meine Jungs beim Aufladen helfen.«

»Verdammt, warum haben Sie mir nicht Bescheid gesagt?«

»Junge, wenn du dir lieber in deinem Schneewittchensarg die Eier kraulst, ist das deine Sache. Häng dich dran, er ist kurz vor der Autobahnauffahrt.«

Wedel starrte in die Richtung, in die der Spediteur zeigte. Ein hochbeiniger Landrover Defender Pick-up mit langem Radstand und offener Pritsche dieselte die Auffahrt zur A5 hoch, bog dann überraschend in einen Wirtschaftsweg ein, der nach Südosten durch die endlosen Spargelfelder Richtung Weiterstadt führte. Wedel wusste nicht, ob er sich freuen oder ärgern sollte. Verdammt, von den zweiunddreißig Fahrzeughaltern, die auf diesen Traktorreifen unterwegs waren, fuhren nur vier Landrover. Die Wahrscheinlichkeit für Breckers Beteiligung stieg.

Wedel richtete sich wie elektrisiert in seiner Sitzschale auf, startete das Triebwerk, wuchtete das volle Drehmoment auf die Kardanwelle und ließ den Spediteur im Rauch einer erlesenen Gummimischung seiner Dunlop SP Sport MAXX GT zurück. Wenn er jetzt nicht dranblieb, würde Hoven ihm den Arsch aufreißen, und er konnte sich den kurzen Dienstweg nach ganz oben in Zukunft abschminken. Außerdem freute er sich darüber, seine Wolfsburger Raubkatze mal so richtig Blut lecken zu lassen – und das auch noch in höherem Auftrag!

Seine Begeisterung verflog schnell, nachdem er von der Autobahnauffahrt in den Feldweg eingebogen war. Der Defender hatte inzwischen einen Vorsprung von rund einem halben Kilometer und hinterließ eine mächtige Staubfahne am Horizont. Zwischen dem Flüchtigen und seinem Verfolger erstreckte sich ein Band von Schlaglöchern, Rissen und herausgebrochenen Asphaltplacken. Manche der Vertiefungen in dem Wirtschaftsweg schienen groß genug, um im Hochsommer darin ein Bad zu nehmen. Wedel hatte Eigenschaften wie Bodenfreiheit und Federweg eines echten Männerautos immer für unwürdig erachtet; jetzt wünschte er sich zumindest ein paar Zentimeter mehr von beiden. Staub ging ja schon mal gar nicht. Eine noch so kurze Staubdusche bedeutete mindestens zwei Tage lang Intensivreinigung, eine Höllenarbeit. Aber es half nichts, er durfte diese Observierung auf keinen Fall verbocken.

Er nahm die Verfolgung auf, versuchte, den kratergroßen Schlaglöchern so gut wie möglich auszuweichen, musste immer wieder auf die Bankette ausweichen. Das Fahrwerk gab jedes Schotterkörnchen und jede Schneckenschale auf der Piste in Echtzeit als Erschütterung an Wedels Wirbelsäule weiter. Dieser Rocco war wie ein Teil seines Körpers, ein Exoskelett – jedes Mal, wenn die Frontschürze oder einer der Seitenschweller Bodenkontakt hatten, spürte Wedel Schmerzen.

Immerhin, er holte auf, hatte vielleicht noch zwei-
hundertfünfzig Meter Abstand zu dem Geländewagen,
dessen Ladung auf der Pritsche auf und ab hüpfte, wenn
die Hinterreifen in ein Schlagloch eintauchten und die
mächtigen Blattfedern den Leiterrahmen danach hoch-
warfen wie einen Kunstspringer auf dem Sprungbrett.
Wedel schaltete die Lüftung aus, damit ihm die Staubfahne nicht gleich den Innenraum puderte, wenn er
näher kam.

Plötzlich lagen Pritsche und Ladung des Voraus-
fahrenden völlig ruhig, die Staubfahne löste sich vom
Pick-up und bildete über dem Spargelfeld eine einsame kleine Windhose, die nach Osten abtrieb. Ging
der holprige Wirtschaftsweg weiter vorne vielleicht in
eine besser ausgebaute Nebenstraße über? Nein – der
Defender stand. Auf der rechten Seite stieß er immer
wieder Rußwolken aus, der Fahrer schien alle paar
Sekunden Gas zu geben, um den Motor auf Touren
zu halten. Was hatte er vor? Zum Pinkeln musste er aussteigen. Vielleicht kramte er gerade seine Tupperdose
aus der Tasche, um sich auf der Weiterfahrt ein Salami-
brot reinzuschieben. Und wenn der Typ gar nicht wei-
terfuhr, sondern hier, mitten auf dem Feldweg, seine
Frühstückspause machte und sich auf das Seite-Drei-
Mädchen in der ›Bild‹ einen runterholte? Wedel fuhr
im Schritttempo weiter und klopfte mit den Fingerspitzen auf die vergoldete Momo-Nabe seines Grant-
Volant. Was sollte er jetzt tun? Er musste sich schnell
entscheiden. Wenn er auf Distanz anhielt und einfach
wartete, würde jeder Idiot am Steuer des Geländewagens merken, dass er verfolgt wurde. Weiterfahren und

überholen? Unmöglich, der zerfurchte Feldrand beiderseits des Weges erforderte mindestens zehn Zentimeter Bodenfreiheit. Also einfach dumm stellen. Das konnte er gut. Einfach mit Schmackes hinten ranfahren, spät und mit Lichthupe in die Eisen gehen, aussteigen und den Typ wegen der Blockade anstänkern. Mit seinem Groß-Gerauer Kennzeichen konnte er so was jederzeit glaubwürdig rüberbringen.

Fünfzig Meter noch, er konnte jetzt das Kennzeichen erkennen. Wedel zog einen Notizzettel aus der Tasche seines Hemdes, ging die Liste der Fahrzeughalter durch und merkte, dass er ein Problem hatte. Unentdeckt wegtauchen war jetzt nicht mehr. An wenden war überhaupt nicht zu denken, er hätte seine Rennsemmel im Spargelfeld sofort eingegraben.

Die mit einer Lkw-Plane abgedeckte Ladung auf der Pritsche des Defenders versperrte ihm die Sicht durch das Heckfenster des Fahrerhauses, und als Wedel noch näher dran war, registrierte er, dass Brecker den Außenspiegel verdreht hatte, um unsichtbar zu bleiben. Zwanzig Meter. Wedel ließ den Rocco sanft ausrollen, startete sein Hup- und Lichtkonzert und hielt zehn Meter hinter dem britischen Autofossil an. Er klaubte seine vollverspiegelte Aviator-Sonnenbrille aus dem Handschuhfach und setzte sie auf. Wenn tatsächlich Brecker vorne am Lenkrad saß, musste der ihn ja nicht auf den ersten Blick erkennen. Und lass ihn *bitte* nicht den Rocco erkennen. Dieser Brecker hatte eine Statur wie eine altdeutsche Schrankwand und galt als jähzornig. Wedel war selbst nicht gerade schwach auf der Brust, aber man musste es ja nicht drauf anlegen.

Mit der Hand schon am Türöffner, sah er, wie der Defender links eine mächtige Rußwolke aus dem Endrohr hustete. Die Ladung bebte, als wollte die Pritsche sie abwerfen wie ein wilder Hengst einen Rodeoreiter. Dann ging alles furchtbar schnell, die Rückleuchten blitzten auf, und die ganze Metallmasse kam in Bewegung. Der Hund setzte zurück!

Jetzt war Schadensbegrenzung angesagt. Wedel warf das Herz seines Roccos wieder an, packte den vergoldeten Empi-Schaltknauf wie der Jetpilot den Schubhebel, schob über die knackenden, verchromten Schaltgestänge den Rückwärtsgang ein, drehte auf sechstausend hoch und ließ die Kupplung kommen. Als sich zwischen den durchdrehenden Dunlops und dem spröden Asphalt so etwas wie Grip gebildet hatte, und die Raubkatze vehement zum Rückzug ansetzte, betrug der Abstand zwischen der Anhängerkupplung des Landrovers und der hochglanzpolierten Motorhaube des Scirocco noch knapp zweieinhalb Meter.

21

Was für ein Albtraum. Er sollte nicht bis tief in die Nacht über seinem Manuskript brüten. Na ja – er sollte wenigstens nicht danach noch zur Entspannung drei weitere Pfungstädter Märzen wegzischen und bis zum Morgengrauen Technik-Dokus auf N24 schauen.

Auf N24 war immer Verlass. Ein Männersender, Testosteron-TV am laufenden Meter. Der Sender bediente mit Hingabe das leidenschaftliche Verlangen von Männern nach potenten Maschinen. Berichte über gigantische Tunnelbohrmaschinen unter dem Gotthardmassiv, japanische Kamikaze-Piloten im Zweiten Weltkrieg oder den Transfer eines riesigen Braunkohlebaggers aus dem Tagebau. Und wenn man den 20:00-Uhr-Beitrag über die Entwicklung der Neutronenbombe verpasst hatte, konnte man ihn mit Sicherheit nachts um 1:00 Uhr nachholen.

Das Sympathische an N24-Dokumentationen war die Redundanz der gesprochenen Kommentare, sie waren perfekt auf das beschränkte Aufnahmevermögen des männlichen Großhirns nach Feierabend abgestimmt. Alle paar Minuten wiederholte der Sprecher das zuvor Gesagte noch einmal in einfachen Subjekt-Prädikat-Objekt-Sätzen. So konnte man mit einigen Litern Pfungstädter in der Leber ruhig mal einen Moment wegdämmern, ohne gleich den Anschluss zu verlieren. Die Jungs und Mädels von N24 wussten, was sie ihrer Klientel zumuten konnten.

Höhepunkt der langen Fernsehnacht war ein Beitrag

über eine aktuelle Militärversion der Gatling Gun; der Pressesprecher der US-Waffenschmiede Dillon Aero, Inc. berichtete mit unverhohlener Begeisterung über die Entwicklung einer besonders leichten und mobilen Version der Mutter aller Schusswaffen. Zu Vorführzwecken hatten die Entwickler einen Prototypen der Waffe an die offene Seitenluke eines UH-1 Iroquois-Helikopters der Air Force montiert, und flogen in der Abenddämmerung eine Teststrecke über der Wüste von Arizona ab, die mit Dutzenden aufgetankten Schrottautos präpariert war. Wie die kleine Gatling mit ihrem vergleichsweise bescheidenen NATO-Kaliber von 7,62 × 51 Millimeter diese Wracks innerhalb von Sekunden zerlegte und in stimmungsvollen Feuerbällen untergehen ließ, war so atemberaubend, dass Rünz für Minuten vergaß, die Flasche anzusetzen.

Der Kommissar beneidete die Amerikaner um ihr unverkrampftes Verhältnis zu Waffen. In Deutschland musste man sich ja immer gleich entschuldigen, wenn man jemandem von seinem Hobby erzählte. Beteuern, dass es einem natürlich nur um die sportlichen Aspekte ging, und nicht um das destruktive Potenzial. Das war natürlich Humbug, Rünz hätte jederzeit einen Abend auf dem Schießstand gegen eine zünftige Schießerei im Einsatz eingetauscht, aber der Ermittlungsalltag bot derlei Abwechslung so gut wie nie. Verbrecher waren auch nicht mehr das, was sie mal waren. Standen heute alle auf Sicherheit, mit Riester-Rente, Prostata-Vorsorgechecks und Kindersitzen mit Isofix-Befestigung.

Um wieder runterzukommen, switchte er kurz vor dem Einschlafen noch mal rüber zu 3sat und schaute sich die Wiederholung einer Öko-Weltrettungs-Reportage an, die deutsche Greenpeace-Aktivisten bei ihren Attacken auf japanische Walfangschiffe zeigte. Diesen Absacker hätte er sich besser gespart. Danach hatte er von einer Gruppe enthusiastischer junger Japaner geträumt, die sich ›PigPeace‹ nannte und mit missionarischem Eifer dem Borstenviehmassenmord an deutschen Schlachthöfen Einhalt gebieten wollte. Zu Anfang warben sie mit friedlichen Mitteln um mehr Aufmerksamkeit – sie verkauften CDs mit Lauten, die sie ›Grunzgesänge aus dem Koben‹ nannten, und luden Interessierte zum *Pig Watching* in westfälische Mastbetriebe ein. Dann wurden sie rabiater im Kampf um die geschundene Kreatur und mobilisierten erfolgreich die Öffentlichkeit. Der Bundeslandwirtschaftsminister – der in Rünz' Traum Hoven auffallend ähnelte – sah sich genötigt, in einer spontan einberufenen Pressekonferenz darauf hinzuweisen, dass in Deutschland Schweine ausschließlich zu Forschungszwecken geschlachtet würden.

Rünz dachte nach dem Aufwachen darüber nach, den Traum in der nächsten Paartherapiesitzung zum Besten zu geben. Da hatte die Therapeutin ordentlich was zu deuten und würde ihn nicht mit intimen Fragen nerven.

Auch seine Frau machte einen leicht zerknautschten Eindruck am Frühstückstisch, sie litt offensichtlich unter den Nachwirkungen ihres nächtlichen Dauertalks mit Janine. Sie rührte mit der Linken gedankenverloren in einem großen Glas mit brauner Brühe herum, die Rünz fatal an Klärschlamm erinnerte. In der anderen Hand hielt sie ein weißes Stäbchen, auf das sie ab und zu schaute.

»Willst du mit dem Abwasser deine Immunabwehr testen?«, fragte Rünz.

»Luvos Heilerde«, murmelte sie. »Zur Entschlackung. Solltest du auch mal probieren.«

»Heilerde kannst du bei mir vergessen. Für die Schlacken in meinem Dickdarm brauchst du einen Pressluft-hammer.«

Rünz nahm die Packung mit dem feinen Pulver, die neben ihr auf dem Tisch stand, und las sich die Produktbeschreibung auf der Rückseite durch. »Die verkaufen Dreck in der Apotheke?«, fragte er ungläubig.

»Das glaub ich nicht. Ist ja noch besser als Meerwassernasenspray, die Idee. Solltest du deinem Bruder erzählen. Klaus wird sofort ganz groß einsteigen ins Geschäft.«

»Klaus interessiert sich im Moment nicht für Geschäftsideen.«

Jetzt ging das wieder los. Klaus Brecker, das Sorgenkind. Wenn das so weiterging, würde Rünz im Präsidium einen Charitytag für seinen Schwager organisieren müssen. Und immer dieser vorwurfsvolle Unterton. Es war Zeit, ein wenig Gutwetter bei seiner Frau zu machen. Die Schleimertour hatte doch bei Hoven ganz gut funktioniert.

»Übrigens, du siehst heute einfach wieder fantastisch aus«, sagte er und stieß danach erschöpft die Luft aus, als hätte er gerade einen Triathlon absolviert.

Seine Frau langte mit dem Arm über den Tisch und

legte ihm den Handrücken auf die Stirn. »Hast du Fieber? Ist dir schlecht?«

»Wieso? Nur weil ich dir ein Kompliment mache, muss ich doch nicht krank sein.«

»Nein, das ist wahr.« Sie schien kurz nachzudenken. »Das letzte Kompliment hast du mir gemacht, bevor wir zum ersten Mal miteinander ins Bett gegangen sind.«

»So lange ist das schon her?«, staunte er. »Wie dem auch sei – seitdem hast du mich ja auch ohne Komplimente rangelassen. Mein Chef sagt immer, man soll haushalten mit seinen Ressourcen.«

Er schob sich die erste Hälfte seines Leberwurstbrötchens zwischen die Zähne. »Und?«, schmatzte er. »Willst du bei mir jetzt Fieber messen mit deinem Thermometer?«

»Das ist kein Fieberthermometer. Das ist ein Teststäbchen.«

»Ein Test? Hast du dir bei einem der Bionadetrinker aus deiner Pilatesgruppe einen Tripper eingefangen? Respekt, hätte ich den Jungs gar nicht zugetraut. Ich dachte, die reden so lange über ihre Gefühle, bis sich nichts mehr regt in der Hose.«

»Tests sind nicht nur dafür da, um Krankheiten zu diagnostizieren.«

»Ach, für was denn sonst?«

»Zum Beispiel für Veränderungen im Hormonhaushalt.«

»Dafür brauchst du dir keine Teststreifen kaufen. Frag mich, wenn du wissen willst, ob du in den Wechseljahren bist. Die Antwort lautet ›Ja‹.«

»Hormonveränderungen werden ja nicht nur durch die Wechseljahre ausgelöst.«

Wovon sprach sie? Irgendeine Schilddrüsenerkrankung? Stoffwechselstörungen? Rünz fielen plötzlich die neuen Unterhosen ein, die sie ihm geschenkt hatte. Retroshorts von der Sorte, wie sie diese Waschbrettbäuche auf den Men's-Health-Heften anhatten, die bei Hoven ab und an auf dem Schreibtisch herumlagen. Rünz hatte eine anprobiert und sich im Badezimmerspiegel betrachtet, sein untere-Mittelklasse-Gemächt schaute im Profil darin aus wie die Salatgurke von Snoop Dogg. Hing das vielleicht mit ihren Hormonstörungen zusammen? Brauchte sie jetzt stärkere Reize, um in Stimmung zu kommen? Würde sie ihn bald nötigen, die Handschellen aus dem Präsidium mitzubringen? Besser, er fragte nicht nach. Wenn man sich bei einer Frau nach ihrem körperlichen oder seelischen Befinden erkundigte, nahm man sich besser einen Tag Urlaub für die Antwort. Zeit für einen Themenwechsel.

»Seit wann bist du eigentlich so dicke mit Janine, die ist doch gar nicht deine Wellenlänge. Oder will sie den Miezen in ihrer Katzenpension jetzt Entschlackungskuren und Pilateskurse anbieten?«

»Janine ist die Freundin meines Bruders, falls du es noch nicht weißt. Sie macht sich große Sorgen um Klaus. Ich übrigens auch.«

Rünz reagierte nicht, er strich sich in aller Ruhe grobe Landleberwurst von einem halben Zentimeter Höhe auf seine zweite Brötchenhälfte. Er hatte eine Vision. Er saß mit Günther Jauch auf den roten Sesseln im Stern-TV-

Studio, Brecker hockte zu seiner Linken im Schneidersitz auf dem Boden und hechelte in die Kamera. Jauch (Stirn in Falten, Schwiegersohnstimme): ›Wann haben Sie denn gemerkt, dass mit Ihrem Schwager etwas nicht in Ordnung ist, Herr Rünz?‹ Rünz (krault Brecker im Nacken und klopft ihm auf die Flanke): ›Also wenn ich jetzt so zurückdenke, eigentlich ging das schon mit seiner Scheidung los. Und seit er seinen Sohn nur noch so selten sieht, ist es eigentlich immer schlimmer geworden.‹ Brecker jault gequält, legt sich auf die Seite, Close-up der Studiokamera auf seine tränenfeuchten Augen, mitleidiges Seufzen im Publikum. Jauch (an Experten im Publikum): ›Herr Professor Bornrath, Schutzpolizisten gelten ja im Allgemeinen als seelisch stabile und gutmütige Spielkameraden. Wie oft kommt das denn in Ihrer Praxis vor, dass ...‹

»Ja und? Was sagst du dazu?«, unterbrach seine Frau den bizarren Tagtraum.

»Wozu?«

»Zu Klaus.«

»Was ist denn los mit ihm? Prostataprobleme? Konto im Minus? Will er Janine auf den Strich schicken?«

»Es geht um Kevin. Die Trennung von dem Kleinen macht ihm ziemlich zu schaffen. Erzählt er dir nie was darüber?«

»Nö. Frauenthema«, log Rünz. Wenn er jetzt anfing zu reden, würde sie bei jedem Detail nachfragen, und irgendwann würde sein Auftritt mit Brecker in der Privatschule in Langen zur Sprache kommen. Janine schien ihr nicht alles zu erzählen, sie war schließlich dabei gewesen.

»Mein Gott, ich dachte, Klaus wäre dein bester Freund. Über was redet ihr eigentlich, wenn ihr euch im Rühmanns die Leber tapeziert?«

Rünz ächzte genervt. »Über unsere Gefühle, Schatz«, schmatzte er mit vollem Mund, ohne aufzublicken. »Wir reden eigentlich permanent über unsere Gefühle. Wir Männer sind so. Und ich kann dir sagen – wir sind ganz schön nah am Wasser gebaut. Da fließen schon mal die Tränchen. Und wenn wir uns so richtig ausgeheult haben, hängen wir Arm in Arm an der Theke, der Wirt legt ›Je t'aime‹ auf und wir tauschen Zärtlichkeiten aus.«

»Schade, dass man mit dir nicht ernsthaft über solche Sachen reden kann.«

»Hör zu – er hat mich, er hat seine Kollegen, er hat die Jungs vom Schützenverein, und immer wenn ihm danach ist, kann er seine wasserstoffblonde Silikonmatratze Janine poppen. Was will man mehr? Mit Virenschleudern wie Kevin hat man eh nur Probleme an der Backe.«

Seine Frau stellte ihren Klärschlamm ab. Ihre Mimik verwandelte sich in eine flache, vorwurfsvolle Maske, und Rünz musste sich eingestehen, dass sie mit diesem Gesichtsausdruck ein wenig Claudia Roth von den Grünen ähnelte. Kein Mann hatte es verdient, mit einer Frau verheiratet zu sein, die dreinschaute wie eine angesäuerte Claudia Roth.

»Manchmal denke ich, es ist wirklich besser, dass wir keine Kinder haben«, presste sie zwischen zusammengekniffenen Lippen hervor.

»Das denke *ich* eigentlich immer. Was will er denn?

Er sieht den Kleinen doch jedes zweite Wochenende.«

»Zwei Wochen sind eine verdammt lange Zeit für
einen Achtjährigen. Kevin entgleitet ihm langsam.
Inges neuer, dieser André, ist Geschäftsmann, oder
Unternehmensberater oder was weiß ich, hat einen
Haufen Geld, fliegt ständig herum – das ist eine völ-
lig neue Welt für Kevin. Und dann diese Privatschule.
Das ist nicht Klaus' Ding. Die beiden werden sich
immer fremder.«

»Hat er dir das erzählt?«

»Nein, Janine. Ich soll dich fragen, ob du mal mit
Klaus reden kannst. Sie macht sich echt Sorgen.«

»Moment. Janine bittet dich, mich zu bitten, mit
ihrem Stecher zu reden? Geht das nicht auch auf dem
kurzen Dienstweg? Die beiden sind ein Paar! Paare
sollten miteinander reden.«

»So wie wir?«

»Genau. Wie wir.«

»Er schweißt und hämmert seit Wochen in seiner
Garage herum und lässt keinen rein, sagt Janine. Und
wenn er mal rauskommt, eigentlich nur, um zu essen
oder im Internet rumzustöbern.«

Rünz wurde aufmerksam. Dass Brecker ihm
wenig über seine familiären Probleme erzählte, damit
konnte er gut leben. Aber er baute etwas, von dem
Rünz keine Ahnung hatte – sehr ungewöhnlich. Mehr
noch, ein Vertrauensbruch. Sie ließ ihm wieder keine
Zeit zum Nachdenken, das Thema Klaus schien für
sie vorerst abgehakt, sie platzierte einen abrupten
Themenwechsel.

»Übrigens – der Dalai Lama kommt nächste Woche nach Frankfurt, in die Commerzbank-Arena.«

»Danke für die Vorwarnung«, sagte Rünz. »Ist die Grinsmaschine Eintracht-Fan?«

»Er besucht dort kein Fußballspiel, er tritt auf, um zu den Menschen zu sprechen.«

»Ach so – sicher als Vorprogramm zum Rammsteinkonzert.«

Seine Frau ging nicht auf seine dummen Sprüche ein. »Ich würde da gerne hingehen«, beharrte sie.

»Und wer kümmert sich um mich, wenn du weg bist? Wer macht mir was zu essen?«, fragte Rünz entrüstet.

»Ich hätte gerne, dass du mich begleitest«, sagte sie. Und sie schien es wirklich ernst zu meinen. »Übrigens«, schob sie nach. »Ich finde, du könntest mal wieder zum Friseur gehen.«

22

Manche Vorgänge erstreckten sich über sehr lange Zeiträume. Zum Beispiel Kontinentalverschiebungen. Oder Dialoge in Quentin-Tarantino-Filmen. Aber was war das alles gegen eine Schwitzkur in der Sauna des Darmstädter Jugendstilbades.

Rünz war nicht freiwillig dort. Er lebte in einer Art Fundamentalopposition zur großen Mehrheit seiner Landsleute, und so teilte er auch nicht die unter aktiven, gesundheitsbewussten und experimentierfreudigen Menschen verbreitete Auffassung, man müsse alles im Leben mal ausprobiert haben. Schon gar nicht den Besuch einer Sauna. Die aufwendige Sanierung des Bades hätte eigentlich Gelegenheit geboten, dieses wunderschöne Gebäude einer sinnvollen Nutzung zuzuführen – der Kommissar dachte dabei zum Beispiel an ein Museum für Handfeuerwaffen oder eine Dauerausstellung über Leben und Œuvre von Chuck Norris.

Und von den ästhetischen Kollateralschäden dieses finnischen Kampfsportes mal ganz zu schweigen. Kleidung diente ja nur in zweiter Linie dem Schutz vor Witterung und der Präsentation modebewusster Zeitgenossenschaft. Ihr Hauptzweck war die Tarnung körperlicher Unzulänglichkeiten; es gab also keinen Grund, sie in Gegenwart anderer Menschen abzulegen, wenn es nicht aus Gründen der Fortpflanzung oder wegen medizinischer Untersuchungen geboten war.

Rünz hatte sich seit seiner Kindheit nicht mehr nackt

unter Nackten bewegt und beim ehelichen Vollzug stets auf Abdunkelung bestanden. Jetzt und hier, unter Dutzenden von unbekleideten Männern, die mit großer Selbstverständlichkeit ihr Gemächt präsentierten, musste er sich eingestehen, was sein Unterbewusstsein schon immer gewusst hatte – er war definitiv unterdurchschnittlich ausgestattet. Und die neuen Unterhosen von seiner Frau bestätigten nur diese unbequeme Diagnose. Aus dieser Perspektive erschien ihm seine Vorliebe für zierliche Frauen plötzlich plausibel. In Relation zu einer kleinen Frau war sein Dödel ja wiederum mindestens Durchschnitt. Rünz beschloss, den Gedanken in der nächsten Paartherapie anzusprechen; die beiden Damen würden begeistert sein über seine Bereitschaft zur unbequemen und durchaus schmerzhaften Selbstreflexion.

Der Schweiß lief dem Kommissar die Stirn hinunter und brannte in seinen Augen. Wie paralysiert starrte er auf die Sanduhr an der Wand, die sich einen Spaß mit ihm zu erlauben schien – sie ging immer langsamer! Die Siliziumkörner schienen jetzt einzeln und in Zeitlupe die Engstelle in der Mitte des Glases zu passieren, Rünz hatte das Gefühl, sie lachten ihn aus.

»Zehn Minuten? Bist du sicher?« Der Kommissar bemühte sich um einen unangestrengten Tonfall, obwohl seine Biodaten schon in den roten Bereich liefen.

»Drunter macht's keinen Sinn. Man soll schon richtig ins Schwitzen kommen«, murmelte Brecker, dessen massiger, tropfnasser Leib wie ein Buddha auf der Holzbank hockte.

»Und das tust du dir jede Woche an?«

»Sonst bringt es nichts«, knurrte Brecker.

»Seit wann machst du das? Hast mir nie davon erzählt.«

»Du redest wie meine Exfrau«, grollte Brecker.

»Was ist los mit dir?«, beharrte Rünz. Er hatte schließlich einen Auftrag, von *seiner* Frau. »Du kommst nicht mehr auf den Schießstand, wir haben uns seit zwei Monaten keinen mehr reingelötet im Rühmanns. Honeymoon mit Janine, oder was?«

»Alles bestens. Will einfach nur meine Ruhe haben. Und saufen ist schlecht für die Konzentration.«

»Worauf zum Teufel willst *du* dich konzentrieren? Bist doch bis jetzt ganz gut ohne viel Denken durchs Leben gekommen! Ah – ich verstehe. Du hast irgendeine neue Geschäftsidee!«

Rünz war nachgerade euphorisiert von der Vorstellung, sein Schwager könnte ihm mal wieder eine haarsträubende Geldvermehrungsstrategie vorstellen. Normalerweise hasste er Breckers infantile Businesspläne, aber hier und jetzt hätte er sie als beruhigendes Stück Normalität empfunden. Aber Brecker saß einfach nur stoisch da und schwieg. Die Sauna füllte sich langsam, bald saßen sie Handtuch an Handtuch wie die Hühner auf der Stange.

»Was wollen die auf einmal alle hier?«, fragte Rünz.

»In zwei Minuten ist Aufguss«, grummelte Brecker. »Den nehmen wir noch mit.«

Rünz atmete auf. Aufguss – das klang gut. Nach Erfrischung und Abkühlung. Endlich, er war physisch bereits am Anschlag. Eigentlich eine archaische Methode, einen Ofen mit Wasser abzukühlen, dachte Rünz. Aber der Zweck heiligte die Mittel. Jetzt verstand er auch, warum sich die ganzen Weicheier erst kurz vor dem Aufguss in die Schwitzkammer trauten. Nur die Härtesten – wie er und Brecker – hielten es ohne Aufguss hier aus.

Auf dem obersten Rang saß er mit seinem Schwager, und bevor er ernsthaft in Erwägung ziehen konnte, schon mal in kühlere Regionen abzusteigen, war die Holzbude so voll mit nackten Leibern, dass er sich überhaupt nicht mehr bewegen konnte. Als Letzter betrat der Saunameister mit einem hölzernen Eimer und einer Schöpfkelle den Raum. Er trug als Einziger Arbeitskleidung – ein Handtuch um die Hüften – und rührte mit der Kelle eine undefinierbare Flüssigkeit in seinem Kübel um. Was Rünz verstörte, ja beunruhigte, war die Tatsache, dass dieser untersetzte Mann dünne weiße Handschuhe an den Händen und einen großen, asiatischen Fächer unter dem Arm trug. Er wirkte ein wenig wie eine Tunte, die sich in einen Swingerclub verlaufen hatte.

»Verdammt, Klaus«, flüsterte Rünz seinem Schwager zu. »Sind wir hier in so einem SM-Tuntenclub gelandet? Sag mir jetzt bitte nicht, du gibst draußen auf der Straße seit zwanzig Jahren den knallharten Dirty Harry und lässt dir abends hier im Darkroom die Rosette pudern.«

»Mach dich locker«, grunzte Brecker. »Entspann dich.«

Der Saunameister legte seine Utensilien ab und

wandte sich an sein Publikum. »Ich wünsche Ihnen einen wunderschönen guten Abend, herzlich willkommen im Jugendstilbad Darmstadt. Mein Name ist Herbert Knöppke, ich werde Ihnen heute Abend einen Aufguss mit Sandelholz-Limonen-Extrakt bereiten. Sollte jemand während des Aufgusses Kreislaufprobleme bekommen und die Sauna früher verlassen wollen, bitte ich rechtzeitig um Handzeichen.«

Gott, das war ja schlimmer als im ICE. Wahrscheinlich hatten sie hier so einen Reformer wie Hoven als Geschäftsführer, der den ganzen Laden gnadenlos auf Kunden- und Serviceorientierung bürstete. Rünz hatte im Laufe der Jahre eine ausgewachsene Aversion gegen diesen Dienstleistungsterror entwickelt, er freute sich inzwischen über jedes Darmstädter Einzelhandelsgeschäft, in dem er muffig und unfreundlich abserviert wurde. Er beschloss einmal mehr, die Sache von der komischen Seite anzugehen.

»Sag mal, hast du nicht dein Handtäschchen draußen vergessen?«, rief er dem Saunameister zu. Der Erfolg war durchschlagend, er hatte die Lacher auf seiner Seite. Der Meister lächelte gequält und versuchte, gute Miene zum bösen Spiel zu machen. Der Kommissar trat nach. »Was hast du eigentlich mit den Latexhandschuhen vor, ich war doch gerade erst beim Urologen!«

Jetzt kam richtig Stimmung auf in der Bude. Aber was war mit Brecker los? Normalerweise sprang er auf solche Späße sofort an und setzte in der Regel noch ordentlich eins drauf – aber er saß nur regungslos und gedankenverloren da, starrte auf die Holzplanken und ließ den Schweiß von seinem Kinn tropfen.

Rünz' Temperaturhaushalt war zwar längst am Limit, aber in wenigen Sekunden würde der beleidigte Meister aus dem Holzzuber sicher kaltes Wasser über die heißen Ofensteine gießen, und die paar Sekunden bis zur Abkühlung würde er noch durchhalten. Jetzt, wo gerade etwas familiäre Atmosphäre aufkam. Vielleicht würde er doch öfter mal reinschauen.

Dann verteilte Herr Knöppke die ersten Kellen Wasser über dem Höllenofen, und der Kommissar erhielt eine äußerst schmerzhafte Nachhilfestunde in Mittelstufenphysik: Wasser + Hitze = Wasserdampf. *Heißer* Wasserdampf. Die Glutwolke traf ihn wie ein pyroklastischer Strom, ein feuriger Faustschlag, er fühlte sich, als würde ihn der tote Ober-Ramstädter Schlosser posthum mit dem Gesicht in die glühenden Kohlen seiner Esse drücken. In wenigen Sekunden würden sich sein Gesicht und sein ganzer Oberkörper in eine einzige, großflächige Brandblase verwandeln, dessen war er sich sicher. War er der Einzige, der diesen höllischen Schmerz empfand? Warum schrie niemand um Hilfe, warum legte niemand diesem Folterknecht sein Handwerk? Er jedenfalls würde sich diese Tortur nicht gefallen lassen. Recht und Ordnung würde er wiederherstellen.

Brecker schien seine Gedanken zu erraten. »Halt's Maul und bleib sitzen«, knurrte er, und seine Stimme war keine Einladung zum Widerspruch.

Für den gekränkten Zeremonienmeister schlug nun die Stunde der Rache. Knöppke goss eine zweite Ladung nach, spreizte seinen orientalischen Fächer auf und befeuerte die Konvektionsströme über dem Dampfkochtopf mit weit ausladenden Armschwüngen in Richtung auf die Gäste. Und dem südhessischen Polizeihauptkommissar, dessen Herzmuskel längst irgendwo im kardiologischen Niemandsland zwischen Kammerflimmern und Nulllinie zuckte, widmete er sich mit besonderer Hingabe, ein sardonisches Lächeln auf den Lippen. Rünz lächelte zurück, so gottergeben und entspannt, wie nur ein Totgeweihter lächeln konnte, der sein Ende akzeptiert hatte.

Wie jedes Fegefeuer hatte auch dieses nach einer halben Ewigkeit ein Ende. Der Saunameister packte seine Folterinstrumente zusammen, verließ die Kammer und hinter ihm stürzten alle Schwitzer wie eine amorphe Masse aus Kochfleisch ins Freie. Alle – bis auf einen leptosomen südhessischen Polizeihauptkommissar und seinen massigen Schwager. Rünz konnte durch die Glastür sehen, wie die schweißnassen, nackten Körper in der kühlen Abendluft dampften. Vor wenigen Minuten noch hätte er die Glücklichen beneidet, jetzt war sein Leidensdruck plötzlich wie weggeblasen – die körpereigenen Flüssigkeitsspeicher waren erschöpft und das vegetative Nervensystem versuchte gar nicht mehr, so etwas wie einen vernünftigen Temperaturhaushalt aufrechtzuhalten. Die Hitze fraß sich längst von seiner Haut in die tieferen Körperzonen, wie die Sonne in die glühende Oberfläche des Merkur. Rünz nahm die Marter tapfer und ergeben hin – als Auszeichnung. Jesus hatte auf dem Kreuzweg ja auch nicht nach halber Strecke auf einer Parkbank haltgemacht und ein Knoppers ausgepackt.

Außerdem war es längst eine Frage der Ehre, denn Brecker machte keine Anstalten, aufzustehen. Was sein Schwager konnte, schaffte er schon lange. Wenn Rünz denn das Zeitliche segnen musste, dann erhobenen Hauptes im Feld der Ehre, und nicht auf der Flucht wie ein räudiger Hund. Er lehnte sich demonstrativ entspannt zurück, verbrannte sich prompt an der brandheißen hölzernen Lehne den Rücken und unterdrückte einen Schmerzensschrei. Nur nichts anmerken lassen, dem Gegner nie die eigene Verfassung offenbaren. Wie im Boxring. Brecker bewegte sich keinen Millimeter, sonderte einfach nur unglaubliche Mengen Flüssigkeit ab. Unvermittelt regte sich ein Rest Überlebenswille in Rünz, er hatte eine geniale Idee, wie er dieses dämliche Schwitzduell ohne Gesichtsverlust überleben konnte.

»Muss mal schnell pinkeln, bin gleich wieder da«, sagte er, um eine beiläufige und entspannte Stimme bemüht. Beide Hände rechts und links auf die Holzbank gestützt, versuchte er, seinen ausgetrockneten, fast schon mumifizierten Körper in die Senkrechte zu bringen, als er Breckers bratpfannengroße Pranke auf dem Oberschenkel spürte, die ihn mit Nachdruck zurück auf die Planken presste. Sein Schwager bewegte sich zum ersten Mal, seit sie Platz genommen hatten, er drehte den Kopf zu Rünz und schaute ihn an. Mein Gott, dachte Rünz, diese Augen. Er hat richtige Schweinsritzen, wie weiland Franz Josef Strauß. Diesen feisten, fleischigen, brutalen und gnadenlosen Killerblick eines CSU-Ortsvorstehers beim Anstich im Altöttinger Bierzelt.

»Warum ist dein Assistent hinter mir her?«, fragte Brecker.

Rünz' Hirnmasse hatte sich längst in einen proteinreichen Eintopf verwandelt, der in seiner Schädelkalotte hin und her schwappte – er hatte alle Mühe, noch einen klaren Gedanken zusammenzubringen. Niemand schickte Wedel hinter Brecker her. Eine absurde Idee. War Brecker auch schon nahe am thermischen Totalausfall?

»Was erzählst du da für einen Scheiß, bist du noch ganz dicht? Und nimm deine verdammte Pratze von meinem Bein, ich könnte schwanger werden.«

Brecker grub seine Fingerspitzen in Rünz' dünne Oberschenkel, es fühlte sich an, als steckte sein Bein in einem riesigen stählernen Schraubstock.

»Verarsch mich nicht, Karl. Du bist mein bester Freund, aber versuch nicht, mich zu verarschen.«

Breckers letzte Worte hatte Rünz nur noch als verzerrtes und schwaches Echo wahrgenommen, kurz bevor er das Bewusstsein verlor. Als er wieder zu sich kam, lag er auf dem Rücken, die Sicht war völlig verschwommen, als würde er durch eine Mauer aus Glasbausteinen schauen. Jemand schien seine Beine anzuheben. Eine Fratze schwebte direkt über seinem Gesicht, beängstigend und grotesk verzogen. Zwei Finger schoben sein rechtes Augenlid nach oben, dann spürte er weitere Fingerkuppen unter seinem rechten Ohr. Ein bunter Papagei flog ihm immer wieder dicht über das Gesicht und blies ihm mit seinen Flügeln wohltuend kühle Luftzüge um die Nase.

»Der wird wieder«, sagte der Zyklop über ihm. »Nur ein kleiner Schwächeanfall. Riskiert eine ganz schön große Klappe für einen Anfänger.«

Rünz hörte Gelächter. Sein Blick wurde allmählich klarer. Er erkannte den Saunameister, der sich mit dem Fächer über ihn beugte, und ringsherum einen Wald von nackten Beinen, stämmige, aufgeschwemmte Säulen mit dicken, violetten Krampfadergeflechten, behaarte dürre Stelzen, durchtrainierte, glatt rasierte und solariumgebräunte Sportlerwaden. Sein Blick wanderte höher bis unter die Handtücher, die sich die Saunagänger um die Hüften geschlungen hatten. Er hatte von seiner Position aus einen hervorragenden Blick auf eine bunte Auswahl an Fortpflanzungsorganen – die Gemächte der Männer starrten ihn an wie die Gesichter von Nasenbären mit bärtigen, aufgeblasenen Backen. Nur Breckers Gurke konnte er nicht entdecken.

23

An Wedels Computer kam er ohne Passwort nicht ran, also musste er hoffen, etwas Schriftliches zu finden. Wenn Brecker recht hatte, und Wedel irgendein Süppchen hinter seinem Rücken kochte, würde er einen Hinweis finden. Und nach 23:00 Uhr war die Wahrscheinlichkeit gering, von einem Mitarbeiter dabei erwischt zu werden, wie er den Arbeitsplatz seines Assistenten durchsuchte.

In der Rechten hielt Rünz eine offene Anderthalb-Liter-Flasche stilles Mineralwasser, die er sich auf dem Rückweg vom Jugendstilbad knapp vor dem Exitus durch Dehydrierung an der ARAL-Tankstelle in der Nieder-Ramstädter-Straße gekauft hatte, mit der Linken wühlte er in dem Rollcontainer unter Wedels Schreibtisch herum. Flex, Muscle & Fitness, Men's Workout, VW Speed, Custom Car, X-treme Tuning, Kicker, Elf Freunde, PlayZone, GamePro, PC Action, dazu Proteinpulver, eine SV98-Schirmmütze und ein Sechserpack Red Bull – mit Wedels Vorratskammer hätte man einen mittelgroßen deutschen Bahnhofskiosk ordentlich bestücken können. Rünz' Assistent bewahrte in seinem Container nichts auf, was nur entfernt mit Arbeit zu tun hatte. Der Kommissar versuchte, sich in seinen Gehilfen hineinzuversetzen. Wo würde Wedel Unterlagen aufbewahren, die sein Chef auf keinen Fall sehen durfte? Klar, mitten auf dem Schreibtisch. Nicht aus besonderer Raffinesse, sondern aus Gedankenlosigkeit. Wedel war einfach außerstande, sich länger als ein paar Minuten diszipliniert und konzentriert mit einem Thema zu befassen, das nicht mit Tuning, Bodybuilding oder Fußball zu tun hatte. Außerdem hätte er sich für eine Unterbringung im Container aus Platzgründen von einigen seiner Magazine trennen müssen – unzumutbar. Zwei Minuten später hatte Rünz die Mappe in der Hand.

Ein dicker roter Stempel hatte das Wort ›confidential‹ auf die Pappe gebügelt – das fing ja schon mal gut an. Seit Hoven im Präsidium das Sagen hatte, waren ›Verschlusssachen‹ immer ›confidential‹, das klang irgendwie spektakulärer und internationaler. Das Deckblatt – eine Notiz von Hoven, ohne Datum, ohne Unterschrift, aber an der Handschrift eindeutig erkennbar.

Bitte diskret und zügig in Ordnung bringen!

In der Mappe waren keine weiteren Aufzeichnungen über Absprachen zwischen Hoven, der Staatsanwältin und Wedel – wenn die drei heimlich kooperierten, hatten sie die Korrespondenz über Mail und Telefon abgewickelt. Nein, alle Unterlagen hinter Hovens Merkzettel in dem zwei Zentimeter dicken Papierstapel waren in englischer Sprache geschrieben. Rünz stöhnte auf. Bei jedem verdammten Fall, den er in den letzten vier Jahren bearbeitet hatte, war er mit dieser verdammten Sprache konfrontiert worden. Irgendwann würde er sie lernen müssen. Vielleicht meldete er sich gleich in Kevins Grundschule an.

Er nahm die Mappe mit an seinen Arbeitsplatz, startete seinen PC, tippte im Browser ›www.leo.org‹ ein und nahm den Kampf auf. Eine halbe Stunde später hatte er zumindest den Sinn des ersten Dokumentes erfasst – eine Anfrage des U.S. Customs Service an die Bundeszollverwaltung, mit der Bitte, Inhalt und Empfänger eines Seecontainers zu identifizieren, der am 3. Oktober den Hafen von Los Angeles auf einem Frachter der Mærsk Line mit Destination Bremerhaven verlassen hatte.

Die Neugier hatte ihn gepackt, Rünz kämpfte sich weiter durch die Unterlagen, ein Konvolut von ausgedrucktem Mailverkehr, Aktennotizen über Telefongespräche, Gesprächs- und Verhörprotokollen und schriftlicher Korrespondenz. Die Beteiligten: Das Eagle County Sheriff-Büro im US-Bundesstaat Colorado, die US-Zollbehörde, US Homeland Security, das Air Combat Command der US Air Force und FBI-Division in Denver, Colorado. Warum schickten die Amerikaner einen so detaillierten Report als Anhang an ein simples Ersuchen um Amtshilfe? Wahrscheinlich hatte eine übereifrige Mitarbeiterin der US-Zollbehörde bei der Mailanfrage die gesamte fallbezogene Korrespondenz angehängt, und eine nicht minder akkurate Kollegin der Bundeszollverwaltung hatte die knapp einhundert Seiten brav ausgedruckt und weitergeleitet. Rünz brauchte drei Stunden und unendlich viel Tipperei auf seinem Online-Übersetzer, um den Vorgang zumindest in groben Zügen zu erfassen.

Im April des Jahres 1997 war ein Kampfflugzeug der US Air Force aus ungeklärter Ursache in den Rocky-Mountains-Ausläufern in Colorado abgestürzt. Die Lokalisierung der Absturzstelle hatte Wochen gedauert, und bei der Bergung und Rekonstruktion des Wracks fehlten wichtige Teile der Bordbewaffnung. Die Suche nach diesen Teilen – die Akten gaben keine genauere Auskunft über die Art der Waffen – verlief ohne Erfolg. Die Air Force und die Bundesbehörden instruierten die lokalen Polizeistationen aller angrenzenden Counties, etwaige Hinweise auf den Verbleib der Wrackteile sofort weiterzuleiten. Dreizehn Jahre lang passierte überhaupt nichts, der Vorgang war einer unter vielen in den Aktenordnern des Sheriffbüros in Eagle, einer Kleinstadt dreißig Kilometer nordwestlich der Absturzstelle.

Am 30. September 2010 erschienen zwei Brüder, die in einer heruntergekommenen Farm einige Kilometer südöstlich von Eagle ihr ärmliches Dasein als Schrotthändler fristeten, in einer Kneipe in der Hauptstraße des Ortes, und begannen, sich zu betrinken und großzügig Lokalrunden zu spendieren. Aus dem kollektiven Besäufnis entwickelte sich eine Schlägerei, deren Teilnehmer den Rest der Nacht in zugigen Zellen verbrachten. Der County Sheriff nahm die beiden Initiatoren der Party am folgenden Tag genauer unter die Lupe und stellte erhebliche Mengen an Bargeld bei ihnen sicher, zu deren Herkunft die Brüder keine plausible Erklärung abgeben konnten. Auch eine Inspektion ihrer Farm, die im Wesentlichen aus einer Wohnbarracke und einem großen umzäunten Schrottplatz

bestand, ergab keine strafrechtlich relevanten Anhaltspunkte – von kleineren Umweltsünden wie Ölpfützen
mal abgesehen. Und da der Besitz von großen Summen
Bargeld in Colorado nicht unter Strafe stand, wäre der
Sheriff unverrichteter Dinge wieder abgezogen – hätte
er sich beim Wenden seines Einsatzwagens auf dem
Schrottgelände nicht ein Hinterrad an einem unvoll-
ständig vergrabenen Stahlstab aufgeschlitzt, der sich
letztendlich als Teil des Rudergestänges einer Fairchild-
Republic A10 Thunderbolt entpuppte.

Und damit kam plötzlich Dampf in die Sache, Rünz
übersetzte fieberhaft. County Sheriff an FBI, FBI an
Air Combat Command, Combat an Homeland Security – das Ganze las sich wie das Drehbuch zu einem
Hollywoodthriller. Der Kommissar überlegte, ob er
das Material irgendwie in seinem eigenen Thriller verwenden konnte.

Auf der Farm der beiden Brüder wurde jede Ölwanne,
jede verrostete Stahlfelge umgedreht und untersucht.
Außer dem Rudergestänge fanden die Ermittler Teile
der Cockpit-Instrumentierung und eine Handvoll
Schaufeln aus den Verdichterstufen der Triebwerke.
Keine üppige Ausbeute, aber ein eindeutiger Beleg, dass
mindestens einer der beiden vor den Bergungskräften
an der Absturzstelle war. Die Brüder gaben sich in den
Vernehmungen verschlossen und wortkarg, sie besaßen
weder einen Computer noch Mobil- oder Festnetzte-
lefone, geschweige denn ein Konto bei einem Geld-
institut. Auf einen der beiden war von 1995 bis zum
Jahr 2001 ein geländegängiger Ford F-350 Heavy Duty
Pick-up angemeldet. Nach den Rekonstruktionen der

FBI-Ermittler konnten die Brüder die zehn Kilometer südöstlich der Farm gelegene Absturzstelle zumindest in den ersten Tagen vor den schweren Schneefällen und dem verheerenden Bergrutsch mit dem Fahrzeug theoretisch erreichen.

Einer der Ermittler stutzte, als er bei der Wohnungsdurchsuchung auf einen Mahnbescheid der kleinen öffentlichen Bibliothek in Eagle stieß. Die beiden Verdächtigen waren mit der Rückgabe zweier Werke im Verzug, die so gar nicht zu ihnen passten – Shakespeares ›As you like it‹ und Dantes ›Inferno‹. Recherchen in der Bücherei ergaben, dass einer der Brüder erst drei Monate zuvor seinen Leseausweis beantragt hatte, das bibliophile Angebot dann für vier Wochen fast täglich genutzt hatte. Seine Leihliste offenbarte einen wirren, unzusammenhängenden Schnelldurchgang durch die Klassiker der Weltliteratur. Die Bücher verband nur eine offensichtliche Gemeinsamkeit – alle Werke standen im Lesesaal der Bibliothek in einem Regal, direkt hinter den beiden PC-Terminals, die Bibliothekskunden einen Zugang zum Internet ermöglichten.

24

»Ich finde, Sie sind parteiisch«, sagte Rünz. Die Paartherapeutin strahlte ihn daraufhin an, als wäre Kritik an ihr die einzige zuverlässige Methode, sie zum Orgasmus zu bringen. Aber ihr Lächeln wirkte unecht, weil sie noch völlig verschlafen war und unmotiviert dreinschaute. Kein Wunder, welcher Mensch wollte sich auch schon morgens um sieben Uhr mit den Beziehungsproblemen seiner Zeitgenossen beschäftigen. Rünz hatte auf der dauerhaften Terminverlegung bestanden, ja mit Abbruch der Sitzungen gedroht, um seine Forderung durchzusetzen. Im Nachhinein hatte sich die Umstellung als goldener Schachzug erwiesen, die beiden Damen waren in den frühen Morgenstunden in der Regel noch so schlaftrunken, dass ihnen die Energie fehlte, ihm richtig auf die Nerven zu gehen. Die Psychologin unterdrückte ein Gähnen und riss sich zusammen, um auf Rünz' Vorwürfe zu reagieren.

»Also, zunächst einmal möchte ich Ihnen sagen, wie toll ich das finde, wie Sie hier ganz offen Ihre Kritik und Unzufriedenheit über unsere gemeinsame Arbeit artikulieren, Herr Rünz. Könnten Sie vielleicht noch etwas präziser herausarbeiten, wie dieser Eindruck der Parteilichkeit bei Ihnen entstanden ist?«

Gut pariert, dachte Rünz. Die Dame war nicht zu unterschätzen. Jetzt wollte sie ihm zwischen den Zeilen gleich wieder eine Projektion in die Schuhe schieben, so tun, als wäre sie ein Neutrum, ein unbeschriebenes Blatt, an dem er seine Neurosen abarbeitete. Aber mit mir nicht, dachte Rünz. Ich habe dich am Wickel. Jetzt ist Schluss mit Frauensoli. Kaiser Karl schlägt das Heer der Kampfamazonen in die Flucht.

»Na ja, meine Frau will, dass ich mir mit ihr dieses komische Dalai Lama in der Commerzbank-Arena anschaue, und mir geht dieses Grinsgesicht am Arsch – ähm – ich meine, der geistige Führer des tibetischen Volkes steht auf der Prioritätenliste meiner persönlichen Interessen derzeit nicht ganz oben, eher so auf Platz zwei. Oder drei. Und Sie? Sie machen sich zur Erfüllungsgehilfin meiner Frau und versuchen, mich zu diesem Besuch zu überreden. Eigentlich sollten Sie doch unparteiisch sein und vermitteln!«

»Aber finden Sie es nicht interessant, Ihren inneren Widerstand gegen diesen Besuch genauer zu hinterfragen?«

»Ach«, stieß er triumphierend aus. »Finden *Sie* es nicht interessant, die Motivation meiner Frau *für* diesen gemeinsamen Besuch genauer zu hinterfragen?«

Touché. Er hatte die Psychologin mit eiskaltem, messerscharfem Intellekt in die Knie gezwungen. Rünz grinste sie selbstgefällig an und schaute dann demonstrativ mit einem hoffentlich-kann-ich-mich-bald-mit-Wichtigerem-beschäftigen-Blick auf seine Armbanduhr. Ein schöner Start in den Tag, jetzt konnte er es gar nicht mehr erwarten, Wedel ins Kreuzverhör zu nehmen.

»Hm«, machte die Therapeutin. Das war ihr Dauerbrenner, ein Laut, der aufgewecktes, vorurteilsfreies Interesse suggerieren sollte. Aber diesmal klang ihr ›hm‹ einfach nur verzweifelt.

»Hm – ich glaube, in dieser Frage stecken wir im Moment ein wenig in einer Sackgasse, aus der wir nicht so recht herauskommen. Lassen Sie uns vor dem Ende unserer Sitzung noch ein Thema ansprechen, auf das ich besonders neugierig bin. Wie war denn das Ergebnis Ihres Tests, Frau Rünz?«

Test? Was für ein Test? Die Psychologin strahlte seine Frau an, als hätten die beiden ein Kind miteinander gezeugt – Rünz erstarrte vor Schreck über seine Assoziation, er erinnerte sich blitzartig an das Frühstücksgespräch mit seiner Frau, das seltsame weiße Stäbchen, mit dem sie herumgefuchtelt hatte, ihr Gerede über Hormonveränderungen. Der Kommissar spürte Panik, Hitzewellen und Schüttelfrostattacken überspülten ihn in schneller Folge. War *er* jetzt plötzlich in den Wechseljahren? Er drehte den Kopf zu seiner Frau, die sprachlos, wie versteinert, die Therapeutin anstarrte

»Ach, Sie haben mit Ihrem Mann noch gar nicht …«, stammelte die Therapeutin.

»MOOOOOOOMENT – Time-out!«, rief Rünz und legte die Handfläche der Rechten auf die hochgestellten Fingerspitzen der Linken. Dann, an seine Frau gewandt: »Willst du mir damit sagen, dieser Test neulich beim Frühstück, das war so ein, na so ein – du weißt schon, was ich meine …« Er brachte das Wort ›Schwangerschaftstest‹ nicht heraus, als könnte seine Frau alleine durch die Aussprache auf magische Art und Weise befruchtet werden.

»Sorry«, versuchte die Therapeutin zu schlichten. »Vielleicht sollten Sie beide dieses Thema erst mal untereinander …«

»BIST DU JETZT VÖLLIG DURCHGE-
KNALLT?«, unterbrach Rünz wutentbrannt. »Du
kannst doch nicht einfach die Pille absetzen! Du bist
zweiundvierzig – eine Schwangerschaft wird dich
umbringen!« Er war hochgradig erregt, saß ganz vorne
auf der Stuhlkante.

»Diese Behauptung halte ich für etwas übertrieben«,
sagte seine Frau. »Es gibt durchaus Frauen, die Schwan-
gerschaften mit Anfang vierzig überleben. Im Übrigen
habe ich keine Ahnung, von welcher Pille du sprichst.«

»Willst du jetzt behaupten, du hättest nie verhütet,
seit wir uns kennen?«

»Ich weiß nur, dass wir nie über Verhütung gesprochen haben. Worauf du dich immer stillschweigend verlassen hast, ist nicht meine Angelegenheit.«

»Verdammt, jetzt sagen Sie doch auch mal was«,
zischte er die Paartherapeutin verzweifelt an. Es war
das erste Mal seit Beginn der Therapie, dass er sie um
Unterstützung ersuchte. »So kann man doch in einer
Ehe kein Vertrauen aufbauen.«

»Haben *Sie* denn verhütet, seit Sie sich kennen?«,
fragte die Psychologin ihn. Die Hexe hatte schon wieder Oberwasser. Verdammte Frauensoli. *Den* nächsten
Therapeuten würde er aussuchen.

»Also das ist ja nun wirklich keine Männersache.
Könnte ich jetzt bitte das Testergebnis erfahren?«

»Negativ«, warf seine Frau trocken ein.

»VERDAMMT, ICH HABE ABER EIN RECHT
DRAUF«, brüllte Rünz.

»Ich glaube, Ihre Frau hat Ihnen das Ergebnis gerade
mitgeteilt«, sagte die Therapeutin.

»Sie meinen, negativ im Sinne von …«, er schaute sekundenlang verdutzt drein, seine Hirnzellen arbeiteten auf Hochtouren, »… im Sinne von ›Negativ für eine Frau, die sich ein Kind wünscht‹? Also eigentlich *positiv*?«

»Oder vielleicht negativ für einen Mann, der sich *kein* Kind wünscht«, orakelte seine Frau und blickte beleidigt an die Zimmerdecke.

»Kann hier vielleicht endlich mal jemand Klartext mit mir reden?«, jammerte Rünz.

»Ihre Frau hat Sie eben wissen lassen, dass Sie *nicht* schwanger ist«, klärte die Psychologin die Lage.

Rünz ließ sich breit grinsend in seinen Stuhl zurückfallen. »Na, dann ist doch alles knusper«, seufzte er erleichtert. »Mensch, du hast mir vielleicht Angst gemacht, Karin. Also wirklich. Einen alten Kommissar so zu erschrecken.« Er wackelte in spielerischem Tadel vor ihrem Gesicht mit dem Zeigefinger. »Hast mich ganz schön drangekriegt! So, ich muss jetzt ins Präsidium. Und heute Abend zischen wir einen Piccolo auf den Schreck, Schätzchen.«

Er kniff ihr neckisch wie einem Kind mit den Fingerknöcheln in die Wange. Dann stand er auf, steckte sich das Hemd wieder ordentlich in den Hosenbund und schaute noch mal kurz auf die Uhr. »Die letzten fünf Minuten brauchen Sie uns nicht von der Rechnung abziehen«, sagte er zu der Therapeutin. »Das geht schon in Ordnung – Sie sind doch sicher froh, wenn Sie noch etwas Schlaf nachholen können …«

Die beiden Frauen blieben einfach sitzen.

»Und?«, fragte ihn seine Gattin.

»Was ›und‹?«

»Wirst du jetzt nicht mehr mit mir ins Bett gehen?«

»Na ja, seit ich weiß, das du etwas lax umgehst mit der Verhütung …«

»Ach, während der Herr der Schöpfung in den letzten zwanzig Jahren beim Poppen ausschließlich an Verhütung gedacht hat! Ist es das, was du sagen willst?«

»Jetzt reg dich doch nicht gleich auf, hat doch all die Jahre wunderbar funktioniert!«

»*Was* hat funktioniert?«, insistierte seine Frau.

»Wir hatten unseren Spaß, und du bist nicht schwanger geworden.«

Er seufzte resigniert und ließ sich wieder auf den Stuhl fallen. Also doch kein Hitzefrei. »Aber müssen wir das jetzt vor ihr bequatschen?« Er nickte mit dem Kopf in Richtung der Therapeutin, die den Dialog aufmerksam verfolgte.

»Vor wem sonst?«, fragte seine Frau. »Hast du eigentlich eine blasse Ahnung, was der ursprüngliche Sinn von Sex ist?«

»Klar! Ein bisschen Ablenkung vor dem Spätfilm. Sich die Wartezeit verkürzen.«

»Sex dient eigentlich der Fortpflanzung«, belehrte ihn seine Frau.

»Ich bitte dich«, konterte er. »Wir haben auch Beine zum Laufen, aber kein vernünftiger Mensch käme deswegen auf die Idee, morgens zum Bäcker zu *gehen*. Es gibt schließlich Autos.«

25

Der Kommissar ließ seinen Assistenten schmoren, schwieg beharrlich und stopfte sich provozierend langsam Maultaschen in den Mund. Die Teigwaren hatten jedenfalls die Form von Maultaschen, ihr Geschmack hingegen war weit davon entfernt. Die Kantinenküche hatte dank Hovens Initiative einen neuen Pächter, der seinen Part an der Agenda 2020 zügig umsetzte. Er servierte schlechteres Essen in kleineren Portionen auf größeren Tellern zu höheren Preisen und unter neuen, ambitionierten Namen – eine Nudelsuppe hieß jetzt ›Pasta in brodo‹, und die gute alte Hausmannskost kam stets mit dem Zusatz ›à la bourgeoise‹ daher. Der Chef de Cuisine stellte sich gerne selbst mal an die Essensausgabe und kredenzte den Mitarbeitern die kümmerliche Kost mit großer Grandezza und persönlicher Ansprache. Unter ›Prego, Signore‹ lief da gar nichts. Und Kritik an seinen Erzeugnissen schien ihn nur zu bestätigen, denn er war eigentlich zu Höherem berufen. Dem gemeinen Volk konnten und durften seine Kreationen nicht schmecken. Auf seinem Gebiet war er ein perfekter Wiedergänger Hovens; er kompensierte Inkompetenz durch Selbstbewusstsein und den unbedingten Willen zum großen Auftritt. Aber seit Brecker sich kaum noch in der Kantine blicken ließ, hatten die Mittagspausen ohnehin an Reiz verloren.

Wedel saß ihm gegenüber, sein Teller war längst leer gegessen, er schlürfte an seinem isotonischen Energydrink, rutschte unruhig auf seinem Stuhl hin und her und kratzte sich nervös an seinen aufgepumpten Oberarmen herum. Der riecht förmlich nach schlechtem Gewissen, dachte Rünz. Den lass ich noch ein wenig braten. Er schaute stoisch an seinem Assistenten vorbei und starrte eine der gusseisernen Figuren an, die seit zwei Wochen das Präsidium schmückten. Hoven hatte mal wieder eine Vernissage organisiert. Agenda 2020, Kapitel Kunst. Sicher hatte Hoven den jungen Bildhauer in der Rankingtabelle irgendeines Kunstmagazins entdeckt – der aufstrebende It-Boy der Szene. Überhaupt liebte Hoven alles, was sich durch Punktsysteme und Rankings vergleichen, validieren und evaluieren ließ. Er verließ sich in allen privaten und beruflichen Angelegenheiten auf professionelle Beratung – wenn er gut essen gehen wollte, schaute er im Guide Michelin nach. Verlangte sein Weinkeller nach Nachschub, konsultierte er Robert Parkers Wein-Guide. Sein Verhältnis zu den schönen Dingen des Lebens war typisch für Businessmenschen – dicke Brieftaschen und dünne Kennerschaft.

Sah Rünz da richtig? Hatte tatsächlich einer der Kollegen mit einer zwischen den Oberschenkeln eingeklemmten Banane den Genitalbereich eines Eisenberserkers etwas herausmodelliert? Gewundert hätte es ihn nicht. Die Mitarbeiterinnen und Mitarbeiter des Präsidiums hatten eine unbefangene, bisweilen hemdsärmelig-praktische Art des Umgangs mit den Ausstellungsstücken. Die abstrakten Installationen in den Fluren dienten bald als Jacken- und Schirmständer, an animierten Mobiles hingen Zettel mit privaten Verkaufsangeboten für Kinderwagen und Tischtennisplatten. Auf und an sämtlichen Bildern und Skulpturen wurden – sofern die Darstellungen Menschen zumindest ähnelten – Genitalien ergänzt oder, waren diese bereits angedeutet, exorbitant vergrößert. Für die Gemälde reichte meist ein dicker Edding, bei den figürlichen Darstellungen, wie hier in der Kantine, war mehr Fantasie gefragt. Hoven empfand diese Verunstaltungen nicht als Affront, er goutierte sie, verbuchte diese pubertäre Form der Kunstaneignung als vollen Erfolg seines Ausstellungskonzeptes und sprach von ›gelungener Integration in die Arbeitswelt‹. Denn seit Hoven zum Verkünder der neuen Ganzheitlichkeit mutiert war, standen alle Schleusen offen, alles war möglich. Ermittlungsarbeit, Nachhaltigkeit, Klimaschutz, Kunst – alles hatte mit allem zu tun, ein großes harmonisches Kontinuum. Ein Leben als permanente Grenzüberschreitung. Wenn er hier im Präsidium schon Vernissagen veranstaltete, warum betreuten sie dann nicht auch noch Kleinkinder oder lasen sich gegenseitig Gedichte vor?

»Was ist eigentlich bei dieser Sache mit dem Reifenprofil rausgekommen?«, schoss Rünz ohne Vorwarnung aus der Hüfte, schmatzend, den Blick weiter starr auf die erigierte Banane geheftet.

»Wir haben in einem Umkreis von vierzig Kilometern zweiunddreißig Fahrzeughalter, deren Autos mit dieser Bereifung ausgestattet sind …«

»Wie viele davon in der Stadt Darmstadt und im Landkreis?«

»Keine Ahnung, sechs oder sieben, habe die Zahlen jetzt nicht im Kopf …«

»Hast du die schon durchgecheckt?«

»Nicht alle, ich dachte, ich arbeite die alphabetisch ab ...«

»Und? Schon bei B angekommen?«

Wedel reagierte nicht.

»Das größte Schwein im ganzen Land – ist und bleibt der Denunziant«, säuselte der Kommissar leise, zur Titelmelodie seiner Lieblingsserie ›Walker, Texas Ranger‹, weil ihm gerade keine bessere einfiel.

In Wedel schien es langsam zu rumoren.

»Wie stellst du dir eigentlich deine Zukunft hier im Präsidium vor, Ansgar? Was hältst du von der Dienstaufsicht, die suchen immer nach Typen, die gerne Kollegen hinterherspionieren.«

Wedel kam langsam aus der Reserve. »Das sagt genau der Richtige. Sieht vielleicht nicht danach aus, aber in meinem Rolli herrscht normalerweise eine gewisse Ordnung«, sagte er vorwurfsvoll.

»Sorry, wenn ich da was durcheinandergebracht habe. Aber dann brauchen wir ja nicht lange rumzueiern«, verkündete Rünz. »Was du mit der Behrens oder Hoven vereinbart hast, ist mir scheißegal. Ich will wissen, welche Verbindung Brecker zu diesen Schrotthändlern in Colorado hat, welche Verbindung er zu dem toten Schlosser hat und welche Verbindung der tote Schlosser zu diesen Altmetallern in Colorado hat.«

Wedel erzählte ihm in knappen Sätzen von der Profiluntersuchung und der Szene bei der Spedition, ohne die schmerzhaften Läsionen an seinem Scirocco zu erwähnen. Und er gab einige Informationen preis, die Rünz in den Unterlagen nicht gefunden hatte: über verschlüsselten Mailverkehr zwischen Breckers privatem Account und den beiden PCs in der öffentlichen Leihbibliothek in Eagle, der sich über zwei Monate hingezogen hatte.

»Das heißt, den Container haben diese beiden Cowboys an Brecker adressiert?«

»Adressat war eine ›D-Fense GmbH‹, die steht erst seit knapp vier Monaten im Handelsregister. Firmensitz ist die Borsdorffstraße 40 in Kranichstein. Ein Altenheim. Und alleinige Gesellschafterin der GmbH ist Johanna Brecker, die Mutter deines Kumpels.«

Rünz verschluckte sich fast am letzten Maultaschenzipfel und musste heftig husten, bevor er weiterreden konnte. Lebte der Vater des toten Schlossers nicht auch in einem Altersheim in Kranichstein? Hatten sich Brecker und der Schlosser da vielleicht kennengelernt?

»Was war in diesem Container? Was hat Brecker da abgeholt in der Spedition?«, fragte Rünz.

»Wir wissen nichts Genaues«, sagte Wedel. ›Wir‹ – wen meinte er damit? Sich und die Staatsanwältin? Auf diese jungen Stecher musste man aufpassen wie auf Kampfhunde, sonst überholten sie einen in der Innenkurve. Wedel fingerte ein kompaktes Netbook aus der Umhängetasche, die über seiner Stuhllehne hing. Diese Berufsjugendlichen liefen ständig mit Umhängetaschen herum. Wedel startete das Maschinchen und drehte den Monitor zu Rünz.

»Das hier sind die Fotos, die ich vom Inhalt des Containers gemacht habe …« Er langte am Monitor vorbei auf die Tastatur und drückte eine Tastenkombination, nach deren Eingabe eine technische Explosionszeichnung auf dem Bildschirm erschien. Auf dem Stempelfeld sah Rünz das Logo des Konzerns General Electric. Es weckte unangenehme Erinnerungen in ihm, an eine Computertomografie im Alice-Hospital, an eine Diagnose, die ihn zwar erleichtert, aber nicht wirklich beruhigt hatte.

»… und diese Abbildung zeigt die GAU-8/A Avenger von General Electric, eine siebenläufige Gatling-Maschinenkanone im Kaliber 30 Millimeter, die Hauptbewaffnung der Fairchild-Republic A-10 Thunderbolt. Wenn man das Waffensystem komplett demontiert – Laufbündel, Munitionszuführung und -trommel, Antrieb –, ist das Ganze für den Laien nicht von irgendeiner x-beliebigen Produktionsmaschine zu unterscheiden, einem Extruder für die Kunststoffindustrie zum Beispiel. Sieh dir das an, die haben auf die Mündungen einfach Hydraulikschläuche draufgesetzt und mit Schlauchschellen festgezogen – so kommt keiner mehr auf die Idee, das könnten die Läufe einer Schusswaffe sein. Alles genial einfacher Fake, die perfekte Tarnung. Das Einzige, was in dem Container fehlte, war die Munitionstrommel.«

Rünz übernahm selbst das Kommando über die Tastatur und schaltete immer wieder hin und her zwischen den Fotos und den Konstruktionszeichnungen – Wedel hatte recht, jeder Zweifel war ausgeschlossen. Und diese Waffe war um einige Größenordnungen mächtiger als die zierliche Gatling, die er in der N24-Reportage gesehen hatte.

»Wie viel mag er für den Kram bezahlt haben?«, nuschelte Rünz, in Gedanken versunken.

»Kann ich dir sagen«, reagierte Wedel prompt. »Umgerechnet zweiundfünfzigtausend Euro. Er hat dafür zwei Lebensversicherungen gekündigt und eine Hypothek auf seine Eigentumswohnung aufgenommen.«

Verdammt, die hatten seinen Schwager jetzt schon komplett durchleuchtet. Da war was im Busch. Janine hatte wohl doch nicht übertrieben bei ihrer nächtlichen Krisendiskussion mit Karin.

»Das macht keinen Sinn«, sagte Rünz. »Brecker überweist doch nicht über fünfzigtausend Euro an irgendwelche Spinner in den USA, die ihm erzählen, sie hätten eine riesige Gatling im Kuhstall. Sie hätten ihm irgendeinen Schrott schicken können! So blöd kann nicht mal Klaus sein.«

»Du unterschätzt ihn, Karl.«

Karl. Verdammt, wie konnte er Wedel diese verfluchte Duzerei wieder abgewöhnen? Sie waren hier doch nicht in der Medienbranche oder beim Showbiz. Sein Assistent schien diese Aufwertung gegenüber seinem Vorgesetzten richtig auszukosten.

»Dein Schwager hat das ziemlich professionell abgewickelt, über Dokumenten-Inkasso. Ist eine spezielle Zahlungsform im Außenhandel, mit einem Haufen Papierkram. Die Bank spielt da so eine Art Vermittlerrolle beim Import-Export. Der Vorteil: Der Exporteur kann sicher sein, dass er die Knete bekommt, wenn er das Zeug losgeschickt hat, und der Importeur kann sich drauf verlassen, dass nur gezahlt wird, wenn er die Ware vor der Haustür hat. Brecker ist kein Risiko eingegangen.«

»Okay«, sagte Rünz. »Nehmen wir mal an, die beiden Typen haben den Deal mit Brecker über das Internet angebahnt. Warum sitzen diese zwei Idioten dreizehn Jahre lang auf ihren Flugzeugteilen, bevor sie den Kram im Web anbieten?«

»Einer der beiden hat seit einem Jahr eine Zivilklage am Hals, Körperverletzung, ist im Suff passiert. Der Kläger hat bereits einen vollstreckbaren Titel in der Tasche, der die beiden Haus und Hof gekostet hätte. Die brauchten *dringend* Geld. Es passt also alles zusammen, uns fehlen nur noch ein paar Puzzlestücke. Warum hat der Schlosser keine Aufzeichnungen über Breckers Auftrag, warum wurden die Dateien über diese Lafette in der Nacht gelöscht, in der Brecker sie abholte, und warum ist der Schlosser in dieser Nacht gestorben? Ach ja – und was hat Brecker vor mit dieser Waffe?«

»Was heißt hier Breckers Auftrag? Welcher Auftrag? Und wieso ›Lafette‹?«

»Ich habe die Zeichnungen verglichen, die Dimensionierung und die Anschlussdetails passen perfekt. Der Maschinenbau-Professor an der TU hatte recht. Brecker hat sich von dem Schlosser eine drehbare Lafette für die Gatling bauen lassen. Kein Zweifel.«

Rünz dachte fieberhaft nach. Es musste eine harmlose Erklärung geben, schließlich hatte Brecker keine Munition für dieses Monster. Kaliber 30 Millimeter konnte man ja nicht bei Frankonia in der Adelungstraße kaufen. Nur eine einzige Erklärung schien dem Kommissar plausibel und beruhigend: Brecker wollte zum fünfzigsten Vereinsjubiläum die Kameraden vom

Schützenverein am Böllenfalltor mit einem Denkmal überraschen – eine Ehrfurcht gebietende, selbst konstruierte Miniflak. Ruhm und Ehre waren ihm sicher; er würde sich mit seiner Gatling in die Annalen der Vereinsgeschichte einschreiben.

»Was auch immer«, seufzte der Kommissar erleichtert. »So eine Waffe kann man vielleicht tarnen, aber nicht die Munition dafür. Weder er noch die beiden Amerikaner konnten das Risiko eingehen, scharfe 30-Millimeter-Munition auf dem Postweg über den großen Teich zu schicken. Brecker hat keine Munition für die Gatling, kann damit also keinen Unsinn anstellen. Wo hat er die Waffe denn hingebracht?«

»Wahrscheinlich in seine Doppelgarage am Messplatz. Die Behrens hat einen Durchsuchungsbeschluss erwirkt, wir könnten sofort ...«

»Ganz langsam«, bremste Rünz. Wedel trommelte nervös mit den Fingerkuppen auf der Tischplatte. Er schien es gar nicht abwarten zu können, einen Kollegen festzusetzen.

»Weißt du, ob dein Schwager einen Verwandten oder Bekannten in Remscheid hat?«, fragte er.

»Hat er mir nie von erzählt. Wieso die Frage?«

»Er hatte in den letzten vier Wochen rund ein Dutzend Telefonate mit einem siebenundsiebzigjährigen Rentner, der dort im Stadtteil Hasten lebt. Wir haben leider keine Mitschnitte, nur Ruflisten des Mobilfunkanbieters ...«

»Sind jetzt alle durchgeknallt? Haben die Behrens und Hoven jetzt Paranoia? Habt ihr auch schon Stuhl- und Urinproben von Brecker untersucht?«

Wedel reagierte nicht auf die Vorwürfe, er schaute ernst und bedeutungsschwanger drein. »Ich würde das nicht auf die leichte Schulter nehmen, Karl. Gib einfach mal ›Remscheid‹ und ›Stockder Straße‹ in Google ein. Da wohnt dieser Alte.«

26

Heinerfest war Pflichtprogramm. Klar, er arbeitete an einem internationalen Bestseller und hatte provinzielles Lokalkolorit eigentlich überhaupt nicht nötig, aber warum nicht die Chance nutzen, dem weltweiten Lesepublikum ein Stück südhessisches Brauchtum zu vermitteln? Also ran an die Tasten.

Delgado war in der Nähe. Vince Stark spürte es. Er würde zuschlagen, hier und heute, auf dem Heinerfest. Menschen würden sterben, wenn Stark ihn nicht rechtzeitig aus dem Verkehr zog. Und diesmal – da gab es keinen Zweifel – ging es Delgado nicht nur um Geld und Macht. Es ging ihm darum, Vince Stark zu erniedrigen. Seinen stärksten Widersacher in der Öffentlichkeit zu demütigen. Und weil Delgado den großen Auftritt und die Bühne liebte, würde er den Darmstädtern auf dem Heinerfest eine erste Kostprobe seiner Macht geben, so viel war sicher.

Das gesamte Field Operations Team der CTU Südhessen war im Einsatz, jeder befand sich auf Position und wartete auf Starks Kommando. Will Weedle stand am Salm-Imbissstand neben dem Weißen Turm hinter dem Tresen und verkaufte undercover Nierengulasch und Pommes rot-weiß, den Blick unablässig über die Menge schweifend auf der Suche nach Delgados Schergen. Toni Alceida stand im King-Kong-Kostüm hoch oben auf dem Gerüst der Geisterbahn in der Landgraf-Georg-Straße, den Feldstecher im Anschlag, und Bill Hoover überwachte den ganzen Einsatz aus einer der Riesenradgondeln auf dem Marktplatz, die sie zu einem provisorischen Einsatzzentrum umgebaut hatten.

Sie hatten einen verwanzten Maulwurf in Delgados Leibwächtertruppe eingeschleust. Vince Stark checkte den Motion Tracker auf dem Display seines Blackberrys – kein Signal. Entweder ihr V-Mann hatte kalte Füße bekommen und den Sender in den nächsten Gulli geworfen, oder Delgado hatte ihn enttarnt und mit Betonpantoffeln im Woog versenken lassen.

Stark orderte noch einen Caipirinha. Die Stimmung im Schlosshof war ausgelassen, und die kaffeehäutigen Girls boten eine großartige Show am brasilianischen Cocktailstand. Sie sangen und ließen ihre Hüften zu heißen Sambarhythmen kreisen, als wäre das Leben ein Sonnenuntergang in Rio. Es war einer dieser Momente, in denen alles stimmte – die Mädchen, die Musik, die Stimmung. Einer der Momente, in denen Stark gerne seine Dienstmarke auf Hoovers Schreibtisch geknallt hätte. Wie gerne würde er mit einer der glutäugigen Grazien in die Nacht hineintanzen – aber er hatte einen Auftrag. Wenn er Delgado in der JVA Weiterstadt eingeparkt hatte, würde er aufhören. Nur noch dieser Fall, dann war Schluss. Aber so lief das schon seit Jahren – immer nur noch dieser eine, aktuelle Fall.

Eine der geschmeidigen brasilianischen Sambakatzen reichte ihm seinen Caipirinha, ihre Fingerspitzen berührten seine, sie lächelte ihn an mit ihren vollen Lippen über porzellanweißen Zähnen. Stark drückte ihr einen Fünfziger in die Handfläche.

»Behalt den Rest. Wie heißt du, Kleines?«, fragte er mit sonorer Stimme.

»Letitia«, fauchte sie leidenschaftlich.

»Auf dich, Letitia«, knurrte Stark und setzte das Glas an, als Hoover sich auf dem Blackberry meldete.

Rünz hielt inne. Er dachte darüber nach, diese Letitia zu einer tragenden Figur auszubauen. Vielleicht als Callgirl, das sich in Delgados Auftrag an Stark heranmachte, um die CTU zu infiltrieren. Letitia konnte sich auch noch als nützlich erweisen, wenn es an die obligatorische ›Held-rettet-schöne-Frau-vor-dem-sicheren-Tod-Szene‹ ging. Vor seinem geistigen Auge spulte der Kommissar eine dramatische Szene ab, die in den reißenden Stromschnellen des Darmbachs vor dem Darmstadtium spielte. Das Angenehme am Schreiben von Romanen war ja, dass aufwendige Actionsequenzen nicht mehr kosteten als schnöde Liebesszenen.

Aber er konnte sich nicht recht konzentrieren, seine Gedanken schweiften immer wieder zu Brecker und seiner geheimnisvollen Waffe ab. ›Lieber Leichenteile aufsammeln, als gegen einen Kollegen ermitteln‹, lautete ein alter Leitspruch im Präsidium. Und wenn der Kollege gleichzeitig bester Freund und quasi Familienangehöriger war, erleichterte das die Sache nicht gerade.

Wedel war vorläufig kaltgestellt. Die Kollegen würden mit ihm – so hatte Rünz ihm erfolgreich klarmachen können – in der Präsidiumstoilette eine zünftige Gang-Bang-Party veranstalten, wenn herauskäme, dass er verdeckt gegen einen altgedienten, gestandenen Kollegen vom zweiten Revier ermittelte. Und mit seinem Rocco würden sie in der Schrottpresse Billard spielen. Der Kommissar hatte seinen Assistenten also in der Hand, und die Regeln für die zukünftige Zusammenarbeit waren klar: Keine Bulletins mehr an die Behrens oder Hoven, die Rünz nicht vorher redigiert und autorisiert hatte. Besser konnte es eigentlich gar nicht laufen. Er musste die Sache mit Brecker unter seiner Kontrolle behalten. So lange wie möglich. Was bedeutete dieser seltsame Kontakt nach Remscheid, und Wedels Andeutung mit dieser Straße? Rünz wollte es gar nicht so genau wissen. Aber er musste es wissen.

Er startete Google, gab ›Remscheid‹ und ›Stockder Straße‹ in das Textfeld ein, aber nichts passierte. Er probierte es zwei- oder dreimal, schloss anschließend den Browser und startete ihn wieder, fuhr schließlich den Computer neu hoch – ohne Erfolg. Ein Fall für den IT-Support. Er suchte auf dem Schreibtisch herum, irgendwo hatte er doch diese neue Servicenummer notiert – ah ja, da war sie ja.

»Guten Tag, Helpdesk Informationstechnik des Landespolizeipräsidiums Hessen, mein Name ist Konstanze Mückchen, was kann ich für Sie tun?«

Rünz zögerte. Die Stimme war ihm völlig unbekannt. Hatte er sich verwählt? Hatten die IT-Jungs vom vierten Stock eine neue Kollegin, von der ihm Brecker noch nichts erzählt hatte? Dann musste es wirklich schlecht um seinen Schwager stehen.

»Rünz hier, Ermittlungsgruppe Darmstadt City. Ich hab da ein Problem mit meinem Browser, könnte da schnell mal einer runterkommen?«

»Entschuldigen Sie, was meinen Sie mit ›runterkommen‹?«

»Na hier an meinen Arbeitsplatz, um sich das Problem mal eben anzuschauen.«

Frau Mückchen kicherte. »Das wird wohl nicht notwendig sein, Herr Rünz. Vielen Dank für Ihre Anfrage. Ihre Störungsmeldung ist in unserem Trouble-Ticket-System verbucht, Sie erhalten in wenigen Sekunden eine Mail mit Ihrer Auftragsnummer. In Kürze wird sich einer unserer Mitarbeiter mit Ihnen in Verbindung setzen. Wir bitten Sie, bis dahin von Statusabfragen abzusehen. Auf Wiederhören und einen schönen Tag, Herr Rünz.«

»HALT, Moment! Wir sind hier doch nicht bei der Telek…!«

Sie hatte schon abgebrochen. Verdammte IT-Revolution. Vor Hovens Agenda 2020 war kein Bereich sicher. Früher lief alles ganz einfach: Wenn man ein Problem mit seinem Desktop-Rechner hatte, rief man einen von den Computerfritzen im vierten Stock an, der kam runter, reparierte die Sache, und man hielt bei der Gelegenheit noch einen halbstündigen Plausch über die neue Praktikantin. Hoven hielt das von Anfang an für unprofessionell.

Plötzlich klingelte das Telefon – die IT-Abteilung – und gleichzeitig begann sein Mauszeiger, wie von Geisterhand bewegt über den Bildschirm zu huschen. Rünz nahm den Hörer ab und ließ dem Anrufer keine Zeit, sich vorzustellen. Er war in Panik. »Oh Gott, jetzt spielt der Rechner völlig verrückt – die Maus bewegt sich von selbst!«

»Keine Sorge, Herr Rünz«, beruhigte der Anrufer. »Ich habe nur das Live-Support-System aktiviert und habe jetzt Zugriff auf Ihren PC. Da sind noch einige Anwendungen geöffnet, kann ich die schließen?«

»Ja ja, selbstverständlich«, stotterte Rünz.

»Das Word-Dokument mit diesem – ähm – ›Protokoll‹ auch?«

»Ja, aber bitte vorher speichern!«

»Und was ist mit diesem Browserfenster mit der offiziellen Chuck-Norris-Webseite?«

»Ja, Herrgott noch mal.«

»Und diese Amazon-Webseite? Da scheint noch etwas im Einkaufskorb zu liegen – ›Handfeuerwaffen der Wehrmacht im Zweiten Weltkrieg‹ und ›Beckenbodentraining für Männer‹ – möchten Sie den Bestellvorgang erst zu Ende bringen?«

»Nein, verdammt! Machen Sie Ihren Job und lassen Sie mich in Ruhe!«

»Ich sehe gerade, dass Sie Ihren Mail-Eingang vor dreißig Tagen zum letzten Mal gesichtet haben …?«

»Ja, äh, sorry, ich war in Urlaub.«

»In Urlaub? Seltsam. Ihr Abwesenheitsagent war nicht aktiviert. Außerdem fehlt ein Urlaubseintrag in Ihrem Gruppenkalender.«

»WIRD DAS HIER EIN VERHÖR, ODER WAS? Reparieren Sie meinen verdammten Browser! Ich habe hier einen Mordfall aufzuklären. Und woher soll ich wissen, wie man einen Scheiß-Abwesenheitskalender aktiviert und Einträge in einem Gruppenkalender macht?«

Sein Gesprächspartner schwieg zwei Sekunden,

bevor er antwortete. »Haben Sie unser letztes IT-Circular denn nicht gelesen?«

Nach fünf weiteren Minuten konfliktgeladener Kommunikation saß der Kommissar wieder vor einem funktionsfähigen Webbrowser. Er atmete tief durch und tippte die beiden Suchworte ein. Es war der erste Eintrag in der Google-Trefferliste, eine Rückschau von Welt Online zum zwanzigsten Jahrestag des Absturzes einer Thunderbolt der US-Luftstreitkräfte im Remscheider Stadtteil Hasten.

27

Bevor er Brecker zur Rede stellte, musste er sich Gewissheit verschaffen. Der Alte in Remscheid hatte sehr reserviert reagiert, er war nicht bereit gewesen, am Telefon irgendwelche Details über seine Kontakte zu Brecker preiszugeben. Drei Telefonate und den vollen Einsatz seines ohnehin unterentwickelten Verhandlungsgeschicks hatte es den Kommissar gekostet, bis er ein persönliches Treffen vereinbaren konnte. Nun zockelte er mit seinem Passat auf der A3 durch den Westerwald Richtung Norden, mit dem Knie lenkend, mit der Linken in den ausgedruckten alten Presseartikeln blätternd, die auf seinem Schoß lagen, mit der Rechten sein Handy ans Ohr pressend, denn Wedel hatte ihm noch einige Hintergrundinfos über die Geschichte auf die Mailbox gesprochen. Wenn ihn so die Autobahnpolizei erwischte, würde er seine Dienstfahrten in Zukunft mit einem Bobby-Car machen müssen.

Am 8. Dezember 1988, einem nebligen Adventstag, waren vom Fliegerhorst Nörvenich bei Köln gegen Mittag achtzehn Thunderbolt A-10 zu Tiefflugübungen über Hessen gestartet. Die Piloten hatten Instrumentenflug beantragt, der Rottenführer entschied aber kurz vor dem Start, nach Sichtflugregeln zu fliegen. Sein Wingman Michael Foster verlor über dem Bergischen Land in dichter, bodennaher Bewölkung die Orientierung. In Hasten, einem Stadtteil von Remscheid, streifte er ein Wohnhaus und knallte auf ein benachbartes Firmengelände. Die Bilanz: Pilot tot, sechs Bewohner tot, über fünfzig Schwerverletzte, zwanzig zerstörte Häuser. Die Pressefotos zeigten einen völlig zerstörten Straßenzug, die Häuser aufgerissen und ausgebrannt wie nach einem Luftangriff.

Rünz erinnerte sich vage an die Rundfunkberichterstattung über das Unglück, an Fernsehreportagen mit einem professionell bestürzten Johannes Rau am Unglücksort. Und er erinnerte sich vage an Berichte über uranhaltige Munition, Klagen der Anwohner über chronische Erkrankungen, noch Jahre nach dem Absturz.

Der Kommissar hatte kein gutes Gefühl, was das Gespräch mit dem Alten anging. Hinter dem Autobahnkreuz Leverkusen erleichterte er an einer Raststätte noch einmal seine Blase. Am Pissoir neben ihm urinierte ein etwa Sechzigjähriger; vielmehr hatte der es schon hinter sich, er bearbeitete seinen Schwanz intensiv und ausdauernd wie die Melkerin die Zitze am Euter der Kuh, als wollte er auch noch den letzten kostbaren Tropfen durch die Engstelle an der geschwollenen Prostata hindurch aus der Harnröhre pressen. Ein paar Jahre noch, dachte Rünz, dann würde er auch so dastehen und sich melken. Alt werden war nichts für Feiglinge.

»Sind Sie nass geworden?«

Rünz wischte sich mit den Ärmeln seiner Jacke über die tropfenden Haare. »Geht schon«, sagte er. »Sauwetter.«

Der Alte humpelte vor ihm her Richtung Wohnzimmer. Er hatte groteske O-Beine, schmale Schultern und einen kleinen Buckel.

»Ist nicht immer so schlecht hier. Ende der Neunziger hatten wir mal zwei Tage Sonne – war wie ein Volksfest!«

Rünz wollte aus Höflichkeit über den Spruch lachen, der Versuch endete in einem Hustenanfall. Er schaute sich um und erblickte die typische, deprimierende Wohnung eines alleinstehenden alten Mannes, frei von jedem Dekor in Form von Deckchen, Schalen, Bildern, Blumen oder Spitzengardinen, das Mobiliar eine herzzerreißend hässliche Mixtur aus drei Jahrzehnten Discount-Möbelmarkt. Ein Teil des Inventars war in Umzugskartons verpackt, die überall herumstanden.

»Sie sind frisch eingezogen?«, fragte Rünz. Erst mal locker und unverfänglich in die Konversation einsteigen, dachte er.

»Ich ziehe aus«, schnarrte der Alte militärisch knapp. »Pflegeheim. Endstation.«

Prima Auftakt, dachte Rünz. Der Alte verschwand kommentarlos in der Küche. Rünz suchte fieberhaft nach einem harmloseren Smalltalk-Thema, sein Blick wanderte hilflos im Raum umher und blieb an einem gerahmten Foto auf einer kleinen Anrichte hängen. Eine alte Schwarz-Weiß-Aufnahme einer Gruppe junger Männer in einem Metall verarbeitenden Betrieb.

»Fünfundvierzig Jahre Werkzeugfabrik Hazet«, knurrte der Alte hinter Rünz, als würde er einem Offizier Meldung erstatten. Er reichte dem Kommissar eine Dose Billigbier über die Schulter. »Alles mitgemacht. Rangeklotzt wie die Schweine damals. Die meisten von den Jungs sind nicht mehr.«

Damit ließ sich der Rentner in sein Sofa fallen, öffnete die Bierdose, setzte an und saugte sie förmlich aus – ohne zu schlucken, der Adamsapfel unter der faltigen Haut seines dürren Halses bewegte sich keinen Millimeter. Er setzte ab, presste die Dose zusammen und versenkte sie mit einem präzisen Wurf in einem Karton, der unter dem Fenster stand. Metall schepperte auf Metall.

»Ah, das war lecker. Ich hab auch Gläser, wenn Sie wollen.«

Rünz winkte dankend ab. Der Alte schaute ihn skeptisch an.

»Sie sind der Schwager von dem Typ?«

Rünz nickte.

»Und Sie haben nichts mit der Polizei oder diesen Zeitungs- und Fernsehfritzen zu tun?«

Rünz schüttelte den Kopf und setzte die Dose an. Eigentlich hatte er keine Lust, vor der Heimfahrt zu trinken, aber etwas Stammtischatmosphäre würde den Alten vielleicht redseliger machen.

»Ich krieg doch keinen Ärger, oder? Kann keinen Ärger gebrauchen.«

»Hören Sie«, sagte Rünz. »Ich weiß nicht, was mein Schwager Ihnen abgekauft hat. Aber er ist einer von der labilen Sorte, er tickt manchmal nicht ganz richtig. Ich habe das Gefühl, er ist kurz davor, eine Riesendummheit zu machen. Wenn Sie mir sagen, Sie haben ihm irgendeine Schrankwand in Eiche rustikal oder einen alten Ford Capri vertickt, mache ich mich entspannt auf den Heimweg. Aber wenn es irgendwas ist, womit er Schaden anrichten kann, *müssen* Sie es mir sagen. Ich versichere Ihnen …«

Der Alte winkte ab, starrte aus dem Fenster und schwieg, fast eine Minute lang. »War neblig damals«, nuschelte er schließlich, leise und kaum verständlich. »Viel schlimmer als heute, eine richtig dicke Suppe. Und arschkalt. Drei Grad. Hab mit meinem Sohn Schalung gebaut, Streifenfundamente für den Anbau drüben. War hektisch, zwei Stunden später sollte der Mischer kommen, und wir hatten die Bewehrung noch nicht komplett. Haben malocht wie die Ochsen. Über uns waren die Tiefflieger unterwegs, Amis, war normal damals, hat sich keiner drum gekümmert, waren wir gewohnt. Die rauschten an aus dem Nirgendwo, mal kurz gab's richtig Krach über den Köpfen und weg waren sie wieder.«

Der Alte ahmte mit der Rechten die Flugbewegungen nach. Ein wenig fühlte sich Rünz erinnert an einen Fall vier Jahre zuvor, das Gespräch mit einem alten britischen Air-Force-Piloten, der an der Bombardierung Darmstadts im September '44 teilgenommen hatte.

»Wir haben gar nicht weiter drauf geachtet. Aber dann kam einer, der klang anders. Viel näher, als wollte der direkt um die Ecke landen und sich beim Bäcker ein Butterhörnchen holen. Hat er ja auch versucht …«

Der Alte fingerte mit der knochigen Hand in der Tasche seiner Strickjacke, es klimperte glasig. Er zog einen Underberg heraus, schraubte die Ampulle auf, trank einen Schluck und ächzte zufrieden.

»Nach der ersten Explosion sind wir hinter unserer Schalung in Deckung gegangen. Ich hab gezittert wie damals im Juli '43, als Zehnjähriger im Luftschutzkeller. Höllenlärm oben an der Straße, auch nach dem

Aufschlag. Wie beim Silvesterfeuerwerk, nur lauter. Mein Sohn ist raus aus der Deckung, quer über das Nachbargrundstück nach oben, wollte schauen, ob er helfen kann. Hab ihn nach zwanzig Metern im Nebel aus den Augen verloren. Plötzlich hör ich was unsere Einfahrt runterrumpeln, ich dachte erst, das ist ein Rettungswagen oder Feuerwehr, die haben sich in dem Chaos und in der Nebelsuppe verfranst. Ich peile über die Schalbretter, da kommt aus dem Dunst eine riesige schwarze Trommel auf mich zugerollt, ich zieh den Kopf wieder ein, das Ding springt über den Böschungsrand, über meinen Kopf, und landet mitten auf der Bodenplatte, eiert noch ein paar Sekunden herum und bleibt mit einem Mal liegen. Ich dachte zuerst, das wär so'n kleiner Heizöltank, oder 'ne Regenwasserzisterne, Sie wissen schon, die Dinger, die man im Baumarkt kauft und im Garten verbuddelt, um Trinkwasser zu sparen. Hab mich erst mal nicht drum gekümmert, bin ins Haus, hab nach meiner Frau geschaut. Hab mir mit meinem Sohn diese Trommel erst ein paar Stunden später angeschaut, wir haben nicht schlecht gestaunt damals. Ein großer Metallzylinder, randvoll bestückt, fast unbeschädigt, ein Wunder bei dem Aufprall.«

Der Alte quälte sich aus dem durchgesessenen Sofa, schlurfte zur Schrankwand, nahm eine stattliche, über zwanzig Zentimeter lange Patrone mit rot lackiertem Projektil aus einer Schublade, schlurfte auf Künz zu und überreichte sie ihm. »Eine hab ich behalten, als Andenken.«

Künz nahm die Patrone entgegen, sie glitt ihm fast aus der Hand, weil ihn das extrem kopflastige Gewicht völlig überraschte. Er hatte, soweit er sich erinnern konnte, noch nie einen Gegenstand in der Hand gehabt, der eine so aberwitzige Relation zwischen Größe und Gewicht hatte. Der Kommissar dachte an Wedels Worte. ›Das Einzige, was in dem Container fehlte, war die Munitionstrommel.‹

»Ein Kern aus abgereichertem Uran«, sagte der Alte. »Deswegen ist das Projektil so schwer.«

Rünz legte die Patrone vorsichtig zurück auf den Wohnzimmertisch. »Ist das Zeug, ich meine, sind die Dinger …?«

»Radioaktiv? Nein. Gefährlich wird es nur, wenn die Projektile verschossen und beim Aufschlag pulverisiert werden.«

»Warum haben Sie den Fund nicht sofort den Sicherheitskräften gemeldet?«

Der Alte ächzte abfällig. »Die Amerikaner haben den ganzen Straßenzug abgesperrt, die haben sich hier aufgeführt wie die Besatzer. Haben am Anfang selbst die Leute vom Rettungsdienst nicht durchgelassen. Denen hätten wir noch nicht mal geholfen, wenn einer von ihnen nach dem Weg gefragt hätte. Wir waren stinksauer damals, haben die Trommel erst mal mit einer Folie abgedeckt. Wussten ja nicht, ob wir das nicht noch mal irgendwann als Beweismittel brauchen konnten. Ein paar Wochen später ging schon die heiße Diskussion los, von wegen uranhaltige Munition und so. Die Amis haben sofort beschwichtigt, von wegen ›nur Übungsmunition an Bord‹. Da wussten wir, dass wir ein Ass im Ärmel hatten. Ein paar Monate später gingen die ersten Zivilprozesse los, und wir hatten den schlagenden Beweis, dass die Maschine randvoll war mit scharfer, uranhaltiger Munition.«

Der Alte lupfte wieder sein Underbergfläschchen und schluckte den Rest, als bräuchte er Mut für das Finale seiner Erzählung. Dann beugte er sich auf dem Sofa nach vorne und schaute Rünz eindringlich in die Augen. Der Kommissar konnte seine Fahne riechen.

»Das Problem war – die ganze scharfe Munition war intakt, nicht am Absturzort explodiert, das Uran konnte also auch keine Dauerschäden bei den Anwohnern verursachen. Wenn wir mit der Sache an die Öffentlichkeit gegangen wären, hätten wir allen Nachbarn, die sich an der Zivilklage beteiligt hatten, ins Knie geschossen!«

»Was haben Sie die ganzen Jahre über mit der Trommel gemacht?«

»Irgendwann war's zu spät, das Zeug abzugeben, wir hätten uns Ärger eingehandelt, wegen Vertuschung oder was weiß ich. Wir haben die Trommel aufgerichtet und zwanzig Jahre lang als Biertisch im Partykeller benutzt – und keiner hat's gemerkt. Aber jetzt verkaufe ich das Haus. Keine gute Idee, so was dem Entrümpler zu überlassen. Außerdem kann ich die paar Kröten gut brauchen im Moment. Es gibt Pflegeheime und es gibt Pflegeheime, wenn Sie wissen, was ich meine.«

»Und mein Schwager …«

»Ihr Schwager war so heiß auf das Zeug, ich glaube, der hätte mir jeden Preis gezahlt. Sie können sich gar nicht vorstellen, wie die Nachfrage war, als mein Sohn das Zeug in ein paar Internetforen von Waffenfetischisten zum Kauf angeboten hat. Ich hätte die Muni-

tion zehnmal verkaufen können, zum dreifachen Preis.
Aber wer zuerst kommt, mahlt zuerst. Ich hab meine
Prinzipien. Und Ihr Schwager war der Erste.«

28

Eine Stunde und fünfundvierzig Minuten – er hatte auf der Rückfahrt die von seinem Navigationsgerät geschätzte Fahrzeit um eine Viertelstunde unterboten. Ganz entgegen seiner Gewohnheit, normalerweise empfanden ihn sogar Lkw-Fahrer auf der Autobahn als Hindernis.

Er stand ratlos vor Breckers Werkstatt in der Marburger Straße hinter dem Meßplatz. Das große Schiebetor war einen Spalt weit offen, aber innen schien alles dunkel. Brecker musste in der Nähe sein, er würde niemals seine heilige Halle unbewacht lassen. Sicher war er nur mal kurz um die Ecke gegangen, zum Pinkeln. Aber warum hatte er dann das Licht ausgeschaltet?

Rünz trat vor, zog das Tor einen halben Meter weit auf und rief Breckers Vornamen. Keine Antwort. Er betrat den Raum, tastete nach dem Lichtschalter, schloss kurz geblendet die Augen, als die Neonröhren nacheinander aufflackerten. Als er sich an die Helligkeit gewöhnt hatte, schaute er sich um.

Diese Werkstatt betreten zu dürfen, war immer eine Auszeichnung gewesen. Selbst Rünz war diese Ehre nur wenige Male gewährt worden, und immer hatte er sich dabei gefühlt, als betrate er einen antiseptischen OP-Raum in der Notaufnahme, nur dass die chirurgischen Instrumente, die da wohlsortiert und poliert an den Wänden hingen, ungewöhnlich groß und unförmig waren.

Breckers Werkstattausrüstung war ihm immer heilig gewesen. Hochwertiges Profiwerkzeug hatte für ihn weniger den Status eines Gebrauchsgegenstandes denn den einer Reliquie. Wenn er Werkzeug benötigte – besser gesagt, wenn er das Gefühl hatte, neues Werkzeug zu brauchen – dann fuhr er nicht in einen der Discount-Baumärkte in der Otto-Röhm-Straße. Brecker kaufte nur da ein, wo sich die Profis ausstatteten, und das Beste war ihm gerade gut genug. Festool, Makita, Fein und Stihl hießen seine Hausmarken. Es war nicht so, dass er mit seinem Werkzeug ständig neue Sachen baute und bastelte, dafür war es ihm eigentlich viel zu schade. Eigentlich verbrachte er die meiste Zeit damit, sein Werkzeug zu pflegen und zu sortieren, so wie ein Philatelist seine Markensammlung ja auch nicht benutzte, um Briefe damit zu frankieren.

Darüber hinaus liebte Brecker alle Tätigkeiten, für die man eine Maschine mit Verbrennungsmotor einsetzen konnte. Er wäre nie auf den Gedanken gekommen, ein paar Quadratmeter Herbstlaub mit dem Besen zusammenzufegen, wenn man dafür auch den Stihl Laubbläser BR 600 mit über tausendsiebenhundert Kubikmeter Luftdurchsatz und neunundneunzig Dezibel Schalldruck einsetzen konnte. Zur Pflege seiner fünfundzwanzig Quadratmeter Rasenfläche hinter seiner Erdgeschosswohnung im Martinsviertel hatte sich Brecker einen John-Deere-Rasentraktor mit wassergekühltem, dreizylindrigem Yanmar-Dieselaggregat gekauft, den er auf der Ladefläche seines Defenders zwischen Werkstatt und Garten hin- und hertransportierte. Der Wendekreis des Minitraktors war zu groß, er musste bei jeder Kehrtwende das Rosenbeet seines Nachbarn als Rangierfläche mitbenutzen. Da Brecker seine Mähmaschine im Sommer stets mit nacktem Oberkörper und nie ohne seine Respekt heischende 500er Magnum im Schulterholster bestieg, hatte sich der Rosenliebhaber mit Kritik bislang zurückgehalten.

Und von seinem Landrover mal ganz zu schweigen. War man mit einem serienmäßigen Defender schon perfekt gerüstet für eine mittelschwere Afrikaexpedition, so hatte Brecker das Einsatzspektrum seines Lieblings vergrößert mit einigen Zusatzfeatures, die normalerweise den Militärversionen des Geländewagens vorbehalten waren: ein Subframe unter der Ladefläche für extreme Lasten, ein Schnellwechselkühler für Battlefield Conditions, Heavy-Duty-Felgen mit schlauchloser Bereifung, Militärstoßstange mit integrierter Maulkupplung, verstärkten Starrachsen, Unterfahrschutz und Tarnlichtschaltung. Sollte je eine mit Atomsprengköpfen bestückte nordkoreanische Langstreckenrakete am Langen Ludwig einschlagen – Brecker wäre der einzige Darmstädter Heiner, der dem Höllenfeuer unbeschadet entkäme. Der Defender hatte für ihn die gleiche Bedeutung wie für einen praktizierenden Christen das Turiner Grabtuch. Er war Gegenstand tiefster Verehrung, ja Anbetung. Es war die Reinheit der Konzeption, die Rünz kaum minder faszinierte. Nichts an diesem Vehikel war nach ästhetischen Kriterien gestaltet, jedes Detail hatte nur zwei Aufgaben zu erfüllen – zu funktionieren, und nicht kaputtzugehen. Funktion bestimmte Form.

Und wo waren nun alle diese Preziosen, diese zwei- und viertaktigen, lauten und stinkenden Männerträume, die er normalerweise sauber und akkurat aufgereiht hier in seiner Garage aufbewahrte? Verschwunden.

Rünz hatte mit vielem gerechnet, aber nicht mit völligem Chaos in der Werkstatt. Der Boden war übersät mit Werkabfall, Schlackeplacken von Schweiß- arbeiten, Reststücken von Metallprofilen, abgenutzten Trennscheiben von Winkelschleifern, Metallstaub und -spänen, abgezogenen Isolierungen von Stromkabeln und Öllachen. Dazwischen, achtlos hingeworfen, hochwertiges Handwerkszeug; Drehmomentschlüssel, Abzieher, Gewindeschneider. Und keine Spur von der Gatling, der Lafette oder der Munition. War das ein gutes Zeichen?

Rünz wartete eine Stunde, rief auf Breckers Fest- netzanschluss und seine Mobilnummer an, hinterließ eine Nachricht auf der Mailbox, ließ sich von seiner Frau Janines Handynummer durchgeben, hatte auch bei ihr kein Glück. Er machte das Licht in der Werk- statt aus, zog das Tor zu und hängte das Vorhänge- schloss ein. Langsam wurde es Zeit, Breckers Aktivi- täten mit etwas mehr Nachdruck zu verfolgen. Aber nicht mehr an diesem Abend. Drei Termine hatte Rünz am nächsten Tag in Frankfurt, und einer davon erfor- derte noch etwas Vorbereitung.

29

Brecker schreckte auf, die Morgensonne spiegelte sich in der Glasfront des SkyRise-Turmes auf der anderen Straßenseite. Die Gatling glänzte in den Strahlen wie eine riesige stählerne Gottesanbeterin, die auf der Lauer lag. Er streckte sich, jeder Muskel schmerzte, er hatte in den vergangenen Tagen praktisch ununterbrochen gearbeitet. Und in den kurzen Schlafperioden immer der gleiche Traum. Weniger ein Traum, eher realistisch und genau, wie eine Videoaufzeichnung, die mitten in seinem Kopf abgespielt wurde. Die Nacht in der Schlosserei, als er die Lafette abgeholt hatte. Klar, er hatte ihn etwas hart angefasst, aber der Typ war Schlosser und kein Gedichteschreiber, der konnte robuste Umgangsformen vertragen. Warum hatte der Idiot auch eine dicke Lippe riskiert und Aufpreis für Diskretion verlangt? Musste doch nicht sein! Einen Griff hatte der Schmied – wie ein Schraubstock. Brecker hatte sich innerlich auf eine hübsche kleine Schlägerei eingestellt, aber nachdem er den Schlosser bis zur Werkbank zurückgedrängt hatte, wurde der plötzlich lammfromm, schaute ihn mit großen Augen an, als gäb's nichts Böses auf der Welt. Brecker hatte keine Ahnung, was später in der Schlosserei passiert war, nachdem er weggefahren war. Er jedenfalls hatte damit nichts zu tun. Ging ihn nichts an und spielte jetzt sowieso keine Rolle mehr.

Existierte ein ›Punkt ohne Wiederkehr‹ während der Vorbereitungen? Die Kündigung der Lebensversiche-

rungen vielleicht? Die Hypothek auf die Eigentumswohnung? Der Kauf der Waffenteile? Die Anmietung
der Büroetage? Nein, Brecker konnte mit der Sache
aufhören, bis kurz vor Schluss, er konnte sich am Tag X
einfach so entschließen, nicht auf den Auslöser zu drücken. Wahrscheinlich würde er sogar die ganze Appa-
ratur demontieren und abtransportieren können, ohne
dass jemand Verdacht schöpfte. Die einzige Erinnerung an seinen abgebrochenen Racheakt waren dann
einige zehntausend Euro Schulden. Nein, kommt nicht
infrage. Er hatte einen langen und anstrengenden Weg
hinter sich, und er war entschlossen, ihn zu Ende zu
gehen.

Schon der Mailverkehr mit diesen verrückten Ame-
rikanern war der reine Horror gewesen. Da Brecker
kein Wort Englisch sprach, musste er alle Mailtexte
durch Webprogramme wie Babelfish übersetzen lassen, eine Quelle permanenter Missverständnisse. Auf
seine ersten Anfragen hatten die Amerikaner überhaupt nicht reagiert, erst als er mit bemerkenswerten
Geldbeträgen gewunken und als vertrauensbildende
Maßnahme einige Aufnahmen seiner privaten Aktivitäten mit Handfeuerwaffen geschickt hatte, ließen
sie sich auf ihn ein. Waffennarren tickten doch überall gleich. Trotzdem war die ganze Sache irgendwie
suspekt gewesen. Wie sollten zwei ganz normale US-
Staatsbürger an eine – zugegeben – ramponierte, aber
vollständige GAU-8/A Avenger Gatling Gun kommen? Die US Air Force würde solche Höllenmaschinen
wohl kaum nach der Ausmusterung an einen privaten
Schrotthändler verkaufen. Aber diese Typen wollten

weder verraten, woher sie die Waffe hatten, noch, wo sie sie aufbewahrten. Brecker musste sich also auf die Fotos verlassen.

Eine der Fotoserien, die sie ihm schickten, zeigte Details des Munitionszuführungssystems. Sie hatten die Aufnahmen mit einer dieser neuen Digitalkameras geschossen, die über einen eingebauten GPS-Empfänger verfügten, und vergessen, die Koordinaten zu deaktivieren, die am unteren Bildrand automatisch eingeblendet wurden. Vielleicht hatten sie schlicht und ergreifend keine Ahnung, was diese Zahlen überhaupt bedeuteten. Brecker brauchte nur Google Earth und ein paar Mausklicks, um herauszufinden, wo die Jungs ihre Kostbarkeit versteckten – Eagle, eine Kleinstadt mitten in Colorado, nordwestlich der Sawatch-Gebirgskette, die zu den südlichen Ausläufern der Rocky Mountains gehörte. Nachdem Brecker im Mailverkehr die Kenntnis ihres Aufenthaltsortes durchblicken ließ, hatten sich die beiden schlagartig extrem kooperativ gezeigt.

Eigentlich fast schon magisch, wie gut sich eins zum anderen gefügt hatte. Wie Vorsehung, von höheren Mächten geplant. Der Alte in Remscheid, der leer stehende Büroturm in Idealposition zum Ziel. Die Idee mit dem Filmset für den Thriller hatte sich im Nachhinein als genialer Schachzug erwiesen. Wer auch immer sich im GE-Turm über die seltsamen Bauteile wunderte, die er über die Tiefgarage in den Lastenaufzug bugsierte und nach oben schaffte, war mit dieser Erklärung sofort zufrieden und ruhig gestellt. Mehr noch, er hatte Narrenfreiheit. Und ohne die beiden Jungs vom Sicherheitsdienst hätte er die ganze Sache nie gestemmt. Gleich in den ersten Tagen hatte er sich mit ihnen angefreundet, richtig den Dicken gemacht, berichtet, er sei ein Ex-SEK-Mann, der jetzt Filmproduktionsfirmen in Sachen Waffentechnik beriet. Die beiden hatten sofort angebissen, und als er ihnen dann noch aus seiner privaten Waffensammlung ein paar Preziosen mitbrachte und ihnen seinen Defender vorstellte, fraßen sie ihm aus der Hand. Sie halfen ihm bei der Montage des Laufbündels, das allein fast eine Vierteltonne wog, und beim Rangieren der mächtigen Munitionstrommel, dem einzigen Bauteil, das er für den Transport nicht hatte demontieren können.

Der Aufbau hatte den ganzen Mann gefordert, physisch und psychisch. Über vierzig Kilonewton Rückstoß entwickelte die Gatling bei maximaler Schusskadenz. Eine enorme Kraft, die in der Thunderbolt die Hälfte der Triebwerksleistung absorbierte. Brecker musste diese Kraft über die Lafette in den Stahlbetonboden überleiten, wenn er vermeiden wollte, dass ihm die ganze Konstruktion nach den ersten Schüssen gegen die rückwärtige Wand knallte. Er hatte Schwerlastdübel mit Injektionsmörtel im Boden versenkt, jeweils zwei für jedes der drei Lafettenbeine. Der Schlagbohrer hatte einen Höllenlärm verursacht und ihm einigen Ärger mit den Agenturen eingehandelt, die in den Geschossen unter ihm Fotoshootings veranstalteten. Ein Dübel vertrug alleine eine Querkraft von über zwanzig Kilonewton, rechnerisch befand er sich also auf der sicheren Seite. Und angesichts der zu erwartenden Vibrationen und dynamischen Belastungen war etwas Reserve angeraten.

Der Teufel bei dem ganzen Projekt steckte im Detail, und ohne Improvisation ging nichts. Den Drehstromanschluss für die Hydraulikpumpe, die das Laufbündel in Rotation versetzte und das Verschlusssystem in Gang brachte, musste er aus drei 220-Volt-Steckdosen zusammenschalten. Tagelang hatte er gebraucht, um die Funktion der Helixvorrichtung und des Schneckenförderbandes zu verstehen, die die Munition gurtlos von der Trommel zum Verschluss transportierte. Ein geniales System, denn die leer geschossenen Patronenhülsen wurden nicht ausgestoßen, sondern wieder in die Vorratstrommel zurück transportiert. Sauber und umweltschonend. Nachhaltig, sozusagen.

Die Glasfassade machte ihm Sorgen. Sie würde einige Streuverluste verursachen. Eine dreifache Thermoverglasung auf der Innenseite, und außen noch mal eine vorgehängte Konstruktion aus dickem Sicherheitsglas. Die Projektile würden die Konstruktion mühelos durchdringen, aber in den Randbereichen des Schussfächers waren unkalkulierbare Ablenkungen zu befürchten. Brecker hatte einige Tage darüber nachgedacht, die Fassade mit ein paar Gramm Plastiksprengstoff zu zerbröseln, kurz bevor die Gatling ihre Arbeit aufnahm. Aber das Risiko war zu hoch. Semtex oder C4 würde er nur auf dem Schwarzmarkt bekommen, zu groß war die Gefahr, kurz vor dem Ziel noch entdeckt zu werden. Außerdem hatte er keine Erfahrung im Umgang mit Sprengstoff. Wenn er es falsch anstellte, beschädigte die Detonation seinen stählernen Racheengel. Und was war, wenn er Fenster und Fassade fachgerecht zerlegte, die Gatling aber wegen irgendeines blöden Defekts nicht loslegte? Wenn unten, achtzig Meter unter ihm, Glas auf die Passanten regnete, würde ihm kaum eine Viertelstunde zur Fehlersuche bleiben, bis ein SEK-Kommando an die Tür klopfte. Nein, er würde ein paar Irrläufer in Kauf nehmen, die irgendwo südlich des Mains herunterregneten und für etwas Aufregung sorgten. Würde schon nicht die Falschen treffen.

Brecker stand auf, drückte mit dem Zeigefinger seitlich gegen das Laufpaket, und langsam, ganz langsam drehte sich die sechs Meter lange Konstruktion in dem präzise gearbeiteten Wälzlager, völlig geräuschlos, ohne jeden Widerstand. Fast zwei Tonnen Gewicht, perfekt ausbalanciert, annähernd reibungsfrei gelagert. Er musste von der anderen Seite gegenhalten, damit das schwere Laufbündel nicht gegen die Betonstütze auf der gegenüberliegenden Raumseite stieß.

Zum hundertsten Mal ging er die Berechnungen im Kopf durch, die trägen Massen, das Drehmoment des Motors, die maximale Schusskadenz und die optimale Rotationsgeschwindigkeit. Er peilte noch einmal durch das Nivelliergerät auf den SkyRise-Turm, checkte mit der Dosenlibelle die exakte horizontale Ausrichtung seiner Götterdämmerungsmaschine. Knapp unter der Raumdecke würde der Schussfächer im zweiundvierzigsten Stockwerk des SkyRise-Turmes sein Zerstörungswerk vollbringen. Alles musste beim ersten Versuch funktionieren, eine Premiere ohne Generalprobe. Brecker war erschöpft und stolz zugleich. Könnten doch sein Vater und sein Großvater dieses Meisterwerk sehen.

In diesem Moment bemerkte er die beiden Fensterputzer, die vor der Glasfassade in ihrer Aluminiumgondel heraufschwebten, in roten Overalls, wie Erzengel, mit dem Auftrag, Brecker im letzten Moment auf den Pfad der Tugend zurückzuholen. Etwas stimmte nicht mit den beiden. Der eine bewegte sich so unsicher, als würde ihm schon schwindlig, wenn er auf einem Barhocker säße, und bei dem anderen beulte sich der Overall in Nabelhöhe so aus, dass jeder Idiot sofort an eine Schusswaffe dachte. Verdammt, fluchte Brecker vor sich hin – SEK-Leute. Er hatte höchstens noch Minuten, vielleicht Sekunden, dann würden ein paar exzellent ausgerüstete Kollegen der beiden hinter ihm die Tür aufbrechen und ihn aus dem Verkehr ziehen.

Er checkte die Uhrzeit, zog sein Mobiltelefon aus der Tasche und machte einen weiteren Kontrollanruf. Seit drei Tagen das gleiche Ritual. Was war das für ein Chef, der nie in seiner Firma war? Diesmal hatte er Glück. Weilers Sekretärin war schnippisch und kurz angebunden wie immer, ihr Chef war nicht zu sprechen wie immer, wenigstens konnte er aus ihrer Absage schließen, dass der Typ im Büro war. Es konnte losgehen. Brecker kontrollierte die Munitionszuführung, ließ die Waffe auf der Lafette mit dem Servomotor einmal um dreißig Grad um die Vertikalachse rotieren und brachte sie wieder in die Ausgangsposition. Anschließend beugte er sich hinunter zur Hydraulikpumpe und startete den Elektromotor. Das Laufbündel begann langsam zu rotieren, anfangs leise, mit steigender Drehzahl immer lauter, und sendete nach Erreichen der Nenndrehzahl horrende Vibrationen aus, die das ganze Geschoss zu erschüttern schienen. Verdammt, dachte Brecker. Die Läufe haben beim Transport einen Schlag abbekommen. Dynamische Unwucht. Er hätte vorher einen Test mit hoher Drehzahl machen sollen. Egal, zu spät für einen Abbruch. Alle Systeme standen auf ›go‹.

30

Der Kommissar hatte Verdrängung nie als seelischen Vorgang betrachtet, der als krankhaft oder gar neurotisch klassifiziert werden konnte, sondern immer als Gabe, die einem das Leben erträglich machte, wenngleich ganze Heerscharen von Therapeuten und Psychologen mit der Aufarbeitung vermeintlicher psychischer Altlasten ihren Lebensunterhalt verdienten. Auf Rünz' Verdrängungsmechanismen war jederzeit Verlass, sie waren spontan und zuverlässig abrufbar, bei Eheproblemen gleichermaßen wie bei beruflichen Konflikten. Außerdem hatte es sich stets bewährt, auf Herausforderungen nicht sofort mit übersteigertem Aktionismus zu reagieren, sondern erst mal abzuwarten. Ein beträchtlicher Teil der Zumutungen des Lebens löste sich in warme Luft auf, wenn man sie eine Weile ignorierte.

Natürlich war die Sache mit Brecker in gewisser Weise beunruhigend – Rünz' Schwager hatte den Schlosser in der Todesnacht besucht, er verfügte offenbar über eine der leistungsfähigsten automatischen Waffen der Welt einschließlich der notwendigen Munition, und er war wegen seines Sohnes in einem seelisch labilen Zustand. Aber alle Männer bastelten in ihren Garagen herum, wenn sie durcheinander waren. Frauen redeten, Männer schraubten. Und warum sollte sich ein Schusswaffenfan nicht bei der Rekonstruktion einer voll funktionsfähigen und aufmunitionierten

Gatling Gun entspannen? Das war doch – zumindest auf dieses Hobby bezogen – die Krönung eines Lebenswerkes! Und was die scharfe Munition betraf – die war doch einfach nur eine Frage der Ästhetik und der Vollständigkeit. Beim Kauf eines Geländewagens ging es den meisten Leuten ja auch nicht darum, das kostbare Vehikel jenseits befestigter Straßen zu bewegen. Es ging darum, dazu *fähig* zu sein. Und warum sah die Werkstatt aus wie Hals über Kopf verlassen? Ganz einfach – Brecker hatte seine Konstruktion fertiggestellt, konnte die drehbare Lafette in der Doppelgarage aber nicht austesten, weil der Platz nicht ausreichte. Also rauf mit dem Kram auf den Defender, um das Gerät irgendwo unbemerkt auf Herz und Nieren zu testen, bevor er es stolz den Vereinskameraden vorstellte. Und die Werkstatt stand offen, weil er in seiner Euphorie über die Vollendung seines Meisterwerkes einfach vergessen hatte, sie abzuschließen. Also kein Grund zur Panik, erst mal den Ball flach und Wedel an der kurzen Leine halten.

Blieb nur noch die Sache mit dem Schlosser, und da sah Rünz keinen dringenden Handlungsbedarf. Zumindest nicht vor morgen. Morgen hatte er ein straffes Programm vor sich – drei Termine an einem Tag, und das auch noch in Frankfurt. Am Vormittag musste er mit seiner Frau das Dalai Lama in der Commerzbank-Arena überstehen, danach wollte er auf der Buchmesse erste Verlagskontakte knüpfen. Und am Spätnachmittag stand ein Meeting mit diesem dämlichen Consultant an, der Hoven dieses haarsträubende SUSC-Konzept aufgeschwatzt hatte. Auf Rünz' persönlicher Prioritätenliste stand natürlich die Buchmesse ganz oben. Er musste diese Nacht nutzen, seinem Manuskript den letzten Feinschliff zu verpassen. Also wieder ans Werk.

Letitia fror in der feuchten Gruft, tief unter dem Hochzeitsturm auf der Mathildenhöhe. Vince Stark legte ihr seine Lederjacke um die kaffeebraunen Schultern. Die Fackel war fast heruntergebrannt, und ein Ende des engen Ganges nicht in Sicht. Kaltes, brackiges Wasser tropfte aus dem brüchigen Mauerwerk über ihren Köpfen. Vince checkte mit seinem GPS die Position und verglich die Daten mit der alten Karte, die sein norwegischer Kollege Tore Tryggvason in der Tasche des toten Sverre Svensen auf Munkholmen gefunden hatte. Sie hätten es längst finden müssen. Plötzlich blieb Letitia stehen.

»Sieh hier, Vince. Diese Inschrift!«

Vince hielt die Fackel vor die brüchige Basaltplatte, auf die sie zeigte. Letitia fuhr mit ihren grazilen Fingern über die verwitterte Inschrift.

»ANA PARTES AEQUALES«, entzifferte sie. »ZU GLEICHEN TEILEN.«

Sie streifte weiter mit den Fingerspitzen über die Steintafel und stieß unter dem Text auf eine kleine Vertiefung.

»Was ist das?«, fragte sie.

»Ich weiß es nicht«, antwortet Stark. »Noch nicht...«

Er zog das Fragment des zerbrochenen Siegels aus der Tasche, das Svensen bei seiner Flucht über den Trond-

heimsfjord verloren hatte. Es passte genau in die Ver-
tiefung des Basaltsteines, der sich unverhofft bewegte
und dahinter eine kleine, leere Aussparung freigab, die
grünlich leuchtete.

»Das ist die Kammer ...«, Letitia verstummte und
wagte nicht, den Satz zu Ende zu bringen.

»... des Heinigen Grals«, ergänzte Stark.

»Tryggvason hatte also recht!«

»Ja, Håkon Sigurdsson muss im Jahr 952 vor Chri-
stus hier in Darmstadt gewesen sein, um den Gral zu
verstecken. Und Sverre Svensen hat davon gewusst.«

»Die unheimliche Prophezeiung des Datterich ...«,
erschauerte sie, wieder unfähig, die grauenhafte Wahr-
heit auszusprechen.

»... hat sich erfüllt«, ergänzte Stark einmal mehr mit
entschlossener Stimme.

»Aber wo ist der Gral jetzt?«, fragte Letitia ver-
zweifelt.

»Es gibt nur eine Erklärung – Delgado ist uns zuvor-
gekommen und nutzt den Heinigen Gral als Energie-
quelle für seinen Plasmatronen-Fibrillator!«

Letitia unterdrückte einen Angstschrei, ihre reh-
braunen Augen waren vor Schreck geweitet. »Oh mein
Gott, er wird bald die ganze Stadt kontrollieren. Er
wird uns alle umbringen!«

Die junge Brasilianerin zitterte vor Kälte und
Furcht. Vince Stark nahm ihren zierlichen Kopf in
seine kräftigen Hände und schaute ihr tief in die
Augen. »Sieh mich an, Letitia. SIEH MICH AN. Ich
werde es nicht zulassen. ICH WERDE ES NICHT
ZULASSEN!«

Doch sie hörte ihn nicht. Sie hatte nur Augen für die pochende Schlagader an Starks Hals – und sie spürte nichts als Durst. Durst und Gier. Sie brauchte Blut.

Puh, das war starker Tobak. Großes Melodram, angesiedelt irgendwo zwischen Rosamunde Pilcher, Stephenie Meyer und Dan Brown. Aber an Letzterem, so viel stand fest, kam heute niemand mehr vorbei. Dieser ganze Sakralkitsch, die Geheimbünde und Verschwörungen, die verschlüsselten Botschaften und die heiligen Siegel in alten Grüften – all das würde er wohl oder übel in seinem Vince-Stark-Plot verarbeiten müssen. Und was nicht passte, wurde passend gemacht.

Der eine oder andere Besserwisser des Großfeuilletons würde ihm konfusen Plunder vorwerfen. Aber wer als Autor keinen Gegenwind vertragen konnte, der sollte nicht den Kopf aus dem Fenster halten. Rünz wusste, er hatte mit seinem Debüt den Regiokrimi längst an seine Genregrenzen katapultiert, vielleicht sogar ein wenig darüber hinaus. Aber wo stünde die Menschheit heute ohne Grenzgänger wie ihn? Ohne Männer, die mit offenem Visier den Aufbruch zu neuen Ufern wagten, ohne Sicherheitsnetz, Vollkasko und Sunblocker mit Schutzfaktor 50?

Formal konnte man hier und da natürlich etwas herumkritteln. Der Dialog zwischen den beiden klang ein wenig hölzern, irgendwie nach Derrick-Drehbuch. Zu offenkundig darauf ausgerichtet, den Leser auf den aktuellen Informationsstand zu bringen. Aber wenn sich zwei Protagonisten Zeug erzählten, das beide eh schon wussten, konnte man das genauso gut als Brechtschen Verfremdungseffekt interpretieren. Außerdem war es einfach sinnvoll, hier, auf Seite 749, die Vorgeschichte noch mal kurz zusammenzufassen. Für Späteinsteiger, und solche, die sowieso Probleme hatten, dem Plot zu folgen. Rünz selbst hatte ja schon alle Mühe, die Einzelfäden seines Handlungsgewebes unter Kontrolle zu halten.

Die Sache mit dem ›Heinigen Gral‹ war für Nicht-Darmstädter natürlich etwas erklärungsbedürftig, für Ortsunkundige sah das ja aus wie ein Tippfehler. Aber solche Details würde er im Glossar erklären. Rünz klebte sich zur Erinnerung einen Post-it auf das Gehäuse seines Bildschirms.

Vince Stark in dieser Szene als hemdsärmeligen Indiana-Jones-Klon zu positionieren, ging in Ordnung. Rünz musste jedoch irgendwo im Vorlauf seines Plots noch erklären, warum Letitia, eine brasilianische Hüpfdohle, die ihren Lebensunterhalt als Animierdame an einem Caipirinha-Stand auf hessischen Volksfesten verdiente, plötzlich über das Große Latinum verfügte, und sich darüber hinaus noch in eine blutrünstige Vampirette verwandelte.

Insgesamt hielt Rünz die Szene für gelungen. Er kopierte die Passage in die Zwischenablage, und fügte sie direkt dahinter noch mal ein. Delgados verdammte Zeitschleifen. Danach schaltete er den Computer aus und entschied, dass er sich etwas Entspannung verdient hatte. Schnell ins Wohnzimmer, auf die Couch und den Fernseher anschalten, ganz kurz nur, zur Ablenkung, danach würde er geschwind in die Federn huschen. Vielleicht hatte er Glück, Tele 5 brachte in loser Folge

alte Chuck-Norris-Reißer aus den Achtzigern, und
wenn er sich recht erinnerte, war diese Woche ›Inva-
sion U.S.A.‹ dran – ein Streifen, den die Filmkritik als
›brutal, eindimensional und sadistisch‹ charakterisierte,
der also beste Unterhaltung versprach.

31

Wedel hielt den beiden Typen eine Kopie von Breckers Foto aus dessen Personalakte unter die Nase. Er war spät dran, hatte sich noch auf der Zeil die aktuelle Body-Solid-Kabelzugstation im neuen *Fitness-Future* angeschaut. Die ideale Foltermaschine für seinen unterentwickelten Brachialis. Für so was musste auch mal Zeit sein, wenn man schon in Frankfurt war. Sowieso kein Grund für übertriebene Eile, Rünz hatte ihm ja ausdrücklich befohlen, die Sache mit Brecker auf kleiner Flamme zu köcheln. Die beiden Wachmänner lungerten hinter dem verstaubten Empfangstresen im Foyer des alten GE-Turmes und aßen fetttriefende Pizzaecken von durchweichten Kartonboxen.

»Klar kennen wir den«, schmatzte einer der beiden. »Das ist der ehemalige SEK-Typ, der oben das Filmset vorbereitet. Sind Sie von der Produktionsfirma? Höchste Zeit, dass der arme Kerl Unterstützung bekommt.«

»Der schuftet hier seit vier Wochen«, ergänzte sein Kollege und wischte sich mit seinem Handrücken Tomatensoße vom Kinn. »Oben im Achtunddreißigsten. Ohne unsere Hilfe hätte der hier kein Land gesehen mit seiner Flak. Eigentlich sollten wir euch eine Rechnung stellen. Was dreht ihr eigentlich, ›Stirb Langsam V‹? Und wann geht's los? Kriegen wir hier wenigstens ein paar Stars zu sehen?«

Wedel ignorierte die Fragen. »Wo sind die Aufzüge?«, fragte er.

»Außer Betrieb«, sagte der Erste. »Aber um die Ecke ist ein Lastenaufzug.«

Wedel überließ die beiden ihrem Mittagessen. Am Lastenaufzug im hinteren Gebäudeteil mühte sich eine Fotocrew mit ihrem Beleuchtungsequipment ab. Wedel wartete einige Minuten, aber die Sache zog sich endlos in die Länge, weil ein unorganisierter Produktionsassistent ständig mit sinnlosen Kommandos Konfusion erzeugte. Also das Treppenhaus. Gegen eine kleine Intensiveinheit für die Kraftausdauer war ja nichts einzuwenden.

Er ließ es langsam angehen, nahm bis zum fünften Stock Stufe für Stufe, bis sich Kreislauf und Atemfrequenz an die Belastung gewöhnt hatten, und erhöhte dann das Tempo, nahm im Laufschritt zwei Stufen auf einmal. Auf Höhe des zwanzigsten Stockwerks hielt er kurz auf dem Treppenabsatz an, zog seine Jacke aus, klemmte sie unter den Arm und sprintete weiter, nahm die Nummerierung der Etagen neben den Feuerschutztüren nicht mehr wahr, achtete nur noch auf seinen Rhythmus. So langsam machte ihm die Klettertour Spaß, und er dachte ernsthaft darüber nach, sich bei einem dieser Treppenhausläufe anzumelden, die regelmäßig in der Frankfurter City veranstaltet wurden.

Nach wenigen Minuten wurde ihm klar, dass etwas nicht stimmte. Er hatte bei seinem dienstlichen Workout nicht mitgezählt, aber er musste sich langst irgendwo zwischen dem dreißigsten und dem fünfunddreißigsten Stockwerk aufhalten. Aber nach der Nummerierung stand er bereits im dreiundsechzigsten! Das war völlig absurd, das Hochhaus hatte höchstens fünf-

zig Geschosse. Er lehnte sich keuchend gegen die Stahl-
tür und starrte die auf der Wand aufgemalte Zahl an.
Seltsam, sie sah völlig anders aus als die Nummern
unten, olivgrün, in so einer seltsamen Militarytypo, mit
durchbrochenen Buchstaben. Unversehens wurde ihm
klar, dass irgendwelche Filmleute – *echte* Filmleute –
die Originalnummerierung überstrichen hatten, weil
sie nicht zum Produktionsdesign passte. Wedel öffnete
die Tür, irgendwo musste sich doch ein Hinweis darauf
finden, in welcher Höhe er sich aufhielt.

32

Voll auf die Fresse, dachte Rünz. Ich geh auf die Bühne, und hau ihm so auf die Zwölf, dass ihm die Dritten aus dem Gesicht fliegen. Verdengel ihm die Beißleiste, bis der Arzt kommt. Prügel ihm das Grinsen aus der Hackfresse. Ich wickel ihm sein tibetisches -70er-Jahre-Kassengestell um die Luftröhre. Und wenn sich diese Friedenspfeife angesichts dieser Maßnahmen immer noch nicht wehrt, dann –

So unrecht hatten seine Frau und die Paartherapeutin nicht gehabt, dieses Dalai Lama löste tatsächlich starke emotionale Reaktionen in ihm aus. Nur wohl nicht solche, wie sie sich die beiden Damen erhofft hatten. Zur Ablenkung versuchte Rünz, sich vorzustellen, wie dieser asiatische Dauerlächler nach seiner täglichen Bühnenperformance seine dunklen Seiten auslebte, wenn er nicht mehr vor seiner treudoofen, harmoniesüchtigen deutschen Anhängerschaft Einklang und Frieden predigte. Vielleicht besuchte er an seinen Auftrittsorten nach der Show noch SM-Studios, getarnt mit Vokuhila-Perücke, Ray-Ban-Sonnenbrille und Trenchcoat. Vielleicht nahm er auf seinen Reisen auch gut transportable Haustiere mit – Hamster oder Wellensittiche –, die er spätabends im Hotelzimmer auf einem kleinen Elektrogrill röstete und zu den ›Sexy Sport Clips‹ auf DFS als Snack knabberte. Solchen Typen war alles zuzutrauen.

Der Kommissar war schon geladen gewesen, als er die Commerzbank-Arena betreten hatte. Seine Frau hatte während der Hinfahrt ausgiebig über sein exaltiertes Outfit gelästert, mit dem er sich für den anschließenden Besuch der Buchmesse präpariert hatte. Doch der Kommissar war im Nachhinein heilfroh über seine Maskerade; er konnte sich unmöglich erlauben, auf dieser Dalai-Lama-Veranstaltung von einem Bekannten entdeckt zu werden. Er hatte einen Ruf zu verlieren.

Zur Einstimmung bestand seine Frau auf einer Shoppingtour durch die ›Asian Spirit Expo‹, eine improvisierte Einkaufsmeile in der Verlängerung des Haupteinganges der Arena, bestehend aus weißen Pagodenzelten, in denen man allerlei buddhistischen Esoterik-Nippes und Schnickschnack erwerben konnte, Statuen, die ausschauten wie Brecker beim Saunagang, Seidenschals, Umhänge, Tees, Räucherkerzen. Rünz war in der Stimmung für einen Trostkauf, er fragte einige der Standbetreiber nach asiatischen Nahkampfwaffen – Nunchakus, Wurfsternen, Samuraischwertern. Nach einigen befremdeten Reaktionen der Händler und giftigen Blicken seiner Frau stellte er seine Marktforschung wieder ein.

Die Show selbst übertraf seine schlimmsten Befürchtungen, aber was war bei diesem Motto – ›eine Welt, ein Geist, ein Herz‹ – auch anderes zu erwarten. Er saß inmitten tausender Lama-Adepten, die dem Großmeister jede Silbe von den Lippen ablasen und in kollektiver Regression lächelten wie frisch gestillte Babys.

Mindestens ebenso unerträglich wie die orangefarbene tibetische Harmoniemaschine auf der Bühne und ihre Fans auf dem Rasen war die Anbiederei der hessischen Volksvertreter. Roland Koch, der ja jeden Wettbewerb im Zerknirscht-Dreinschauen haushoch gewann, schaute noch etwas zerknirschter drein als sonst. Aber als Vollprofi im Politbusiness konnte er sich unmöglich die Gelegenheit entgehen lassen, neben seiner Heiligkeit vor den Kameras zu stehen. Ein politisch ambitionierter Mensch, der öffentlich diesen Unangreifbaren kritisierte, würde in Deutschland nicht mal in den Vorstand eines Schrebergartenvereins gewählt.

Mein Gott, dachte Rünz, was wäre das für ein Schauspiel, käme jetzt Buffalo Bill mit seinen kampferprobten Recken herein, mit seinen Gatling Guns brächte er den Kongress zum Tanzen, und seine Rodeoreiter würden die panisch herumspringenden glatzköpfigen Mönche mit dem Lasso einfangen.

Rünz schaute nach rechts, seine Frau saß im Schneidersitz neben ihm, nicht ansprechbar, mit seelig-verzücktem Gesichtsausdruck. Er drehte den Kopf, spähte nach Nordosten über die Tribüne. Oben, vom Rang aus, hätte er jetzt eine prima Sicht auf die Frankfurter Skyline. Er wusste, dass Wedel dort gerade recherchierte. Irgendeiner absurden Fehlermeldung zufolge hatte Brecker in einem der Hochhäuser an der Taunusanlage eine Bürofläche angemietet. Wedel sollte die Lage vor Ort checken und würde sicher gleich telefonisch durchgeben, dass die Info eine Luftnummer war. Rünz hatte sein Handy bewusst auf volle Lautstärke gestellt, so konnte er einen kleinen akustischen Kontrapunkt zur Dalai-Lama-Vorstellung setzen. Wie damals, beim Keith-Jarrett-Konzert in der Alten Oper.

Bis dahin galt es, die Zeit irgendwie sinnvoll zu nutzen. Eigentlich die ideale Gelegenheit, ein paar Stichpunkte für die Kontaktanbahnung mit den Verlagsleuten und Literaturagenten vorzubereiten. Er nahm Block und Stift aus seiner Jackentasche.

»Was willst du denn jetzt aufschreiben?«, fragte ihn seine Frau entgeistert, als würde er in einer Synagoge Schweineschnitzel feilbieten. Sie schien also doch Einzelheiten ihrer unmittelbaren Umgebung mitzubekommen.

»Nichts«, antwortete er. »Nur ein paar Notizen über meine persönlichen Eindrücke hier. Kommt ja nicht jede Woche ins Rhein-Main-Gebiet, der geistige Führer des tibetischen Volkes.«

33

Die Glasfront war auf dieser Höhe völlig verdreckt, sie erkannten das stählerne Ungetüm erst, nachdem sie den gröbsten Mist abgeschrubbt hatten. Ihre Augen waren knapp über der Fußbodenhöhe des Bürotraktes, in den sie starrten.

»Heilige Scheiße, was ist das?«, fragte der Neue entgeistert. Er hatte seine Wischutensilien fallen gelassen und peilte durch die Glasfläche, die Hände neben die Augen gelegt, damit die Verspiegelung seine Sicht in den Raum nicht beeinträchtigte. Seine Höhenangst hatte er für einen Moment vergessen.

»Weiß der Henker«, sagte Toni, der in der gleichen Position direkt neben ihm stand. »Vielleicht eine riesige Bohrmaschine?«

»Eine Bohrmaschine? In der Größe? Die kannst du im Tunnelbau einsetzen.«

»Frag doch den dicken Typ da hinten in der Ecke. Der scheint gerade aufzuwachen.«

Sie beobachteten, wie der Dicke sich den Kopf kratzte, langsam aufstand, zwei oder drei Minuten seltsam untätig herumstand, dann durch ein Nivelliergerät über ihre Köpfe hinweg auf die andere Seite der Taunusanlagen peilte. Es war, als ob er die beiden Fensterputzer nicht bemerkte, er zog sein Handy aus der Tasche und erledigte einen Anruf. Plötzlich schien Leben in den Mann zu kommen, er bewegte sich schneller, legte einen Kippschalter an einer primitiven Schaltkonsole um, und das riesige Gerät rotierte langsam ein Stück weit um seine Vertikalachse. Dann bückte er sich zu einem Metallkasten hinunter, und mit einem Mal begann sich der seltsame Bohrer mit den sieben Stahlrohren auf dem Dreibein zu drehen, langsam anfangs, irgendwann immer schneller. Die Glaselemente der Fassade begannen zu vibrieren. Die Erschütterung lag anfangs im Infraschallbereich, unterhalb der Hörschwelle, die beiden Fensterputzer spürten es zuerst an ihren Händen, kurz darauf verwischte sogar das Spiegelbild des SkyRise-Turmes gegenüber. Der Neue trat kreidebleich von der Scheibe zurück, und auch Toni spürte, dass hier irgendetwas nicht in Ordnung war.

34

Nirgendwo eine Etagenangabe. Also noch einmal zehn Stockwerke runter, bis er die Originalnummerierung wieder entdeckt hatte, dann wieder hoch. Und sauber mitzählen, Wedel hatte keine Lust mehr auf eine zusätzliche Trainingseinheit. Hier musste es sein, Achtunddreißigster. Raus auf den Gang, hatten die Jungs vom Sicherheitsdienst gesagt, rechts, links, rechts, und zuletzt die erste Tür links. Was waren das für seltsame Vibrationen? Er konnte die Quelle nicht lokalisieren, die Frequenz war viel zu tief. Er blieb stehen, horchte, legte die Rechte zuerst auf die Wand, kniete nieder wie ein Spuren lesender Indianer, legte zuerst die Finger der Linken und schließlich sein Ohr auf den nackten Betonboden. Das gesamte Gebäude schien zu vibrieren, aber es war immer noch unmöglich, die Quelle dieser Erschütterung auszumachen. Keine Klimaanlage, kein Haustechnik-Aggregat war in der Lage, solche Schwingungen zu erzeugen. Vielleicht ein Handwerker mit einem großen Schlagbohrer.

An den Wänden links und rechts sah er Risse, Schleifspuren und Kratzer; jemand hatte schweres Gerät oder Mobiliar durch den Flur transportiert, offensichtlich ohne große Rücksicht auf Verluste. Wedel sprintete weiter und stand wenige Sekunden später vor der Bürotür. Kein Schild, kein Hinweiszettel. Die Vibrationen waren jetzt so stark, dass seine Fußsohlen kribbelten. Erst anklopfen? Sinnlos, niemand im Raum würde das hören. Also einfach rein. Verdammt, abgeschlossen.

35

Rünz war mit seiner Frau im Taxi zum Messegelände gefahren, und hatte sie dort an der S-Bahn Richtung Darmstadt verabschiedet. ›Komme später nach, habe noch zwei Termine in der City‹, hatte er zu ihr gesagt. Wie insgeheim erhofft, hatte sie nachgehakt. ›Ach, nichts Besonderes. Treffe mich mit einem Literaturagenten auf der Buchmesse, danach habe ich noch ein Meeting mit einem Consultant.‹ In ihrem Blick hatte er Neugier, Unsicherheit, gleichzeitig eine Spur Respekt und Bewunderung registriert.

Nun konnte er sich voll auf die Umsetzung seines ganz privaten Businessplans konzentrieren. Rünz hatte beschlossen, sich einige der Ideen und Ansätze seines Chefs zu Herzen zu nehmen – nicht was seine Tätigkeit im Präsidium anging, sondern für die Vermarktung seines Manuskriptes. Professionelles Auftreten war wichtig. Und Networking. Nichts ging über persönliche Beziehungen. Was sein Äußeres anging, hatte er sich nach langem Kopfzerbrechen – und zum Amüsement seiner Frau auf der Hinfahrt – für eine Kombination aus Jean-Paul Sartre und dem frühen Peter Handke entschieden. Er trug eine abgewetzte Breitcordhose aus dem Second-Hand-Laden, alte Schnürstiefel, die aus der Requisite eines Heimatfilms aus den Fünfziger Jahren zu stammen schienen, eine bei jeder Bewegung knarzende Knautschlack-Lederjacke aus den Siebzigern über einem schwarzen Rollkragenpullover, und eine Nickelbrille vom Flohmarkt – mit so dicken Gläsern, dass er kaum geradeaus gehen konnte, ohne seekrank zu werden. Seine Pupillen schauten für seine Gesprächspartner aus wie die Augäpfel eines Riesenkalmars. Sein schütteres Haupthaar hatte er sich in weiser Voraussicht seit mehreren Wochen nicht schneiden lassen und seit einem knappen Monat nicht mehr mit Shampoo in Kontakt gebracht. Es hing in fettigen, schuppigen Strähnen über der abblätternden schwarzen Kunstlederschichtung seines Jackenkragens. Eine gewisse weltfremde, entrückte und exaltierte Aura hatte ja noch keinem Debütanten geschadet. Ließ sich sicher glänzend vermarkten, ein Autor war schließlich ein Gesamtkunstwerk, sein Manuskript nur ein Teil davon.

Rünz fühlte sich wohl hier in der Halle 1 des Messegeländes, einem separierten Bereich, in dem Literaturagenturen und Verlage etwas abseits des Messebetriebes Autoren die Möglichkeit zur Kontaktaufnahme boten. Hier gehörte er hin, nicht in die großen Messehallen mit ihrem Massenbetrieb, wo Gisela Schrullinger dem Auftritt von Anna Gavalda entgegenfieberte. Hier war er Profi unter Profis.

Der Literaturagent hatte eine Vollglatze, war von den Strümpfen bis zum Brillengestell in Grau gekleidet, sein knallrotes Seidenschälchen wirkte wie ein Leuchtturm im Kustennebel. Diese Leute aus den Kreativbranchen trugen immer neckische Schälchen, die waren ja ständig leicht verschnupft. In der Rechten hielt er ein Kommunikations-Sandwich aus einem Blackberry und einem klassischen Moleskine-Notizbüchlein mit grünem Ledereinband und chamoisfarbenem Papier, dessen Verschlussgummi er fortwährend ungeduldig gegen den Einband knallen ließ.

Rünz starrte ihn nach seiner diplomatischen Start-offensive – er hatte mehrfach seine über zwanzig Jahre Berufserfahrung in der Mordkommission erwähnt – erwartungsvoll durch seine Glasbausteine an.

»Wissen Sie«, sagte der Agent nach einigen Sekunden Bedenkzeit, »eine handfeste Recherche ist die eine Seite. Aber Ihr Skript braucht mehr. Die Plot points müssen stimmen, und ohne Human Interest geht gar nichts. Dieser Special Agent Vince Stark – was treibt der so in seinem Privatleben?«

Der Agent setzte den Namen des Protagonisten in imaginäre Anführungszeichen, als wäre die Figur nicht ganz ernst zu nehmen.

»Na ja, Frauen aufreißen, Autofahren, Komasaufen – das, was Männer gerne machen!«

»Und die ganze Räuberpistole spielt in – wie heißt das Nest noch – *Darmstadt*? Sollte man da nicht eher einen Medizinthriller ansiedeln, ein Mordkomplott unter Proktologen, ›Tödliche Darmspiegelung‹ oder so was Ähnliches?«

Der Literaturagent gluckste vergnügt, er bekam sich gar nicht mehr ein über seinen kleinen Scherz. Rünz gehörte nicht gerade zu den Lokalpatrioten der Heinerstadt, aber was zu weit ging, ging zu weit. Er schmollte, schaute finster und beleidigt drein, bis sich sein Gesprächspartner wieder beruhigt hatte.

»Nichts für ungut«, entschuldigte sich der Agent, um wieder zur Sache zu kommen. »Thrillergenre also«, murmelte er nachdenklich, mit skeptischem Unterton, als würden sich Thriller derzeit so gut verkaufen wie schmutzige Unterhosen. Auf diesen Moment hatte Rünz gewartet. Er war präpariert. Vor dem Termin hatte er einige einschlägige Fachmagazine aus der Verlagsbranche studiert und sein fundiertes Hintergrundwissen in der Commerzbank-Arena noch fix zu einem knappen und überzeugenden Statement kondensiert. Hoven hatte nicht ganz unrecht – Positionierung war alles. Und *gut aufgestellt* musste man sein, mit einem *breiten Portfolio*, damit man *auf Augenhöhe* verhandeln konnte.

»Ja, ein Thriller«, legte er selbstbewusst los, ganz Missionar in eigener Sache. »Ein knallharter Wissenschaftsthriller, um genau zu sein.« Rünz schaute den Agenten herausfordernd und direkt an wie ein US-Staranwalt die Jury beim Schlussplädoyer. »Aber mehr als das. ›Amok‹ ist ein literarisch ambitioniertes Echtzeit-Thrillerdrama mit Regionalbezug, aber gleichzeitig ein psychologischer Entwicklungsroman, eingebettet in eine romantische Liebesgeschichte, die in der Zukunft spielt. Also quasi auch ein klassischer Frauenroman im Gewand eines intellektuell anspruchsvollen Science-Fiction-Mystery-Reißers, der speziell das junge Publikum mit ansprechen dürfte. Und natürlich, schon allein durch den solide recherchierten historischen Hintergrund und die topaktuellen politischen Bezüge, die Kriegsgeneration, die Best-Ager, die 68er, die Babyboomer und die Generation Praktikum – ich rede hier schließlich über fesselndes, frivol-erotisches Histotainment mit Dokufiction-Charakter.«

Rünz beugte sich nach vorne und riss enthusiastisch die Augen auf, um seinem Vortrag mehr Verve zu geben. »Diese als Melodram getarnte, satirisch zugespitzte Action-Burleske ist nicht nur für Krimifreunde interessant, die können Sie in Ihrer Reihe ›Freche Frauen‹ genauso positionieren wie in den Sparten ›Boulevard‹ oder ›Zeitgeschichte‹.«

Rünz überlegte kurz, ob er bei seiner Kurzbeschreibung irgendeine Belletristik- und Sachbuchsparte oder -zielgruppe vergessen hatte, und legte schnell noch mal nach. »›Amok‹ ist übrigens ein revolutionärer Grenzgang zwischen Lyrik und Prosa«, schob er schnell nach. »Und hatte ich erwähnt, dass die ganze Geschichte eingebettet ist in eine mythisch-romantische Vampirsaga?«

Dann lehnte er sich entspannt und selbstzufrieden zurück. Leichter konnte man einem Agenten die Entscheidung für ein Manuskript doch kaum machen. Wann holte der endlich einen Verleger an den Tisch? Der Agent schaute betroffen zu Boden, setzte seine Brille ab und massierte sich die Schläfen mit den Fingerspitzen, als litt er an einem scheußlichen Migräneanfall. »Ziemlich breit angelegt, Ihr Projekt«, stöhnte er schließlich resigniert. »Ziemlich breit angelegt …«

36

Mehrmals warf sich Wedel vergeblich gegen die verschlossene Tür, bis seine Schulter schmerzte. Der Bürotrakt war zum Flur hin mit einem großen Glaselement abgetrennt, eine milchigweiße, semitransparente Klebefolie diente als Sichtschutz. Wedel begann hektisch, an einer Ecke des Rahmens die Folie ein Stück weit abzuziehen. Nach ein paar Sekunden hatte er eine kleine Öffnung frei, spähte hindurch, sprang sofort wieder auf und rannte den Flur entlang, bis er in einem der Nachbarräume einen Feuerlöscher gefunden hatte. Er sprintete zurück, holte im Lauf aus und schmetterte den Boden der roten Metallflasche gegen die Glasfläche. Sie zersprang wie die Windschutzscheibe eines Autos in tausend Teile, ohne zu zerbersten. Wedel holte noch zweimal aus, ohne Erfolg. Er ließ den Feuerlöscher fallen, nahm sein Handy aus der Tasche, wählte Rünz' Nummer und sah sich, während er das Telefon an sein Ohr gepresst hielt, weiter in den Fluren und leer stehenden Räumen um. Er wusste nicht, wonach er suchte, aber er würde es wissen, wenn er es gefunden hatte.

37

Brecker setzte sich Ohrenschützer auf, der Lärm war kaum erträglich. Das Adrenalin in seinen Adern hatte ihn hellwach gemacht. Das Laufbündel war auf Nenndrehzahl, aber die Hydraulikpumpe hatte noch nicht genügend Druck aufgebaut, um eine zuverlässige Funktion der Munitionszuführung zu gewährleisten. Mit einer Hand an der Kupplung der Drehmechanik und der anderen an der Entriegelung der Munitionszuführung starrte er gebannt auf den Zeiger des Manometers, der sich quälend langsam an der Skalierung emporarbeitete. In wenigen Sekunden konnte er loslegen. Dann hörte er die Schläge, gedämpft durch seinen Gehörschutz und den Lärm des rotierenden Laufbündels. Er drehte den Kopf und sah die ersten Risse in der Glasscheibe.

38

Als Rünz die Taunusanlage überqueren wollte, schob sich dem Kommissar die Kühlerhaube eines Taxis in den Weg. Die rechte Fondstür öffnete sich, eine schlanke, große Mittdreißigerin in einem puristisch geschnittenen, grau melierten Mantel aus Wollfilz, Strickleggings und Ankleboots stieg aus. Rünz schaute sie giftig an, sie hatte sich schließlich einem südhessischen Polizeihauptkommissar bei der Ausübung seiner Pflichten in den Weg gestellt. Sie revanchierte sich mit einem taxierenden Blick, scannte ihn von oben bis unten und lächelte süffisant über seinen Aufzug. Bevor Rünz seine Marke zücken und sie über ihre Rechte aufklären konnte, passierte etwas Magisches: Ein handtuchgroßer, beiger Lederlappen segelte aus irgendeiner Paralleldimension von oben herab und landete auf ihrem Kopf, perfekt ausgebreitet und ausgerichtet wie ein Brautschleier für Aschenputtel.

»Einmal volltanken bitte«, rief Rünz. »Und die Frontscheibe hat's auch mal wieder nötig«, feixte er und überquerte kichernd die Straße.

Das tibetische Lama schien immer noch die Region unsicher zu machen, eine dutzendstarke Abordnung des Frankfurter Tibet-Hauses durchmaß in orangenen Gewändern die Taunusanlage und lud die Bankentürme mit positivem Karma auf.

Das Gespräch mit dem Literaturagenten hatte ihm Auftrieb gegeben, Rünz war in euphorischer Stimmung. Seine Aufmachung war vielleicht nicht ideal für das Treffen mit dem Unternehmensberater, aber er war schließlich Kunde, und der Kunde war König. Sogar an die Nickelbrille mit den Gläsern im zweistelligen Dioptrienbereich hatte er sich inzwischen gewöhnt, sie bot ihm einen verzerrten, fast psychedelischen Blick auf die Wirklichkeit, der sonst sicher nur mit hohen Dosen Heroin oder LSD zu erreichen war.

Klar, der Literaturagent hatte etwas reserviert reagiert auf die Vorstellung seines Manuskriptes. Aber eigentlich sprach es nur für dessen Professionalität, einem genialen Debütanten nicht gleich beim Erstkontakt Honig um den Bart zu schmieren. Denn gerade wenn man ein neues Talent entdeckt hatte, galt es, Ruhe zu bewahren, die eigene Verhandlungsposition zu stärken. Der spielte sicher gerade die Top-Verleger gegeneinander aus, um die bestmöglichen Konditionen herauszuholen. Lief also alles nach Plan. Rünz war guter Dinge und zuversichtlich, Hoven bald die Kündigung auf den Tisch legen zu können. Überhaupt sollte er öfter mal nach Frankfurt fahren. Wichtiger, erfolgreicher und bedeutender fühlte er sich hier, im Zentrum der Globalisierung. Und Erfolg machte sexy. Vielleicht würde er in diese neuen Unterhosen noch hineinwachsen.

Nicht einmal der abschätzige Blick der PCC-Sekretärin, die ihn im zweiundvierzigsten Stockwerk des SkyRise-Turmes am Aufzug abgeholt hatte, konnte sein Stimmungshoch dämpfen.

39

Katja Lebert starrte konsterniert in die Aufzugkabine. Da stand nur ein abgerissener Volltrottel mit
schuppigem, fettigem Haupthaar und einer Nickelbrille
mit Gläsern so dick wie Bullaugen, in einer abgewetzten
alten Lederjacke und speckigen Breitcordhosen. In der
Hand hatte er eine riesige Papiertasche mit dem Logo
des Suhrkamp-Verlages, die bis zum Rand gefüllt war
mit Prospekten, Nippes und Giveaways von der Frankfurter Buchmesse. Der Penner suchte bestimmt die
S-Bahn hier oben. Warum hatten die Kollegen unten
vom Empfang diesen Loser nicht aufgehalten? Und wo
hatten sie Weilers Kunden hingeschickt?

»Bin ich hier richtig bei PCC?«, fragte die Gestalt.

»Ähm, ja schon«, sagte sie. Das konnte heiter werden.

Der Mann trat aus der Aufzugkabine und streckte
ihr die Hand zur Begrüßung entgegen. »Rünz. Polizeihauptkommissar. Ich will zu Herrn Weiler.«

Katja Lebert versuchte, ihre Gedanken zu sortieren.
Der Typ sah aus wie ein Philosophiestudent im zwei-
undfünfzigsten Semester, gab vor, Kommissar zu sein,
hatte keine Manieren und kam offensichtlich frisch von
der Buchmesse. Ergab das einen Sinn? Hatte Weiler
Probleme mit der Polizei? Vielleicht Betrug, Urkunden-
fälschung oder irgendwelche Hochstapeleien? Oder
der Typ war wirklich ein Kunde. Drittklassige Consultants hatten drittklassige Kundschaft. Nicht ihr
Problem. Ihr Job war die sichere Eskorte zu Raum

drei. Sie stellte sich vor und gab dem Kommissar zur Begrüßung die Fingerspitzen. Vollkontakt vermeiden, dachte sie, vielleicht hat der Läuse. Sie forderte ihn auf, ihr zu folgen. Normalerweise textete sie Besucher von Kunden auf dem Weg durch die Flure des Business Centers zu, damit die nicht auf den Gedanken kamen, sich intensiv umzuschauen oder selbst Fragen zu stellen. Aber bei diesem Gnom konnte sie sich das wohl sparen. War der Typ wirklich Kommissar? Hatten die Chefs in den Polizeipräsidien so großen Personalmangel, dass sie schon Langzeitstudenten als Quereinsteiger engagierten? Mein Gott, wenn solche Vogelscheuchen in Hessen für Sicherheit und Ordnung sorgten, war es höchste Zeit, sich einen Leibwächter zu besorgen oder Tae-Kwon-Do zu lernen. Denk nicht zu viel nach, dachte sie. Mach einfach deinen Job. Sie öffnete die Tür zu Raum drei und schob den Kommissar über die Schwelle. Bevor sie die Tür wieder geschlossen hatte, hörte sie hinter sich an der Aufzugtür eine laut quäkende Kinderstimme.

»Gran Turismo ohne Sound ist SCHEISSE!«

Im gleichen Moment klingelte das Telefon an ihrem Schreibtisch. Hoffentlich nicht wieder dieser Stalker, der seit Tagen regelmäßig anrief, um zu erfahren, wann Weiler im Haus war. Im Umfeld dieser PCC schienen sich nur Chaoten zu tummeln.

40

Der Consultant fingerte noch ein paar Sekunden auf seinem Notebook herum, bevor er sich Rünz widmete. Genau die gleichen Marotten wie Hoven, dachte Rünz. Dieser Typ kam ihm irgendwie bekannt vor, er war sicher, ihn schon einmal gesehen zu haben. Weiler schien es nicht so zu gehen, aber das mochte auch an Rünz' perfekter Tarnung liegen.

Das folgende Gespräch offenbarte dem Kommissar die gesamte herzzerreißende Dämlichkeit des SUSC-Konzeptes, das Hoven mit dieser Karikatur eines Unternehmensberaters ausgeheckt hatte. Pures, bunt schillerndes Blendwerk ohne Substanz und Inhalt. Und wenn, wie mit an Sicherheit grenzender Wahrscheinlichkeit zu erwarten war, das Programm zur Lachnummer des hessischen Polizeiwesens wurde, stand Rünz mit der Clownsnase in der Manege, und nicht sein Vorgesetzter. Frei nach Hovens Maxime: Erfolge feiern, Misserfolge delegieren.

Viel interessanter war eine Bemerkung Weilers, die beiläufig erfolgte, in einem Nebensatz versteckt. Eine Bemerkung, aus der Rünz schloss, dass Weiler bei seinen Beratungsdienstleistungen für Hoven auf Personaldaten zugriff, die definitiv nicht in die Hände Dritter gehörten. Ja, mehr noch, einige Aussagen Weilers deuteten auf eine Art konspiratives Assessment-Center hin, in dessen Rahmen Hoven und Weiler die Zukunftsperspektiven einzelner Mitarbeiter des Präsidiums ausgelotet hatten. Jetzt wurde es spannend.

Wohin für Rünz die Reise gehen sollte, war ja klar. Aber was war mit Wedel? Und hatten die beiden auch die Schutzpolizisten vom zweiten Revier unter die Lupe genommen? Brecker vielleicht? In Rünz erwachten Neugier und Ermittlerinstinkt. Er setzte sich aufrechter hin, nahm die dickglasige Nickelbrille von der Nase und strich sich die Haare glatt, um etwas mehr Seriosität auszustrahlen. Er beschloss, die bewährte Strategie anzuwenden – hemmungsloses Anschleimen. Was bei Hoven funktionierte, würde bei diesem aufgeblasenen Typen auch Ergebnisse bringen.

»Also, ich muss Ihnen wirklich sagen, ich finde das ganz erstaunlich, was Sie mit Herrn Hoven zusammen auf die Beine stellen.«

»Na ja, ist mein Job«, winkte Weiler in gespielter Bescheidenheit ab, sichtlich geschmeichelt.

»Doch, wirklich«, setzte Rünz nach. »Ich denke gerade darüber nach, wie wir die SUSC-Einheit so aufstellen, dass wir gleich vom Start weg hochperformant agieren können.«

Dieser Weiler schien hochgradig angetan von so viel Initiative. »Was schwebt Ihnen vor? Schießen Sie los, Herr Kommissar!«

»Ich würde gerne zwei Kollegen mit ins Boot holen, von denen ich mir perfektes Teamwork bei minimalen Reibungsverlusten verspreche.«

»An wen denken Sie da?«

Rünz triumphierte innerlich, schon die Frage war ein Offenbarungseid. Hoven hatte Weiler mit detaillierten Personalinfos gefüttert und musste im Präsidium nicht einmal Gegenwind für solche Aktionen befürchten, weil er die Leitung der Stabsstelle ›Personalentwicklung‹ mit einem königstreuen Vasallen besetzt hatte.

»An meinen Assistenten Ansgar Wedel und Klaus Brecker vom zweiten Revier«, sagte Rünz und beobachtete Weiler, dem die Gesichtszüge zu entgleiten schienen.

41

Das konnte diese abgerissene Ermittler-Parodie nicht ernst meinen. Er sollte den Ex-Mann seiner Freundin zum Mitglied einer Spezialeinheit aufwerten? Jetzt, wo er kurz davor war, diesen Brecker persönlich und beruflich zu ruinieren, aus der Vergangenheit seiner Partnerin quasi auszulöschen? Das musste er diesem Kommissar ausreden.

»Also, was Ihren Assistenten angeht, sehe ich da überhaupt keine Probleme. Aber dieser Brecker – wie sagten Sie, war der Vorname? Klaus? Warten Sie mal...«

Weiler blätterte noch ein wenig in einer leeren Excel-Tabelle herum, als suchte er Daten zur Bestätigung seiner Bedenken. Dieser Ermittler schien nicht der Hellste zu sein und fraß ihm aus der Hand, er sah keinen Grund, mit seinem Zugang zu diskreten Personalinformationen hinter dem Berg zu halten. Und der blöde Kommissar musste ja nicht wissen, dass Weiler großes persönliches Vergnügen daran hatte, diesem Brecker eins reinzuwürgen.

»Ja, hier haben wir die Daten. Die Ergebnisse des Assessment-Centers sprechen für sich, beziehungsweise gegen ihn. Social Skills, Reliability, Commitment – alles weit im roten Bereich. Und von den zwei Dutzend Disziplinarverfahren, die er in den letzten zehn Dienstjahren angesammelt hat, möchte ich gar nicht erst reden. Wenn Ihrem Chef und Ihnen an der Glaubwürdigkeit der Marke ›Polizei Hessen‹ irgendetwas liegt, müssen Sie Leute wie diesen Brecker von der Straße holen. Der hat am Point of Contact nichts verloren.«

Dieser Kommissar schaute drein wie ein angeschlagener Boxer, den der Gong gerade noch über die Runde rettet.

»Sie wollen *Klaus Brecker* in den Innendienst versetzen?«

Was soll dieses gespielte Entsetzen, fragte sich Weiler. Als hätte er vorgeschlagen, Godzilla als Haustier zu halten! Ich kann noch ganz andere Sachen machen, dachte er. Ich habe bei Hoven so einen dicken Stein im Brett, ich kann dafür sorgen, dass du bis zur Pensionierung Verkehrserziehung im Kindergarten machst. Ich bin der ›Master of the Universe‹.

Dann summte das Handy des Kommissars. Der Ermittler nahm das Gespräch an, kniff die Augen zusammen und legte die freie Hand auf das freie Ohr, um alle Nebengeräusche fernzuhalten. Hier in der Frankfurter City boten alle Mobilfunkanbieter hervorragende Netzqualität, der Anrufer musste also irgendwo im Urwald oder inmitten einer Straßenbautruppe stehen. Rünz hörte nur zu, rief ab und zu ›was‹ und ›wie bitte‹, während Weiler versuchte, vom Gesichtsausdruck des Ermittlers auf den Gesprächsinhalt zu schließen. Dann stand der Kommissar auf, ging mit dem Handy am Ohr durch den Raum Richtung Fenster und starrte auf die andere Straßenseite.

»Sagen Sie, Taunusanlage 13, ist das da auf der anderen Seite irgendwo?«, erkundigte sich Rünz plötzlich, und Weiler brauchte einen Moment, um zu verstehen, dass er mit der Frage gemeint war. Er machte eine Vierteldrehung auf seinem Chefsessel.

»Klar. Der alte GE-Turm, direkt gegenüber. Da wo die beiden Fensterputzer an der Fassade hängen. Steht schon seit Jahren leer, die Bude. Wieso fragen Sie?«

Aber der Kommissar starrte schon wieder aus dem Fenster und versuchte, sich mit seinem Gesprächspartner zu verständigen. Dann ging die Tür auf und Weiler stöhnte genervt auf. Kevin. Und hinter ihm im Türrahmen Katja Lebert, achselzuckend und mit bedauerndem Gesichtsausdruck, in dem auch eine Spur Schadenfreude mitzuschwingen schien.

»André – deine blöde Sekretärin sagt, ich soll die PSPgo leiser stellen. Gran Turismo macht keinen Spaß so leise.«

Weiler wollte gerade aufstehen, um die beiden Störenfriede mit Nachdruck hinauszukomplimentieren, hielt aber inne. Warum starrte Kevin den Kommissar so an? Und warum starrte der Kommissar zurück, offensichtlich seinen Gesprächspartner auf dem Mobiltelefon völlig vergessend?

»Onkel Karl, bist du das?«, fragte Kevin ungläubig. Unvermittelt fing er lauthals an zu lachen. »Du siehst ja zum Schießen aus. Woher hast du denn die komischen Klamotten?«

»Verdeckte Ermittlungen, Kleiner. Alles Tarnung«, stotterte Rünz ratlos. Weiler schaute Rünz an, dann Kevin, dann an Rünz vorbei Richtung GE-Turm. Verdammt, was lief hier ab, wieso kannten sich die beiden? Klar, weil Brecker und dieser Rünz Kollegen waren, hätte er sich denken können. Aber warum sprach Kevin den Ermittler mit ›Onkel‹ an? Und was hatte das alles mit dem GE-Turm gegenüber zu tun? Das war ja wie Ohnsorg-Theater, dachte Weiler. Oder ›Versteckte Kamera‹. Diesen ganzen Auftritt würde er Hoven gesondert in Rechnung stellen.

42

Wedel geriet am anderen Ende der Leitung langsam in Panik, Rünz musste schnell eine Entscheidung treffen, sonst würde sein Assistent ein SEK alarmieren. Rünz drehte sich wieder zu Weiler, die beiden schauten sich wortlos an, und irgendetwas in Rünz' Gesichtsausdruck schien den Consultant zu beunruhigen. Der Ermittler erinnerte sich plötzlich, woher er Weiler kannte - der Auftritt in der Privatschule in Langen, ein Jahr zuvor. Rünz versuchte, seine Gedanken zu sortieren, aus den wirren Ideen und Fakten in seinem Oberstübchen eine konsistente, logische Kette aufzubauen. Von den geschätzten einhunderttausend Unternehmensberatern in Frankfurt hatte Hoven ausgerechnet den engagiert, der Brecker die Frau ausgespannt hatte. Er war drauf und dran, Breckers private und berufliche Existenz zu vernichten, und Brecker gehörte nicht zu den Typen, die solche Kränkungen beim Gesprächskreis in der Männergruppe verarbeiteten. Dieser Weiler hatte ein akutes Sicherheitsproblem, und er schien nichts davon zu ahnen.

Er spähte wieder konzentriert aus dem Fenster. Im GE-Turm gegenüber schien sich auf gleicher Höhe die Glasfassade kaum merklich zu verändern, Vibrationen brachten die glatten Flächen in Schwingungen, das riesige Spiegelbild, in dem sie den SkyRise-Turm sahen, verschwamm. Die beiden Fensterputzer traten erschrocken zurück von der Glasfläche, soweit es ihre schmale Aluminiumgondel erlaubte. Rünz traf einen

Entschluss und sprach einen Satz in sein Handy – laut, klar und deutlich, sodass alle im Raum ihn verstehen konnten.

»SAG IHM, DASS KEVIN HIER IST!«

Danach beendete er das Gespräch und wandte sich an die Anwesenden. Er musste sich beherrschen, damit nicht Panik in seiner Stimme durchschimmerte. Ganz entspannt und locker sollte die Aufforderung klingen, wie eine Einladung zu einem Nachmittagskaffee.

»Ich glaube, wir sollten jetzt alle das Gebäude verlassen.«

43

Superidee, dachte Wedel. Soll ich Brecker vielleicht eine SMS schicken und dann die Antwort abwarten? Da er kein besseres Einbruchswerkzeug gefunden hatte, nahm er den Feuerlöscher wieder zur Hand und begann, die Bürotür zu bearbeiten, rammte die rote Stahlflasche mit dem Boden voran immer wieder gegen das Türblatt, direkt neben dem Schlosskasten, zehn-, zwölf-, fünfzehnmal, der enge Flur erlaubte ihm nicht, weit auszuholen. Irgendwann gab das Schließblech nach und flog mitsamt dem Türblatt krachend aus dem Rahmen. Wedel ließ den Feuerlöscher fallen und sah den stählernen Racheengel, das mächtige, rotierende Laufbündel, seine Ohren klingelten, seine Fußsohlen waren taub von den Vibrationen. Und er sah Brecker, einen gebrochenen, heruntergekommenen, ölverschmierten Berserker mit leerem Blick und der Spitze seines wurstartigen rechten Zeigefingers auf einem roten Schalter.

44

Vince Stark hörte seinen eigenen Herzschlag. Hier oben an der Fassade des Office-Towers, dreihundert Meter über dem heißen Asphalt der Rheinstraße, klang der Lärm der Metropole nur noch wie fernes Meeresrauschen. Die Aluminiumgondel der Fassadenreiniger und die Tarnung mit deren Arbeitskleidung waren der einzige Weg, in die Nähe von Delgados Geheimlabor zu kommen, ohne Verdacht zu erregen. Stark presste den Lauf seiner Ruger an die Stirn, das kalte Metall wirkte beruhigend. Dann steckte er die Waffe in den Overall und blickte zu Weedle, dem die Höhe nicht geheuer schien. Wenn sie Letitia retten wollten, hatten sie nicht mehr viel Zeit. Nur Delgados Plasmatronen-Fibrillator konnte ihre Vampirgene in die DNA eines Sterblichen zurückverwandeln.

Sie stiegen mit der Gondel langsam nach oben, knapp unter dem dreiundneunzigsten Stockwerk bremste Stark mit der Fernbedienung die elektrische Winde ab. Sie versuchten, durch die Glasfassade in das Labor zu spähen. Plötzlich hörten sie Delgados Stimme, sie schien aus allen Richtungen zu kommen.

»DU KOMMST ZU SPÄT, VINCE STARK! DU KOMMST IMMER ZU SPÄT!«

Dann hörten sie die Detonation, eine Explosion, die nicht mehr aufhörte – wie ein Weltuntergang. In der Glasfläche, direkt über ihren Köpfen, bildete sich ein fußballgroßes Loch, aus dem Rauch und gleißend helles Feuer schoss. Die Öffnung erweiterte sich unter ohrenbetäubendem Lärm langsam nach Osten, das ganze Spektakel wirkte, als würde der Office-Tower mit einem riesigen Schweißbrenner von innen heraus horizontal aufgeschnitten. Die beiden Männer in der Aluminiumgondel waren nach wenigen Sekunden taub, ihre Trommelfelle waren geplatzt, sie hatten die Hände an die Ohren gepresst, das Blut rann zwischen ihren Fingern hervor. Die Druckwellen, die im schier endlosen Stakkato ihre Körper durchschüttelten, lähmten ihnen die Atemzentren, sie hechelten wie Hunde in der Sommerhitze. Nach vorne gebeugt knieten sie in ihrer Gondel auf dem Gitterrost, Schauer von Glassplittern regneten auf sie herab, durchdrangen ihre Overalls und hackten ihnen zentimeterlange Wunden in Hinterkopf, Nacken und Rücken. Die gesamte Gondel verschwand allmählich in einer beißenden Rauchwolke, die in ihren Bronchien brannte wie Giftgas. Vince Stark konnte seinen Partner nicht mehr sehen. Allmählich erkannte er seine Kontur wieder, Will Weedle kroch auf den Knien auf ihn zu, ließ seinen Kopf verzweifelt in Starks Schoß fallen, ohne die Hände von den Ohren zu nehmen.

Ein Schlag ging durch die Gondel, Stark blickte auf. Die Antimaterie-Projektile, mit denen Delgado sie aus dem Labor heraus beschoss, hatten eines der beiden Tragseile beschädigt. Drei Viertel der stählernen Litzen waren glatt durchtrennt, die Enden spleißten unter der Zuglast auf und standen ab wie die Borsten einer alten Drahtbürste. Die verbliebe-

nen Drähte hielten der Belastung nicht stand, jedes Mal, wenn einer riss, ging ein kleiner Ruck durch die Gondel.

Weedle sah ihn flehend an, starr vor Angst. ›Ist schon gut‹, dachte Stark. ›Ich bring dich hier wieder runter, mach dir keine Sorgen‹. Und zum ersten Mal in seinem Leben erkannte er, dass Heldentum ein Kind der Verzweiflung war. So lange er sich für seinen neuen Partner verantwortlich fühlte, musste er sich seiner eigenen Todesangst nicht stellen.

Rünz hielt inne und setzte die Flasche an. Der Darmstädter Office-Tower an der Ecke Rheinstraße/Neckarstraße war eigentlich nicht mal fünfzig Meter hoch und eher die Persiflage eines Hochhauses – aber darauf kam es jetzt auch nicht mehr an, schließlich hatte er an anderer Stelle schon das Woogsviertel atmosphärisch irgendwo zwischen Miami Beach und dem Hafenviertel von Marseille verortet.

Nein, viel wichtiger war ein anderer Aspekt. Er kam sich etwas schäbig vor, Breckers nur knapp verhinderten Amoklauf als Vorlage und Inspiration für den Showdown seines Thrillers zu verwenden. Andererseits – so beruhigte er sein Gewissen – würdigte er seinen Schwager über alle Maßen, indem er ihn in einem der ganz großen zukünftigen Erfolge deutscher Nachkriegsliteratur verewigte. In fünfzig Jahren, wenn Rünz' Werk einen Ehrenplatz im Kanon der Literaturgeschichte hatte, würden sich Germanisten mit kriminalistischem Spürsinn die Köpfe heiß diskutieren über die Frage, ob und wie der Schwager des Autors die

Vorlage lieferte für diese poetische und blutige Eruption von Gewalt, die den verstörenden Abschluss des Jahrhundertwerkes bildete.

Rünz schielte auf den Kalender über seinem Schreibtisch. Der Literaturagent hatte sich noch nicht gemeldet. Hatten ihm nach dem vielversprechenden Erstkontakt das Exposé und die Leseproben doch nicht so gefallen? Am Ende hatte Rünz vielleicht etwas überdreht. Diesen Stephenie-Meyer-Vampirmist hätte er besser weglassen. Letitia plötzlich als untoten Spross einer Blutsaugersippe aus dem Amazonasdelta zu präsentieren – das kratzte doch arg an der Glaubwürdigkeit der ganzen Geschichte.

Wie konnte er die letzten Zweifel des Literaturagenten ausräumen, sein Skript quasi mit einem Sahnehäubchen dekorieren, die Lektüre zum unwiderstehlichen Genuss machen? Natürlich – alles, was noch fehlte, war eine deftige Sexszene zum Abschluss! Und nicht so einen weichgezeichneten Blümchensex mit Satinbettwäsche à la James Bond. Es sollte richtig zur Sache gehen, er sah sich diesbezüglich der Tradition von de Sade, Henry Miller und Charles Bukowski verpflichtet. Eine Hardcore-Szene war außerdem die ideale Möglichkeit, sich endgültig abzugrenzen von diesen biederen Regiokrimiautoren, die sich schon verwegen vorkamen, wenn sie dem stellvertretenden Bürgermeister ihrer Heimatstadt Zechprellerei andichteten.

Er schraubte sich ein weiteres Pfungstädter Märzen durch den Pförtner, surfte einige erotische Webseiten ab, um sich in Stimmung zu bringen, und warf alle Skrupel über Bord. Der Rahmen war schnell skizziert – laue Sommernacht auf der Ludwigshöhe, abendlicher Sternenhimmel über der Skyline Darmstadts, prickelnder Champagner, ein kurzer, spritzig-frivoler Wortwechsel zwischen Vince Stark und der von ihren Vampirgenen befreiten Letitia – und dann direkt ran an den Braten.

Die alte Nummer mit den Sternzeichen zog immer. Sie war so weit. Vince Stark warf einen letzten Blick über die Silhouette der südhessischen Metropole, dann nahm er ihren Kopf in seine Hände, schob ihr ohne Vorwarnung die Zunge zwischen die Zähne und bearbeitete ihr Zäpfchen wie ein Mittelgewichtler die Boxbirne. Er hatte sie jetzt genau da, wo er sie haben wollte. Ihre Nippel waren hart wie Haselnüsse, ihre Schenkel zuckten wie Hühnerbeine auf dem Schlachtblock. Stark setzte sie auf die Mauerbrüstung, zerriss ihren Slip wie einen Fetzen Papier und versenkte seine pulsierende Lustsäule in ihrer dampfend heißen Möse.

Na also, funktionierte doch! Man musste einfach nur die innere Handbremse lösen. Rünz war stolz auf sich. Diese Leidenschaft, diese Poesie! Weiter so, dachte er, und beugte sich wieder über die Tastatur, als er die Stimme seiner Frau direkt hinter ihm hörte.

»INTERESSANT.«

Er zuckte zusammen. »Verdammt«, stotterte er. »Kannst du nicht anklopfen? Wie lange stehst du schon hinter mir? Warum bist du überhaupt wach um diese Uhrzeit?«

»Tür war auf, konnte nicht schlafen«, sagte seine Frau kurz angebunden.

»Hm, wirklich interessant«, wiederholte sie nachdenklich mit Blick auf den Monitor. Wie lange lauerte sie schon hinter seinem Rücken? Er drückte hektisch die Tastenkombination Alt+Tab, da aber in diversen Browserfenstern ausschließlich Webseiten geöffnet waren, mit denen er sich auf seine erotisch-literarische Eskapade eingestimmt hatte, machte er die Sache nur noch schlimmer. Als finale Notlösung trat er schließlich kräftig mit dem Fuß gegen den PC.

»Verdammte Kiste«, murmelte er. »Stürzt permanent ab.«

»Soso«, gab sich seine Frau ungerührt. »Liest sich ja recht leidenschaftlich – im Gegensatz zur Realität. *Unserer* Realität. Kannst du denn schreiben? Ich meine – traust du dir wirklich zu, einen ganzen Roman aufs Papier zu bringen?«

»Was spielt das für eine Rolle?«, erwiderte Rünz entrüstet. »Kann Bob Dylan singen? Kann Til Schweiger schauspielern? Wichtig ist doch nicht, ob man etwas kann. Wichtig ist, ob man Erfolg hat mit dem, was man tut!«

Sie schaute ihn an, als hätte sie Zweifel an seiner couragierten Selbsteinschätzung. »Erzähl doch mal von deiner Geschichte. Was hast du dir ausgedacht?«

»Ach, ich weiß nicht«, kokettierte Rünz, »ist doch nichts Besonderes.«

»Los jetzt, lass dich nicht so feiern. Die kleine Passage war ja schon recht vielversprechend«, zwinkerte sie ihm lasziv zu.

Rünz zögerte. Es brachte sicher Unglück, vor der Unterschrift unter den Autorenvertrag Details auszuplaudern. Andererseits fühlte er sich genötigt, den Eindruck zu zerstreuen, er schreibe an einem Porno. Und seine Frau machte den Eindruck, als würde ihr etwas Ablenkung von dem Zusammenbruch ihres Bruders ganz guttun.

»Also schön. Aber versprich mir, nichts weiterzuerzählen. Auch nicht diesen Weichspülern von der Pilatesgruppe.«

»Kannst dich drauf verlassen«, beteuerte seine Frau.

Rünz war skeptisch. Wenn man einer Frau etwas unter dem Siegel der Verschwiegenheit erzählte, konnte man eigentlich gleich ihre zehn besten Freundinnen, Facebook und Radio Darmstadt informieren. Andererseits war er begeistert, dass sich endlich jemand für seine Geschichte interessierte. Also legte er los, erzählte von Vince Stark, der Counter Terrorism Unit in der Oetinger-Villa, Delgados phasenoptimiertem Plasmatronen-Fibrillator im Hochzeitsturm, er erwähnte die Sache mit den Zeitschleifen, den Einsatz auf dem Heinerfest mit einem Riesenrad, das die Rheinstraße plattwalzte, den Start einer Ariadne-Rakete auf dem ESOC-Gelände, er berichtete von Vince Starks Kollegen Tore Tryggvason in Trondheim, einem Grabmal mit rätselhaftem Anagramm auf der Insel Munkholmen und dem Heinigen Gral in den Katakomben unter der Mathildenhöhe, er erzählte von Letitias Vampirdynastie im Amazonasdelta und dem Showdown mit dem Antimaterie-Werfer am Office-Tower.

Ihr Gesichtsausdruck machte während seines Vortrages eine Metamorphose durch, von Neugier und Interesse über verständnislose Indifferenz bis zu Befremden und Sorge. Er registrierte ihre Skepsis, nachdem er mit seiner kurzen Zusammenfassung durch war.

»Gut«, schob er nach. »Ich habe das jetzt alles etwas komprimiert dargestellt. Der Plot hat natürlich noch einige Nebenstränge und interessante Randfiguren, da ist zum Beispiel dieser ...«

»Lass mal«, winkte sie ab. Sie schüttelte den Kopf, als befreite sie sich aus einer Art Schockstarre. »Ich kann's mir schon ungefähr vorstellen.« Dann starrte sie einen Moment nachdenklich ins Leere. »Hast du – ich meine – interessiert sich schon ein Verlag für dein Manuskript?«

»Noch nicht«, sagte Rünz. »Aber ich hatte da schon einen sehr vielversprechenden Kontakt auf der Frankfurter Buchmesse, dieser Literaturagent hat mir das Manuskript quasi aus der Hand gerissen und ...« Er stockte, sie blickte an ihm vorbei ins Leere und schien mit den Gedanken weit abzuschweifen. »Was ist los mit dir?«

»Was werden sie mit Klaus machen?«, fragte sie, den Tränen nahe.

»Nun ja, diverse Verstöße gegen das Waffengesetz, das Kriegswaffenkontrollgesetz und eine Handvoll Einfuhrbestimmungen, ein paar Verstöße gegen die öffentliche Ordnung, im schlimmsten Fall versuchter Totschlag oder Mord. Bewährungsstrafe, Knast, Sicherungsverwahrung – alles ist drin. Hängt vom

Geschick seines Verteidigers und den Gutachten der Psychologen ab.«

Sie hatte keine Ahnung, wie kurz ihr Bruder davor gewesen war, sich selbst und das hessische Polizeiwesen weltweit in die Schlagzeilen zu bringen. Und Rünz verspürte nicht die Absicht, es ihr zu erzählen. Auch sein anstehendes Disziplinarverfahren wegen Strafvereitelung im Amt behielt er vorerst für sich, obwohl es das Ende seiner Karriere bedeuten konnte. Seiner Ermittlerkarriere wohlgemerkt, denn das eigentliche Leben begann ja ohnehin erst mit seinem Auftritt in Klagenfurt.

Bislang hatten sich alle Beteiligten mit öffentlichen Äußerungen zurückgehalten, selbst Hoven, der ja schon reflexhaft den Kamm zückte, wenn er eine laufende Fernsehkamera sah. Hoven hatte Rünz und Wedel mit Schaum vor dem Mund die sofortige Suspendierung angedroht, als er von Breckers Plan erfahren hatte, dann aber nahtlos zu einem überaus geschmeidigen und kooperativen Tonfall gewechselt, nachdem Rünz seiner Verwunderung über Hovens offene Informationspolitik bezüglich der Personaldaten Ausdruck verliehen hatte.

Und dieser Weiler hatte sich doch tatsächlich kurz nach dem kleinen Vorfall von Breckers Ex getrennt! Diese Nadelstreifen waren einfach nicht belastbar, knickten sofort ein, wenn man sie mal ein wenig körperlich unter Druck setzte. Nun gut, wenigstens hatte er von zivilrechtlichen Konsequenzen abgesehen, er wollte es sich nicht mit einem wichtigen Kunden verscherzen.

Rünz schaute seine Frau an, sie war der völligen Auflösung nahe. In seinem rudimentär möblierten Gefühlshaushalt regte sich eine ihm ungewohnte und unangenehme Emotion, die man mit viel gutem Willen als Mitgefühl hätte bezeichnen können.

»Du schaffst das schon«, sagte er und klopfte ihr kräftig und aufmunternd wie einem Stammtischkameraden auf die Schulter.

ENDE

NACHWORT UND DANKSAGUNG

Die Geschichte des Piloten Jerome D. Sullivan basiert auf dem bis heute ungeklärten Absturz des US Air Force-Piloten Craig D. Button am 2. April 1997 in Colorado. Der Absturz des US-amerikanischen Thunderbolt-Kampfflugzeuges in Remscheid am 8. Dezember 1988 ist keine Fiktion, die Berichterstattung über das Ereignis mag dem einen oder anderen Leser noch in Erinnerung sein.

Das »Stadtlexikon Darmstadt« lieferte mit einem Eintrag über den Auftritt von Buffalo Bills Wild West Show im Darmstadt des Jahres 1888 eine wichtige Inspiration für diesen Roman. Jedem an Darmstadt Interessierten sei diese umfangreiche Sammlung von Informationen (herausgegeben vom Historischen Verein für Hessen, erschienen im Verlag Theiss) ans Herz gelegt.

Weitere Inspiration lieferte die US-amerikanische Publizistin und Pulitzer-Preisträgerin Julia Keller mit ihrem Werk »Mr. Gatlings terrible Marvel«, einer faszinierenden Kulturgeschichte der Gatling Gun und ihres Erfinders Richard Jordan Gatling. (Das Werk ist zum Erscheinungszeitpunkt diese Romans leider nur in der englischen Originalausgabe verfügbar.)

Ich danke meiner Frau Jutta Glatt für Kritik, Korrekturen und Inspirationen. Ich danke Claudia Senghaas für kritisches Lektorat und Korrektorat und für ihren engagierten Einsatz für die Kommissar-Rünz-Fälle.

Christian Gude, Darmstadt, 31. Mai 2010

Christian Gude
Kammerspiel
978-3-8392-1326-1

»Ein raffiniertes Katz-und-Maus-Spiel, in dem Realität und Fiktion immer mehr verschwimmen. Unbedingt lesen!«

Kriminalhauptkommissar Karl Rünz a. D. als Privatdetektiv mit einem Klienten in seiner Detektei – mehr braucht Christian Gude nicht, um alle Regeln des Genres gegen den Strich zu bürsten und zielsicher die üblichen Erwartungen an leicht verdauliche Krimikost zu unterlaufen. Bei diesem minimalistischen Kabinettstück kann man sich nur auf eins verlassen: Dass man sich auf nichts verlassen kann. Das Urteil im Namen des Volkes: Unterhaltsamer und intelligenter kann man seine Leser nicht verunsichern.

Wir machen's spannend

Christian Gude
Homunculus
978-3-8392-1013-0

»›Homunculus‹ ist eine faszinierende Reise durch die Wissenschaftsstadt Darmstadt. Mit einem Reiseleiter, den man nur lieben oder hassen kann.«

Technische Universität Darmstadt. Ein Team hochspezialisierter Informatiker und Ingenieure arbeitet an einem geheimen Projekt: der Entwicklung des weltweit leistungsfähigsten und intelligentesten humanoiden Roboters.

Bei der feierlichen Verabschiedung des Landespolizeipräsidenten im neuen Darmstädter Kongresszentrum wird der Android erstmals der Öffentlichkeit vorgestellt. Doch die Veranstaltung endet im Fiasko – und Kommissar Rünz hat einen neuen Fall.

Wir machen's spannend

Christian Gude
Binärcode
978-3-89977-762-8

»Durchweg unterhaltsame Lektüre.«
Darmstädter Echo

Hauptkommissar Karl Rünz gerät auf einer Brachfläche im
Norden Darmstadts in einen Hinterhalt. Ein Unbekannter
fällt einem Scharfschützen zum Opfer, und beinahe hätte es
auch ihn erwischt.

Kaum aus dem Krankenhaus entlassen, steht Rünz vor
zwei existenziellen Fragen: »Werde ich wirklich mit Nordic
Walking anfangen?« und »Wer hat diesen dicken Italiener
ermordet?« Und dann ist da noch dieses rätselhafte, ver-
schlüsselte Signal, auf das er sich keinen Reim machen kann.

Wir machen's spannend

Christian Gude
Mosquito
978-3-89977-712-3

»Ein äußerst spannender Kriminalroman.«
Radio Darmstadt

Sporttaucher finden im »Großen Woog«, dem über 400 Jahre alten Gewässer am Rande der Darmstädter Innenstadt, die Überreste eines Mannes. Untersuchungen des Rechtsmedizinischen Institutes in Frankfurt ergeben, dass die Leiche schon mehrere Jahrzehnte im See gelegen hat. Der einzige Hinweis, der zu der Identität des Toten führen könnte, ist eine seltsam gravierte Metallmünze, die er um den Hals trägt.

Hauptkommissar Karl Rünz begibt sich auf Spurensuche. Seine Ermittlungen führen ihn zurück in den September 1944, als Darmstadt Ziel eines verheerenden Angriffs britischer Mosquito-Kampfflugzeuge wurde.

GMEINER

Wir machen's spannend

Gabriele Keiser
Vulkanpark
978-3-8392-1395-7

»Lebensechte Charaktere und bildhafte Ortsbeschreibungen zeichnen auch den vierten Fall für Franca Mazzari aus.«

Der idyllische Rauscherpark am Rande der Vulkaneifel ist ein beliebtes Ausflugsziel für Familien. Groß ist das Entsetzen, als im Flüsschen Nette ein Müllsack mit einem toten Jungen gefunden wird. Was wurde dem Kind angetan? Müssen weitere Verbrechen gefürchtet werden? Kommissarin Franca Mazzari und ihr Team fischen lange im Trüben …

Wir machen's spannend

Harald Schneider
Künstlerpech
978-3-8392-1384-1

»Ein authentischer Krimigenuss in bewährt humorvoller, skurriler Palzki-Art.«

Der Kurpfälzer Comedian Pako soll im Frankenthaler Congressforum auftreten, doch noch vor der Show stirbt ein Bühnenarbeiter. Kommissar Reiner Palzki ermittelt im tiefen Sumpf des Künstler- und Veranstaltungsmilieus. Galt der Anschlag eigentlich Pako? Weitere Mordversuche kann Palzki unter Einsatz des eigenen Lebens verhindern. Schließlich stellt sich die entscheidende Frage: Wer ist die geheimnisvolle rothaarige Frau, die überall auftaucht und die doch niemand zu kennen scheint?

Wir machen's spannend

Andreas Stammkötter
Goldkehlchen
978-3-8392-1380-3

»Der Thomanerchor in Aufregung: Das Grab Johann Sebastian Bachs ist geschändet worden.«

Im Umfeld des Thomanerchors ereignen sich seltsame Dinge: Das Grab Johann Sebastian Bachs in der Leipziger Thomaskirche wird geöffnet, die rechte Hand des Komponisten verschwindet. Am nächsten Morgen erkranken einige Chormitglieder und die österlichen Feierlichkeiten müssen erstmals in der 800-jährigen Geschichte der Thomaner abgesagt werden. Die Kommissare Kroll und Wiggins tappen zunächst im Dunkeln, bis sich zwei junge Sänger in die Ermittlungen einmischen …

Wir machen's spannend

Unsere Lesermagazine
2 x jährlich das Neueste aus der Gmeiner-Bibliothek

Alle Lesermagazine erhalten Sie in Ihrer Buchhandlung oder unter www.gmeiner-verlag.de.

24 x 35 cm, 32 S., farbig; inkl. Büchermagazin »nicht nur« für Frauen

10 x 18 cm, 16 S., farbig

GmeinerNewsletter
Neues aus der Welt der Gmeiner-Romane

Haben Sie schon unsere GmeinerNewsletter abonniert?

Monatlich erhalten Sie per E-Mail aktuelle Informationen aus der Welt der Krimis, der historischen Romane und der Frauenromane: Buchtipps, Berichte über Autoren und ihre Arbeit, Veranstaltungshinweise, neue Literaturseiten im Internet und interessante Neuigkeiten.

Die Anmeldung zu den GmeinerNewslettern ist ganz einfach. Direkt auf der Homepage des Gmeiner-Verlags (www.gmeiner-verlag.de) finden Sie das entsprechende Anmeldeformular.

Ihre Meinung ist gefragt!
Mitmachen und gewinnen

Wir möchten Ihnen mit unseren Romanen immer beste Unterhaltung bieten. Sie können uns dabei unterstützen, indem Sie uns Ihre Meinung zu den Gmeiner-Romanen sagen! Senden Sie eine E-Mail an gewinnspiel@gmeiner-verlag.de und teilen Sie uns mit, welches Buch Sie gelesen haben und wie es Ihnen gefallen hat. Alle Einsendungen nehmen automatisch am großen Jahresgewinnspiel mit attraktiven Buchpreisen teil.

Wir machen's spannend